はああ〜〜〜!?
現代の剣聖現る!!!
JN025046
「さて、業務の時間だ……!」
タイラントドラゴンが一撃!?
社畜剣聖??
会社記録用【田中誠】
LIVE
100,01
黒犬ギルド公式
チャンネル登録

『ゆいちゃんねる』を
運営する人気配信者
星乃唯
元社畜の
ダンジョン配信者
田中誠

魔物討伐一課に所属する
田中の元弟子
絢川凛
『氷の剣姫』の異名を持つ
魔物討伐一課長
天月奏
足立満
お調子者だが
田中の良き協力者

「一本勝負でよいな田中」
俺は剣を強く握り、堂島さんを見据える。
魔物対策省大臣
堂島龍一郎

社畜剣聖、配信者になる 1

Workaholic Master swordsman becomes a distributor.

Black Guild company employee inadvertently broadcasts nationwide as he goes warriors against an S-class monster on the company line.

～ブラックギルド会社員、うっかり会社用回線でS級モンスターを相手に無双するところを全国配信してしまう～

目次　社畜剣聖１　ダンジョン

Workaholic Master swordsman
becomes a distributor.

Black Guild company employee inadvertently broadcasts nationwide as he goes warriors against an S-class monster on the company line.

▷ 第一章 … 田中、退職するってよ

SEND

結婚は人生の墓場だ――

そんな言葉があるが、俺はそれは少し違うと思う。

「就職こそ、人生の墓場だ……」

俺、サラリーマンの田中誠(たなかまこと)は今日の業務内容が書かれたメールを見ながらそう一人呟く。

そこに書かれているノルマは、とても定時内に終わる量ではなかった。今日も残業確定……俺は深いため息をつく。

「Aランクモンスターのオーガ五体にバジリスク四体。おまけにSランクのタイラントドラゴン三体、か……今日も終電に間に合いそうにないな」

口にしたのはどれも面倒なモンスターだ。

今からダンジョンに潜ったとして、急いでも24時は過ぎてしまうだろう。

俺がこのモンスターを討伐する職業に就いたのは、今から十年前……まだ俺が十五歳の頃だ。

「はあ、今でもまだ夢みたいだな」

十年前、唐突に世界の至るところに現れた謎の建造物『ダンジョン』。そこには未知の生物や謎

の技術によって作られた武具などが眠っていた。

人々は『探索者』となり、ダンジョンの中に潜ってお宝を探した。

もちろん生身でダンジョンに入れば命はない。しかしダンジョンが出現したと同時に人間には特殊な力が宿り、普通の人の何十倍も強くなったんだ。だけどそれは全員じゃなく才能を持った人だけ。運がいいのか悪いのか俺はその力に目覚めてしまった。

死と隣合わせのダンジョン探索だけど、今はその様子を『Dチューブ』という動画配信サイトで配信するのが流行っているみたいだ。

ちなみに俺はやったことがない。仕事一筋で生きてきたのでどういう仕組みでそれでお金が貰えるのかさえ分からない。こういう時に自分が歳をとったのだと実感する……。

「さて、早速ダンジョンに入りますか……と、その前に」

俺は懐から小さな球体の形をした機械を取り出し、起動する。

するとそれはふよふよと俺の近くを浮遊する。

これは撮影用小型ドローンだ。映像を撮って自動でそれを会社に送ってくれる優れものだ。

設定次第ではそのまま動画サイトで配信もできるらしいけど、俺はこれを会社へのノルマ報告用にしか使っていない。

俺はスマホを出して、ドローンの設定をいじる。

「ええと会社配信用サーバーを選択……うう」

急に立ちくらみがして、その場でふらつく。

そういえば今日も二時間仮眠を取っただけだった。

家にも二週間は帰れていない。最後に思い切り寝られたのはいつだっただろうか。

「俺は……なにをしてるんだろうな」

俺の所属している会社は、政府の下請けをしている。

それだけ聞けば立派だけど、それは政府ですらやりたくない面倒なことを押し付けられているということだ。いつもうちの会社には大変な仕事が山積みになっている。

このままでは過労死する……それは分かっているが、忙しすぎて辞めることを考える暇すらない。

俺は今日もいつも通り死んだ顔でダンジョンに潜る。

「視界がぼやける……ええと、設定はこれで……大丈夫、のはず」

ドローンの設定を終えた俺は、腰に剣を携えダンジョンに足を踏み入れる。

今回潜るのは都内でも有数の巨大ダンジョン『渋谷地下ダンジョン』。その深部が今日の現場だ。

「――――これより、業務を開始する」

ネクタイを締め直し、ダンジョンに潜る。

この時、俺は思いもしなかった。

今日のこのダンジョンダイブのせいで、俺の人生が大きく変わるなんて――――

〈ん？　なんだこの配信
〈会社記録用ってタイトル付いてるけど、もしかして設定間違えてない？
〈やっぱ配信していることに気づいてねえな。コメントも見てないみたいだし
〈ていうかここ、渋谷ダンジョンじゃね？　一人でガンガン深くまで潜ってるけど大丈夫なのかよ
〈自殺配信だろこれ
〈最低でも三人はいないと大型ダンジョンはすぐ死ぬからなぁ
〈てか同接三人って少なｗ
〈まあこのチャンネル、普段配信しないししゃーない
〈これ黒犬（ブラックドッグ）ギルドのチャンネルだよな？　このスーツのサラリーマンはギルドのメンバーなのか？
〈公式サイトのギルドメンバー一覧には載ってないな
〈てか概要欄に本日のノルマ書いてあるんだけど、一人でやる量じゃないだろこれｗ
〈本当だ草ｗ　書きミスだと思うけど、ガチなら黒犬（ブラックドッグ）ギルド、ブラック過ぎるだろｗ
〈ブラックだけにってか、やかましいわ笑
〈なんか面白そうだな。掲示板の奴らにも教えてやるか
〈なんかこの人、前に見たことあるんだよなあ。どこで見たんだっけ
「よっ、ほっ」
俺はダンジョンの中を軽快に駆け抜けていく。

ダンジョンは上層、中層、下層、深層と分かれているけど、俺が今目指しているのはその中でももっとも深い『深層』だ。

通常であれば少しずつ降りていくのがセオリーなんだけど、今の俺にそんな暇はない。なので俺は一気に深層まで行くことにする。

「はあ……憂鬱だ。たまには家に帰ってゆっくり寝たい。温かいものも食べたいなあ……」

道中、誰もいないのをいいことに愚痴る。

映像は撮られているけど、社長もこんな移動シーンはどうせ見ない。これくらい許されるはずだ。

「給料は上がらないのに危険な仕事ばかりで嫌になる……今日も二時間寝れればいい方だな……」

〈それしか眠れないとかブラックギルドすぎて草も生えない

〈強く生きて

〈ていうか黒犬(ブラックドッグ)ギルドやばくね？　探索者労働基準法ガン無視じゃん

〈録画撮っとかなくちゃな

〈拡散してくるわｗ　今日は祭りだｗ

〈ていうか視聴者増えてきたな。最初は三人だったのにもう二十人か

〈最終的に一万人くらいいったりしてｗ

「……電話が凄いな」

スマホがぶるぶると振動して止まらない。

画面は見てないけど、おおかた会社からだろうな。このスマホには会社関係の連絡先と昔からの

友人数名の連絡先しか入ってないし。

ＳＮＳの類もやってないし、そっちの通知でもないだろう。

俺は出ても罵声しか飛んでこないのでそれを無視した。どうせ明日会社で罵声を食らうんだ、今もらうだけ回数が増えて損だ。

「さて。じゃあ深層まで行きますか」

渋谷地下ダンジョンは中央部が大きな吹き抜けになっている。なのでその大きな穴を飛び降りれば一気に深層まで行くことができるんだ。

その吹き抜けにたどり着いた俺は「よっと」とそこから飛び降りる。

もちろん危険な行為だからやる探索者はほとんどいない。俺だって馬鹿みたいなノルマを課せられてなければこんなことはしない。

〈ぎゃあああああ！　落ちた？

〈自殺配信かよ！

〈死ぬ！　怖い！

〈なにやってんだよこいつは!!

「……ん？」

またスマホがぶるぶると震える。

真っ逆さまに落ちながら俺は首を傾げる。

「今日は電話がしつこいな。ま、いつも通りたいした用じゃないだろうし無視するか」

そう決めて俺はスマホの振動(バイブ)を無視する。

ええと撮影しているドローンはちゃんと……ついて来ているな。撮影されるのはまだ慣れないけど、これも決まりだから仕方ない。

会社記録用でもこんなにそわそわするんだから、実際に配信したらどれだけ恥ずかしいんだろうか。そう考えるとやっぱり配信者は凄いなあ。もし俺もやったらコメントとか貰えるんだろうか？

〈うわあああああっ!!　どんだけ落ちるんだよ！

〈これすっごい映像だな、貴重な資料だろ

〈掲示板から来たけど、これどんな状況？

〈渋谷ダンジョン　誤配信　落下中

〈把握

なんて考えていると、地面がどんどん近づいてくる。

さてそろそろ着地準備をするか……と考えていると、大きな影が俺に近づいてくる。

『ガアアアアアッ!!』

咆哮(ほうこう)を上げながら俺に向かって飛んでくるのは、赤い鱗をした飛竜、レッドワイバーンだった。

確かこいつは下層のモンスター。俺を餌だと思って飛んできたみたいだ。

〈なんだあのモンスター!?

〈あれワイバーンだよ！　かなり厄介でAランク探索者でも苦戦するぞ！

〈あーあ。終わったな

〈あんな牙で噛まれたら痛そうだな……

〈配信中の死亡は久しぶりだな
『ギュアアッ！』

レッドワイバーンは大きな口を開き、俺に噛みつこうと襲いかかってくる。

俺は空中で体勢を整えると、腰に差した剣の柄を握る。

そしてギリギリまで引き付け……一気に剣を引き抜く。

「ほっ」

剣閃が走り、レッドワイバーンの動きが止まる。

すると次の瞬間、レッドワイバーンの体が真っ二つに切り裂かれ、落下していく。

「ふう、これでよしと」

邪魔者を倒した俺は、すたっと地面に着地する。

高いところから落ちたせいで足にずしっとした重みを感じるけど、この程度ならなんともない。

〈……は!?　なにが起きたんだよ！

〈レッドワイバーンが勝手に真っ二つになったぞ!?

〈剣を握ってたけど振ってないよな!?　どういうこと!?

〈……もしかしてカメラのフレームレートじゃ追えないほど速い、とか？

〈そんな馬鹿な話あるかよ！　聞いたことねえぞ！

〈いや、レッドワイバーンもそうだけど、なんでこの人普通に着地してるの？　千メートル近く落下したよね？

〈おもしろくなってきました

〈同接増えすぎてて草。もう五万人になってるじゃん

〈SNSでも拡散されまくっているからな。もうお祭りよ

「……スマホがうるさいな。どんだけ電話かけてくるんだ」

絶えず震えるスマホから意識を外して、俺は前を見る。

ここはダンジョンの深層。強力なモンスターが跋扈(ばっこ)する危険地帯だ。気を引き締めなきゃな。

「……っと、さっそくお出ましか」

顔を上げると、数々のモンスターたちが俺の前に現れていた。

オーガにミノタウロス、バジリスクにデスナイト。どれも危険なモンスターばかりだ。

『ルル……』

その背後には褐色の鱗を持つ巨大な竜『タイラントドラゴン』もいる。あいつタフだから戦いたくないんだよなあ……ノルマに入っているから戦うけど。

「さて、業務(しごと)の時間だ……！」

俺は剣を右手でしっかりと握り、モンスターの群れに突っ込む。

『ガアアアッ!!』

咆哮を上げながら突っ込んできたのは、オーガの群れだ。

筋骨隆々の肉体に、おっかない顔。初めて戦った時は苦戦したものだ。だけど、

「よ……っと」

俺はそいつらをすれ違いざまに斬り伏せる。

確かに高耐久(タフ)な相手だけど、首を斬れば動かなくなるし、特殊な能力も持ち合わせていない。

深層に出るモンスターの中では弱い部類だ。

〈オーガを一撃って嘘だろ!?

〈こいつってAランクモンスターだったよな……？

〈めっちゃ簡単に倒してて草。本当にこいつ強いモンスターなの？

〈Aランク探索者でも一人じゃ苦戦するレベルだぞ、武器を使うし知恵も働くから厄介なモンスター……なはずなんだけどな

〈この映像合成だろ。さすがにありえんわ

〈SNSから来ますた

〈黒犬(ブラックドッグ)ギルド、こんな凄い探索者抱えてたの!?　やば!

「……ったく今日は本当にしつこく電話してくるなあ。こっちは仕事中だっていうのに」

ぶるぶると震えるスマホから意識を外し、俺は違うモンスターに視線を向ける。

そこには巨大なカメレオンのような姿をしたモンスター、バジリスクがいた。

バジリスクは俺のことを見ながら喉をぷくっと膨らませる。

〈これ、バジリスクか!?　初めて見たぞ!

〈オーガは下層にも出てくるけど、こいつは深層にしかいないからな

〈めっちゃレアじゃん。生きてる映像なんてそう出回らないぞ
〈おっかない見た目してるな。俺探索者にはなれねえわ
〈なっても深層なんて来れないから安心しろ
〈それよりこいつ石化ブレス吐こうとしてるだろ！　避けなきゃ死ぬぞ！
〈同接五百万超えてて草。こんな祭り久しぶりだな

　バジリスクは頭を前に振って俺に息を吹きかけようとしてくる。

　こいつの息には体を石にしてしまう効果がある。そうなってしまったら戦闘不能（ゲームオーバー）だ。仲間がいればアイテムで治してもらえるけど、万年ソロな俺に仲間なんていない。

　だからそれを吐かれる前に勝負をつける。

「そこ」

　バジリスクが息を吐く瞬間、俺は膨らんだ喉の少し下部分に剣を突き刺す。

　するとバジリスクは口を開ける間もなく絶命し、その場に倒れる。

「あまり知られてないけど、バジリスクはここが急所なんだよな。少しでも場所がずれると石化ブレスが辺りに撒き散らされるけど」

〈なにそれ知らない
〈あまり知られてないっつうか誰も知らないんじゃない？
〈こいつどれだけバジリスク狩ってるんだよ……
〈動きが見えないことに違和感を感じなくなってきた

〈素晴らしい！　彼は誰だい!?　有名な探索者かい？（英語）

〈とうとう海外ニキまで来始めたな

〈海外の配信者が広めたらしいぞ「日本に本物のサムライが現れた」ってな

〈把握。道理で同接が一千万超えるわけだ

〈こんなに強いならあんなノルマを課されるのも分か……いや分からんわ。黒犬（ブラックドッグ）ギルドは頭おかしいよ

戦っている間もスマホは振動し続けている。

今日はいつにも増してしつこいな……。出ても小言を言われるだけなのでもちろん無視する。

『ゴアアアアッ!!』

と、ダンジョンを揺らすほどの咆哮が響き渡る。

その声の主はタイラントドラゴン。褐色の鱗を持つ超巨大な竜だ。

危険度は堂々の『S』。オーガの数十倍の耐久力（タフネス）と攻撃力を持ち、口からは鉄をも溶かす超高温の吐息（ブレス）を吐く強敵だ。

〈なんだこの竜！　でかすぎんだろ！

〈オイオイオイ。死ぬわアイツ

〈【悲報】謎の剣士、死ぬ

〈もしかしてこれタイラントドラゴン!?　無理無理！　S級パーティでも勝てるか分からないモンスターだぞ！

〈頼む逃げてくれ！

〈同接五千万!?　祭りだぜこれは！

『ブウウウウ……』

タイラントドラゴンは口いっぱいに炎を溜める。

こいつの吐息(ブレス)の火力は凄まじい。くらえば俺は炭すら残らず燃え尽きてしまうだろう。

そうならないためにも、俺は剣を一旦鞘に納めてタイラントドラゴンを迎え撃つ姿勢に入る。

〈なにしてんだこいつ!?

〈逃げてー！

〈死ぬわアイツ

〈ほう、居合(いあい)ですか。たいしたものですね

〈相手はあのタイラントドラゴンだぞ!?

次の瞬間、タイラントドラゴンは溜め込んだ炎を放つ。

視界いっぱいに広がる巨大な炎。俺はそれめがけて思い切り剣を振るう。

すると剣からビュン！　と衝撃波が放たれて、タイラントドラゴンの炎を一刀両断する。そしてそのまま衝撃波はタイラントドラゴンの堅牢な鱗を切り裂き、絶命させてしまう。

〈は、はあああ!?

〈今時の剣って衝撃波出るの!?

〈んなわけねえだろ！

〈それよりタイラントドラゴンが一撃でやられる方がヤバいだろ！
〈作り物の動画だって言ってくれ……
〈このサラリーマン誰か調べろ！
〈企業戦士はやっぱり強いな（呆然）
〈現代に剣聖現る
〈社畜な剣聖……社畜剣聖ってとこか
〈その名前いいなｗ　流行らそうぜｗ
〈かっけeeeee！

『グ、ウウ……』

タイラントドラゴンが倒れると、他のモンスターたちは攻撃をやめ、俺から距離を取り始める。

どうやらタイラントドラゴンはこいつらのボス的な存在だったみたいだな。ボスがやられたことで戦う気がなくなったんだ。

どうせ倒しても素材は会社に取られる。ノルマはもう達成したし、これ以上戦う理由は俺にもない。

「行け。見逃してやる」

剣を鞘に納めそう言うと、モンスターたちは我先にと逃げ出していく。

ふう……思ったより早く終わったな。さっさとノルマの分のモンスターの素材を取って帰ろう。

「……と、その前に時間だけ確認しとくか」

俺はスマホを開き、現在時刻を確認しようとする。

だけどその瞬間、俺はありえないものを見てしまう。

「……は？　通知999件？」

なんとスマホの通知が埋まっていた。

確かに電話はしょっちゅうかかってきてたけど、999件は明らかに異常だ。

俺は急いでスマホを操作して通知の内容を確認する。

すると「Dチューブで『〇〇〇』というコメントをいただきました！」という通知で埋まっていた。訳が分からず俺は混乱する。

「なんでDチューブの通知が……って、なんで俺の動画にこんなコメントがついてるんだ!?」

Dチューブの画面を開くとそこには俺を撮っている映像の横に爆速でコメントが流れていた。

い、意味が分からない。どうなってるんだ!?

「ちょ、ちょっと待ってくれ！　俺は確かに配信設定を会社のみに…………なって、ない」

まさかの設定ミスに気づき、俺はサッと血の気が引く。

う、嘘だろ!?　じゃあ俺の今までの行動は全て全国に配信されてたってことかよ！

「で、でも俺のダンジョン配信なんてそんな大人数は見てないよな？」

そう祈りながら、俺は動画の視聴者数を確認する。

するとそこに出ていたのは驚きの数字だった。

「ど、同接一億人……!?」

その規格外の数字に俺は気を失いそうになる。

使っているのが会社のアカウントだから登録者が二千人くらいはいるので、そのくらいの人数ならまだ分かる。

だけど実際はそれどころじゃなかった。

だって有名配信者でも同接百万もいかないのがほとんどのはずだ。それなのに一億て……。

〈お、やっと気がついた！

〈見てるー？

〈かっこよかったぞ！

〈これより業務(しごと)を開始する……だっておｗｗ
〈本当にかっこよかったです！　お名前を教えてくれませんか？

〈ＳＮＳトレンドに『社畜剣聖』って載ってますよ！

〈うちのギルド入ってくれませんか！

〈どうやってそんなに強くなったんですか!?

爆速で流れていくコメントを、俺は呆然と見つめる。

こ、これはもう誤魔化しようがない。今更俺がなんと言ったところで事態が収まることは絶対にないだろう。

遠くなる意識の中、俺はこの後間違いなく待ち受けるであろうことを思い出し、呟く。

「はあ……これ、絶対始末書を書かされるな……」

「うわぁ……めっちゃ話題になってる……」

配信事故翌日。

いつも通り会社の椅子で起床した俺は、ＳＮＳやネットニュースを見ながら呟く。

ネットニュースの見出しはこうだ。

『深層をソロ攻略する謎の探索者現る!?』

『社畜剣聖、Ｓランクモンスタータイラントドラゴンをソロ討伐する』

『初配信で同接一億人達成。ギネス申請するか』

『黒犬(ブラックドッグ)ギルド、探索者労働基準法抵触か』

『話題の動画、捏造(ねつぞう)されたものかどうか有識者は語る』

そしてＳＮＳは、

〈あの人強すぎる！　なんで今まで話題にならなかったの？

〈黒犬(ブラックドッグ)ギルドあんなの隠してたのかよ。そりゃ政府の仕事たくさん受けれるわけだ

〈あの人、俺と社畜(なかま)な気がする……目が死んでたし……

〈釣られてる人多すぎｗ　嘘を嘘と見抜けない人はネットしない方がいいですよｗ

〈めっちゃかっこ良かったんだけど！　誰か連絡先知らない!?

〈普通にうちのギルドにスカウトしたいんだけど、どこに連絡すればいいいんだ……
〈なぜ黒犬(ブラックドッグ)ギルド辞めないんだろ。絶対もっと高待遇のところ入れるのに

などとどこも俺の話題で持ちきりだった。

これがいわゆる〝バズった〟ってやつだろうか。仕事漬けの日々を送っていた俺はそういうのに疎(うと)い。ネットに強い人の意見がほしい。

「確かにソロで深層に潜る頭のおかしい奴は俺くらいだろうけど……そんなに話題にすることか？」

俺は首を傾げる。

確かに最近はソロでしか潜ってないから他の探索者のレベルはよく知らない。

俺はダンジョンが世界に誕生してからすぐに潜り始めたから、そこそこ強い方だとは思ってたけど……こんなに騒ぎになるほどだろうか。

「んー、考えられるとしたら、俺の見た目が冴えないサラリーマンだからか？　スーツ着てるし、見た目は普通のサラリーマンだからな。それに目のクマも凄いし、とても探索者には見えないよな」

だからそのギャップでみんな騒いでるんだ。

そう納得した瞬間、俺のスマホが振動する。

「ちょわっ!?」

俺は驚いてその場で飛び上がり、思わず天井に張りつく。

昨日のことがあるのでスマホのバイブレーションに恐怖を感じてしまった。あの通知まみれになった時の血の気が引く気持ちはしばらく忘れられないだろうな……。

もうDチューブとの連携は切ってあるから、同じことは起きないはずなのに。

「なんだ今度は？　えーと、ん？」

天井から降りてスマホを確認すると、そこには「足立満・着信」と表示されていた。

足立は数少ない俺の友人だ。昔はよく遊んでいたけど、最近は全然会ってないな。忙しすぎて存在すら忘れていたというのが本音だ。

今このタイミングでかけてきたのは、間違いなく昨日のこと関連だろう。正直そのことはあまり話したくないけど、相談できるのが足立しかいないのも事実。

俺は少しだけ躊躇った後、通話アイコンを押す。

「もしも……」

「田中ぁ！　見たよあれ！　ひーひっひっひ！　超笑ったわ！　ねえ今どんな気持ち!?」

「切るぞ」

俺はぶちっと通話を切る。

さて、始業の準備をするか。そう思って机にスマホを置き直した瞬間、また着信の音が鳴り響く。

俺は「はあ」とため息をついてもう一度スマホを手に取る。

「なんだよ」

「ごめんごめん！　もういじらないから切らないでくれよ……ぷっ」

「また切られたいのか？」

脅すように言うと、足立はなんとか切られまいと謝り倒してくる。

全く、調子がいいのは変わってないな。

「分かったよ、切らない。しょうがない奴だな」

正直今は足立の知恵を借りたい。通話が切れるのは俺にとっても都合が悪い。

足立は話し上手な奴で昔から交友関係が広い。それに確かＳＮＳにも詳しいはずだ。足立なら今の対処方法を思いつくはずだ。

足立は通話が切られなかったことに礼を言うと、さっそく本題に切り込んでくる。

「見たぜ動画。相変わらず凄い強さだな。前より磨きがかかったんじゃないか？」

「おべっかはいい。それより俺はどうしたらいいと思う？」

「どうしたらいい、か。その前にお前はどうしたいんだ、それを聞かせてくれよ」

足立に逆に問いかけられて俺は悩む。

うーん、そうだな……。

「ひとまず出回っている動画を全部消したい」

「はは、そりゃ無理だな」

足立は俺の願いを一笑する。ひどい。

「お前の無双切り抜き動画の数は百や二百じゃ利かないんだぞ？　それにもう海外にも拡散されてる。『日本に本物のSAMURAIがいる！』……ってな。俺が確認しただけでも五カ国語で既に翻訳されてたぜ。諦めるんだな」

「……そんなことになってたのかよ」

日本だけならなんとかならないかなと思ってたけど、海外までとは。

そういえば配信してる時、海外からっぽいコメントもついてたな……。

「じゃあ動画を消すのは諦める。この事態をなるべく小さく済ませる方法を考えてくれないか？」

「おいおい、なに言ってんだよ田中」

足立はわざとらしく「はあ」とため息をついて見せる。

「せっかく有名になったのに、なんでそれを捨てようとする？　こんなチャンスまたとないぞ？」

「お前こそなに言ってんだ？　俺は配信者でもインフルエンサーでもない、ただのサラリーマンだ。有名になってもいいことなんかねえだろ。社長に嫌味を言われるだけだ」

社長、という言葉を口にした途端に胃がキリキリと痛みだす。

鉄をも溶かすアシッドスライムを食べても無事だった俺の胃も、ストレスには弱いみたいだ。

「すっかり社畜根性が染み付いちまってるな、田中。いいか？　会社なんて辞めちゃえばいいんだよ。動画で見たがお前の目のクマやばすぎるぜ。どうせ今も須田の奴に安月給でこき使われてんだろ？」

「……それは否定しない」

足立の話に出た「須田」という人物が、俺の所属する会社の社長だ。

俺と足立と須田は同級生で、小中学生の頃はよく一緒に遊んでいた。いわゆる幼馴染みってやつだ。

「だけど社長……須田には恩がある。急に辞めるなんて……」

「それってお前の親が病気になった時に金を貸してくれたことだろ？　もう金も返したし、その恩の分は働いただろ。いい加減お前は自分のために生きろ」

「自分のために……生きる」

そう言うと、心が軽くなった気がした。

忙しすぎてそんなこと考えたこともなかった。

そうか、俺は自分のために生きていいのか。

「須田のことだ。おおかた『ここを辞めたら他に働き口なんてねえぞ！』って言ってただろ」

「……言われた」

「くく、あいつも悪徳社長が板についてるな。田中、そんな言葉真に受けるなよ。お前を欲しがっているギルドなんざいくらでもある。それに会社に所属しなくてもフリーランスになるという選択肢もある」

「でもフリーじゃお金稼げないだろ。俺は換金資格なんて持ってないぞ？」

ダンジョンで手に入る物は、そのまま円に変えることはできない。

いったん『G（ゴールド）』という特殊な通貨に変えなくちゃいけないんだ。

その後『G（ゴールド）』から『円』に変えるんだけど、円に変えるには資格が必要で、それは普通会社（ギルド）が持っているもので、個人は持っていない。

面倒くさい仕組みだけど、こうしないと経済が簡単に壊れるらしい。

それほどまでにダンジョンで手に入る物は貴重で高価なのだ。日本だけじゃなくて他の国も似たような制度をとっていることがほとんどのはずだ。

でもこんな基本知識、足立なら知ってるはずだけど。

「俺はフリーの探索者になれって言ってるんじゃない。ダンジョン配信者になるのさ」

「ダンジョン配信者……ねえ」

ダンジョン配信者はその名の通りダンジョンに潜る様子を配信する人のことだ。確かにそれなら換金資格を持っていなくてもお金を稼ぐことはできる。

確かに有名所は稼いでいるみたいだけど、俺にそんなのが務まるか？

「まあ無理になれとは言わねえよ。ただなるなら全力でサポートしてやる」

「それは心強いな。頼りにしてるよ」

そう言うと足立は「ああ」と嬉しそうに笑う。

足立は探索者をサポートする会社に勤めている。ダンジョン配信のことも詳しいはずだ。

調子のいいやつだけど、こいつは昔から頼りになる奴なんだ。きっと頼れば力になってくれるだろう。

「……しかし俺が会社を辞める、か。あんまり想像つかないな」

いざ考えると二の足を踏んでしまう。

無職という二文字はこの歳には重すぎる言葉だ。

そんな風に思っていると、俺の気持ちを察したのか足立が真面目なトーンで俺に話しかけてくる。

「こんなこと言いたかないけど……俺はお前に憧れてたんだぜ？」

「え？　お前が俺に？」

突然の言葉に動揺する。

いったいどういうことだ？

「俺も昔は探索者に憧れた。ダンジョン潜って活躍するぞってな。でもお前の戦いぶりを見て思った。お前みたいなすげえ奴がいるなら俺は潜らなくてもいいなってよ」

「足立……」

そんな風に思っていたなんて知らなかった。なんかむず痒いな。

「だから俺は探索者をサポートする仕事に就いた。いつか誰かさんをサポートするためにな」

「ん？　誰だそりゃ。俺の知ってる人か？」

「……そういやお前は昔からにぶかったな」

呆れたように足立はため息をつく。失礼なやつだ。

誰かさんと濁されたら分からないだろう。きっと俺以外の人も分からないはずだ。

「ま、とにかくだ。今の仕事がつらいならとっとと辞めることだ。なんなら俺の会社でお茶くみとして雇ってやろうか？」

「……その提案が魅力的に感じるってことは、俺は相当病んでるんだな」

ふざけながらそう言うと、足立は「ああ、重症だ」と笑う。

こいつと話してたらだいぶ気持ちも落ち着いたな。今なら落ち着いて判断できそうだ。

「お前はタイラントドラゴンにも勝てるんだ。須田なんかに負けるなよ」

「ああ、ありがとう。また連絡するよ」

最後にそう短くやり取りをして、電話を切る。

時計を見ると、もう出社時間になっている。そろそろ他の社員たちもやってくる頃だ。

すると突然会社の扉がバン！　と大きな音を立てて開く。

入ってきたその人物は俺を見つけるや睨みつけてくる。

「……田中ァ、覚悟できてんだろうな」

黒犬（ブラックドッグ）ギルドの社長にして俺の幼馴染み、須田明博（すだあきひろ）はドスの利いた声でそう言う。

「お前、自分がなにしでかしてくれたか理解（わか）ってんだろうなあ？」

青筋を浮かべ、鬼のような形相をしながら近づいてくる須田。

覚悟は決めていたはずなのに、こいつの声を聞くと胃が痛みだす。どうやら俺の心は思った以上に衰弱していたみたいだ。

長年こいつの言うことを聞き続けてきたせいですっかり社畜根性が染み付いているんだ。

さっき足立と話したおかげで、そんな自分をなんとか客観視できている。もし話してなかったら今の時点で降伏してしまったかもしれない。

「てめえのあの配信のせいで、会社（ウチ）の評判はガタ落ちだ！　どう責任を取ってくれんだ！」

須田は顔を真っ赤にしながら怒鳴り散らす。

こいつがこうしているのは、うちのギルドでは日常茶飯事だ。こいつの経営手腕は大したことないが、恐怖による支配で社員を使うのだけは上手い。

悲しいことにブラック企業経営の才だけはめちゃくちゃ高いんだよなあ。そのせいで俺は身も心もボロボロになってしまった。こいつには恩があるけど……このままじゃ破滅だ。

俺はこれから俺のために、生きたい。そのために戦う必要がある。

「……もうすぐ他の社員も来る。そしたらこき下ろしまくってやるからな。覚悟しとけよ」

須田は嫌な笑みを浮かべる。

こいつ絶対説教を楽しんでるだろ。いつもお前の為を思ってやってるんだと言っているが、あれは嘘だな。

こいつは絶対反撃できない人間をいたぶるのが好きな、クズだ。目を覚ますことができて本当に良かった。

……と言ってもまだこいつを前にすると胃が痛んで足がすくむ。この調子じゃ上手く反論できるか怪しい。

どうしたもんかと考えていると、スマホが振動する。

「ん？」

須田にバレないようこっそりスマホを確認する。

するとさっきまで話していた足立からメッセージが届いていた。いったいどうしたんだ？

《お前のことだからまだ須田にビビってんだろ？　そんな時は『でもこいつ、俺なら瞬殺できるか

らな』って考えろ。そうすりゃ怖くないだろ》

……なるほど。

須田も昔探索者をやってたから普通の人よりは強いけど、それでももう長いことダンジョンには潜ってないはずだ。俺の方がきっと強いだろう。

よく見れば須田の動きは隙だらけ、戦士のそれじゃない。

0・2秒で距離を詰めて、心臓を殴れば……うん、殺すのに1秒とかからないな。

あれ？　そう考えたら怖くないかもしれない。タイラントドラゴンの方がよっぽど怖いな。

前は会社を辞めさせられるからという怖さがあったけど、今は別に辞めてもいいやと思ってるし、怖いと思う所が一つもない。

これならいける。

戦う覚悟を今度こそ決めた俺は、こっそりスマホを触り、ある操作をする。これをしたらもう後には引けない。

「よし……こんだけ集まりゃいいだろ。田中ァ……始めようか」

社員が十人ほど集まると、須田は邪悪な笑みを浮かべながら俺の前に来る。

やっぱりこいつ楽しんでるだろ。

「言ってみろ田中、お前がなにをしでかしたか。他の社員にも分かりやすくなァ！」

須田はオフィスが震えるほどの大きな声で言う。

これはこいつの常套句だ。まずは社員に説明させて、罪の意識を植え付ける。

そして話させておいて、その話を遮り、黙らせ、まくし立てて話の主導権を奪うんだ。

そうなったらもう社員は萎縮してなにも言えなくなる。本当にあくどい奴だ。

他の社員も自分がやられた時のことを思い出しているのか暗い表情を浮かべている。俺も今までだったら同じ顔をしていただろうな。

「配信設定を間違えて、業務の内容を外部に流出させたのは俺の落ち度だ。悪いと思っている」

そう言うと須田はニチャア……と気持ち悪い笑みを浮かべる。

ここから俺の心を折るパターンが頭の中にでき上がっていくんだろう。

今までだったらその通りに事が運んだかもしれないが、今日この日に限ってはそうはならない。

「だが、それだけだ。今ネットでは黒犬（ブラックドッグ）ギルドの悪評が流れているが、それは全てお前の責任だ。俺は関係ない」

「……お前、今なんて言った？」

驚いたような表情をした須田は、遅れて自分の言ったことが否定されたことに気がついて顔を真っ赤にさせる。

「『俺は関係ない』だって!?　てめえ何様のつもりだ！」

須田は怒り狂いながら近くにあったゴミ箱を蹴飛ばす。

中に入っていたゴミが散乱し、社員たちはそれを見てビクッ！　と震え上がる。

「このギルドがブラックなことくらい、お前自身も理解してるだろ？　それが明るみになっただけだ。やってないことが広まったなら俺の責任だけど、していることが広まっただけ。そしてそんな状況にしていたのはお前だ」

「ウチがブラックだって？　んなわけねえだろ！　ちゃんと最低額の給料は与えてやってるし、休みだって月に一度はくれてやってるじゃねえか！　そもそもお前らみてえな他のギルドじゃ雇ってくれねえ屑どもを拾って働かせてやってるのは誰だ!?」

軽く突いたら湯水のごとく溢れてくるブラック企業名言集に、俺は心の中で少し笑ってしまう。

この言葉を聞いて『このギルド、ちゃんとしてるなあ』と思う人がどれだけいるだろうか。アンケートを取りたいね。

「給料だってお前が抜いてるんだろ？　それに休みの日数だって探索者労働基準法を下回っている。気づいてないと思っているのか？」

「ぐ……。それはいいんだよ！　俺は政府の仕事もやってんだ！　つまり俺が政府ってことなんだからよ！」

あー、こりゃ駄目だ。

このギルドはもう骨の髄まで真っ黒だ。他の社員たちも引いている。彼らも近いうちに辞めるだろうな。

……さて、色々引き出せたし、そろそろネタばらしをしよう。

これ以上こいつのうるさい声は聞きたくない。

「須田、残念だよ。お前とは長い仲だったんだけどな」

「ああ？　なに言って……」

俺はスマホを操作して、空中に立体映像（ホログラム）の画面を投影。その画面を須田に見せる。
そこには大量のコメントが流れていて……。
〈うはｗ　ブラック名言どんどん出てくるｗ
〈日本の闇
〈これもう警察案件だろ
〈も　り　あ　が　り　す　ぎ　て　き　ま　し　た
〈こんなに盛り上がる祭り、久しぶりだな
〈やっほー社長、見てる？
〈ねえ今どんな気持ち？　どんな気持ち？
〈倒　産　確　定
〈考えたな。これならもう社長は言い逃れできんわ
〈退職ＲＴＡたすかる
〈すごい一体感を感じる
〈社畜じゃなくなってしまうのか……目のクマがキュートなのに
〈俺も退職しようかな……
「な、なんだよこれは……！」
流れているコメントを見て、顔を青くする須田。
自分の置かれた状況をようやく理解したようだ。

「最近のドローンは高性能だよな須田。迷彩(ステルス)モードまである。おかげでバレずにこの様子を配信できたぜ」
スマホを操作して、今まで消えていたドローンの姿を出す。
そう、俺は一連の様子をDチューブで配信していたんだ。俺の配信事故のおかげで黒犬(ブラックドッグ)ギルドのチャンネル登録者数は爆増している。すぐに視聴者は集まってきただろう。
「ぐ、こんな……馬鹿な……！」
「諦めろ須田。年貢の納め時だ」
怒りに震える須田に、俺はそう言い放つ。
〈もっと言ってやれ田中ァ！
〈これはスッキリニッポン
〈須田ァ！　今どんな気持ちィ!?
〈〇〇ァ！　が定着してるの草
〈あまりにもメシウマ過ぎて白飯五杯食べた
〈ざまあすぎるw
〈田中……お前は全社畜の星だよ
〈今日の祭り会場もここですか
〈労基に通報しますたw
〈須田くんの反応がいちいち小物で草生えるんだ

ちらっと見ただけでも、大量のコメントが流れていた。

　よし、ちゃんと視聴者はたくさん来てくれている。確認はしてないけど、今頃ＳＮＳも大盛り上がりだろうな。

「もう逃げられないぞ須田。こんなにたくさんの目がお前の行動を見たんだからな。それともいつもみたいに恫喝（どうかつ）して口を封じるか？　まあいくらお前でも今の視聴者二十万人全員の口を封じられるかは疑問だけどな」

「て、めえ……！」

　顔を真っ赤にしながら、拳を震わせる須田。ここまですれば、もう打つ手はないだろう。

　普段こいつが使ってるのは恐怖による支配だ。そういうことへの知恵は回るけど、別にこいつは頭がいいわけじゃない。

　この窮地を脱する手段なんて思いつくはずがない。

「田中ァ……てめえどういうつもりだ。なぜこんなことをしやがる！　俺にこき使われた復讐のつもりか！」

「その気持ちがないと言ったら嘘になる。お前のせいで貴重な時間をかなり無駄にしたからな。だけど……それはもう過ぎたことだ、どうでもいい。大事なのはこれからだ」

「これから、だって？」

　須田は首を傾げる。

「ああ、俺はこれから自分のために生きる。そのためにまずはこの会社を辞める。その後どうするかは決めてないが、フリーで生きるなり、再就職なりするさ」

そう話すと、須田は「くくっ」と小さく笑う。

この笑い方はこいつが人を馬鹿にする時の笑い方だ。

「お前がフリー？　再就職？　なに頭沸いたこと言ってやがる！　いいか？　てめえは俺が首輪をつけて世話をしなきゃなにもできねえ役立たずなんだよ！　他所（よそ）で働けるわけねぇだろうが！」

耳障りな声でそう言った須田は周りの社員にも「てめえらもだぞ！」とわめき散らす。

俺、よくこんな奴の下で長い間働けてたな……。

「お前の言い分は分かった。なら俺が他で働けないか、聞いてみようじゃないか」

「ああ？　なに言ってやがる」

「なんとありがたいことにこの配信に二十万人集まっている。お、もう三十万人か。みんなに聞いてみようじゃないか」

俺はドローンに向かって話しかける。

「私がこの会社を辞めたら、どこか雇ってくださるところはありますか？」

そう尋ねた瞬間、大量のコメントが流れ始める。

緋色の狼（スカーレットウルフ）ギルド　〈はいはい！　ウチのギルドに入ってください！

黄金獅子（ゴールドレオ）ギルド　〈いやウチだ！　金なら他の倍出すぞ！

白銀の猫（シルバーキャット）ギルド　〈えっと……私のとこに入っていただけるとうれしい……です

黒曜石の熊（オブシディアンベア）ギルド　〈俺のとこはどうだ？　お前みたいないい男なら大歓迎だぜ！

青銅の蛇ギルド〈うちに入ってくれるなら……その耳障りなゴミを＊してもいいぜ？

続々と色々なギルドの公式アカウントから勧誘が飛んでくる。

中には入るのが困難な有名ギルドも含まれている。

今までこんな風に求められたことなんてなかったので、胸がいっぱいになってしまう。やばい、泣きそうだ。

コメントの中には「私とコンビを組んでください！」だったり、「アシストするのでフリーになりませんか？」だったりとギルド以外からもお誘いが来ていた。

冗談だとは思うけど、中には「貴方に永久就職したいです！」なんてものもあった。

みんな優しいな。

「これが答えだ須田。もうお前の洗脳は解けた。どんな言葉も俺には通じない」

「て、め、え……！」

歯が砕けそうなほど歯ぎしりしながら、須田は俺を睨みつける。さすがにこんなに勧誘が来たら須田も反論できないみたいだな。

だがこいつはまだ諦めていなかった。

「貧乏学生だったてめえを親父の会社にねじこんでやったのは誰だ！　てめえの親の入院費を立て替えてやったのは誰だ！　全部俺だろうが！　そんな大恩人を裏切ろうってのか！」

「恩ならもう返した。それに裏切ったのはお前だ。俺は……お前と一緒に活躍したかったと思っていたよ」

「黙れ！　この恩知らずがっ！」

激昂した須田は、机の引き出しを開けるとその中から鋭利なナイフを取り出す。

ダンジョンで使うような、殺傷能力の高い武器だ。ダンジョン外でこんな物を出したらそれだけで迷宮管理法に触れるぞ。

「死にさらせ！　田中ァ！」

須田はそれを右手で握り、俺の腹めがけて突き出してくる。

社内に響く社員たちの絶叫。だけど俺は至って冷静だった。

「……遅い」

深層に出てくるモンスターとは比べ物にならないほど、その動きは緩慢だった。

昔のこいつはもっと強かったはずなんだが、すっかり堕落したな。

俺は手刀で須田の手をバシッ！　とはたく。すると須田の手は真っ赤に腫れ上がり、ナイフを地面に落とした。

「がっ!?」

「終わりだ須田。お前も人の痛みを少しは知るんだな」

俺はえいっ、と須田の腹にパンチをおみまいする。

「おごっ!?」

かなり手加減して打ったけど、須田の体はくの字に曲がり、思い切り吹き飛ぶ。

そして壁にガン！　と激突するとそのまま床に倒れる。

ふう、スッキリした。

これで少しは懲りてくれるといいんだけど。

「た、田中……っ」

もう退職の意思は伝えたし帰ろうと思っていたら、須田が立ち上がる。

腐っても元探索者、頑丈（タフ）だな。

「許さねえぞ田中……俺に恥をかかせやがって……！」

須田の目にはまだ強い怒りが浮かんでいる。

立っているのもつらそうなのに、まだ心が折れてないみたいだ。山のように高い自尊心（プライド）が、倒れていることを許さないんだろうな。

これ以上攻撃したら命に関わるかもしれない、やりづらいな。

「お前ら！　なにしてやがる！　俺に手を上げたあの犯罪者を殺せっ！」

どっちが犯罪者か分からない形相で須田は叫ぶ。

当然社員たちは困惑。どうしたらいいんだとあたふたする。

「本当に使えねえ社員共（クズ）だな！　お前！　いいからあいつを止めろ！　減給するぞ！」

「ひいっ！」

一人の社員に目をつけた須田は、その社員に「今給料が止まったら困るよなあ」とか「この業界で働けなくするぞ」などと鮮やかなブラック話術で心を掌握する。

するとその社員はあっという間に須田の傀儡（かいらい）になってしまう。

「す、すみません。押さえるだけで痛いことはしませんので……」

脅しに屈した社員は、素手で俺に向かい合う。

確かこの社員は去年入社の社員で、若手の中の有望株(ホープ)だったか。

一緒にダンジョンに潜ったことはないから実力は未知数だな。

「いいよ。かかってこい」

「はい……」

その社員は前傾姿勢を取ると、一気に踏み込み突進(タックル)してくる。

足を取って転ばせて、マウントを取るつもりだろう。確かに相手を取り押さえるならいい手だ。

だけど動きが直線的過ぎるし、なにより遅い。

俺はタックルをギリギリまで引き付けて……俺の前に剝き出しになっている首の後ろめがけてトン、と手刀を放つ。

「がっ!?」

するとその社員は一瞬にして意識を失ってその場にガクリと倒れた。きっとなにが起きたのかも理解してないはずだ。

俺はその社員が巻き込まれないよう横にどかすと、再び須田に視線を移す。

すると須田は俺を見て「ぐ、ぎぎ……」と悔しそうに歯ぎしりする。

「使えない奴め……減給だけじゃ済まさねえからな……」

「もう諦めろ須田。この様子も全部配信されている。終わったんだよ、お前も、この会社(ギルド)も」

「うるせえ！　俺のおかげでこの会社はここまでデカくなったんだ！　それを潰させてたまるか！　おい郷田(ごうだ)、てめえがやれ！」

須田が叫ぶと、社員の中から大柄の男が前に出てくる。

黒犬(ブラックドッグ)ギルド所属の探索者、郷田将人(ごうだまさと)。

百九十センチという長身に、筋骨隆々の肉体。髪は短く揃っていて、顔は厳(いか)つい。

さっきの若手社員とは違い、Aランク探索者ライセンスを持っているちゃんと強い探索者だ。須田も郷田を頼りにしている。

「郷田ァ！　そいつを殺せ！」

「……」

郷田は黙って俺の前に立つ。

こいつは後輩だけど、何度か一緒にダンジョンに潜ったことがあるのでその実力は知っている。さっきのように簡単に倒せはしないだろう。

さて、どう攻略したものか……と思っていると、郷田は突然ガシッと俺の手を握ってくる。

「田中さん、とうとう辞められるのですね。応援しています」

「……へ？」

郷田は低くおっかない声で、俺を祝福する。

どうなってんだ？

「俺は前から思っていました。田中さんはこんなギルドに収まる器じゃないと。貴方はもっと大きな舞台で戦うべき人だ」

「あー、えーと。ありがとう？」

一緒にダンジョンに潜った時、無口で全然話してくれないから嫌われていると思ってたんだけど、そうじゃなかったみたいだ。

郷田は厳つい顔に笑みを浮かべながら俺を祝福してくれた。当然須田はその態度が気に入らず、

「てめえ郷田ァ！　なにそんなカスに尻尾振ってやがる！」

暴言を飛ばす須田。すると郷田は機嫌の悪そうな表情を浮かべ反論する。

「田中さんは俺に探索者のイロハを教えてくれた大先輩です、いくら社長の命令でも聞くことはできません。それに……俺が本気で襲いかかったところで返り討ちに遭うだけです。社長も本当は分かっているんじゃないですか？」

「ぐ、う……！」

郷田の言葉に須田は黙り込む。

俺はそんなことないと思うんだけどなあ。郷田とならいい勝負ができると思う。

「田中さん。社長は俺が止めます。行ってください」

「本当か？　助かる、ありがとな」

俺は郷田の背をぽんと叩くと、会社から去ろうとする。

後ろから須田のうるさい声が聞こえてくるが、気にしない。

ようやくこの会社（ギルド）におさらばできる。そう思った次の瞬間……突然会社の扉が勢いよく開かれる。

「全員止まってください。協会運営局監査課です。通報があり来ました」

入ってきたのは黒いスーツに身を包んだ集団。

彼らが名乗った協会運営局は、魔物対策省の内部部局、つまり政府の組織だ。きっと配信を見ている視聴者からの通報があったんだろう。あんだけ派手にやったらそりゃ通報されるか。

「はは！　こっちに風向きが変わって来たな田中ァ！　役人ども！　その犯罪者を捕まえろ！　そいつは俺に手を上げた犯罪者だぞ！」

嬉しそうに叫ぶ須田。

しかし役人たちは俺を素通りすると、須田を捕まえて拘束する。

「……へ？」

素っ頓狂な声を上げる須田。

状況を理解できずにいると、一人のスーツの女性役人が須田の前に立って言い放つ。

「須田明博、探索者労働基準法及び覚醒者特別法違反で貴方を拘束します」

「馬鹿、な……！」

スーツの女性に罪状を読み上げられて、須田は愕然とした表情を浮かべる。

一連の言動はばっちりカメラで配信されている、言い訳をするのは不可能だ。むしろなんであれを見られて自分は大丈夫だと思ったんだろうか。

今まで社員に行っていた横暴な振る舞いが見過ごされていたから勘違いしてたってとこか。まあでもこれでこいつの天下も終わりだな。

「ま、待て！　捕まえるなら田中も一緒だろうが！　あいつは守るべき市民である俺に暴力を働いたんだぞ！」

「確かに『覚醒者特別法』により、覚醒者はその力をダンジョン外で無許可に行使することを禁じられています。一般人相手に振るうことは特に」

覚醒者というのは、ダンジョンが出現して特殊な力に目覚めた人のことだ。

なんでもダンジョン内にある『魔素』って物が体内に入ることで覚醒は起きるらしい。その強さには個人差があって、覚醒するかしないかもその人の体質次第だ。

一度目覚めてしまえば、その力はダンジョンの外でも振るうことができる。だから覚醒者は『覚醒者特別法』でその力の使用を制限されているんだ。

「だろ!?　俺は被害者なんだ、捕まるべきはあの恩知らずだ！」

「勘違いしないでください。彼の行動は『正当防衛』の範疇です。もし貴方が覚醒者でないなら過剰防衛に当たったかもしれませんが、今回のケースでは両者ともに覚醒者。先に手を出し、武器まで使った貴方の方が圧倒的に責は大きい」

「なん、だって……!?」

そうだ、須田も昔は探索者。こいつも覚醒者なんだ。

だから覚醒者特別法で俺がしょっぴかれることもないってわけだ。須田が覚醒してくれてて助かった。

そう安心していると、スーツの女性が俺の方を振り返る。

艶やかな長い黒髪に、切れ長の目。思わず見入ってしまうほどの美人だった。

体は引き締まっているが、胸は大きく、思わずそちらにも目がいってしまう。

「……とはいえ、貴方にも役所まで来ていただきます。よろしいですね、田中誠」

鋭く冷たい眼差しを向けながら彼女は言う。

げっ、役所に行かないといけないのか。面倒くさいな……ん？　この顔、見覚えがあるぞ？

「まさかお前、天月か？」

「……今頃気がつきましたか」

俺が天月と呼んだ女性は呆れたように言う。

会うのが久しぶりだったから全く気がつかなかった。立派に成長したもんだと感心する。

するとその会話を聞いていた須田が驚いたように声を上げる。

「天月って……天月奏か!?　な、なんで討伐一課の課長がこんな所に来てんだよ！」

討伐一課というのは、魔物対策省の内部部局、魔物討伐局のエリート課だ。

所属する全員が凄腕の覚醒者で、街にモンスターが現れた時にそれの対処をしたり、覚醒者の犯罪者を逮捕する時に活躍している。

彼女、天月奏はその討伐一課の課長、つまりトップなのだ。

「違反者が覚醒者の場合、討伐一課の者も同行することになっています。逃走された場合、普通の人間では追うことも確保することもできませんので」

「それは分かるが……なんでお前みたいなトップが出張って来てんだよ！　俺はそんなに悪いこと

してねえだろ！」

須田が咆える。

いや、悪いことはしていると思うけど……確かに須田みたいな小物相手に天月が出てくるのは不思議な話だ。

強くて頭もよく、おまけにとんでもない美人の天月は、魔物対策省の出世頭だ。俺より歳下なのに討伐一課の課長を務めていることからもその能力の高さが分かる。

昔は一緒にダンジョンに潜ったりして、そこそこ仲も良かったんだけどなあ。

片やエリート、片や社畜。どうしてここまで俺と差がついてしまったのか。悲しい。

「私が来たことに深い意味はありません。手が空いていただけです」

天月はかなり忙しいはずだけど、本当か？

誰かに会いに来たのかなあなどと考えていると、強い視線を天月の方から感じる。そっちを向いて見るとバッと天月から目をそらされる。

あれ、もしかして嫌われてる？

「貴方たち、須田を連行しなさい」

天月が部下に命じると、スーツ姿の彼らは迅速に須田を連行していく。

無駄がなく、統制の取れた動きだ。普段から訓練をしているのが見て取れる。

「は、離せッ！　俺は社長だぞ！　おい田中ァ！　俺にこんなことをしてただで済むと思うなよ！」

最後の最後まで吼えながら、須田は連行されていった。

これでようやく俺の退職騒ぎも一件落着ってわけだ。

「誠。貴方にも話を聞かせてもらいますよ。任意同行という形にはなりますが」

「あー、それは後でもいいか？　ここ数週間ロクに寝てないからもう限界なんだ」

「え、で、ですが」

困惑する天月をよそに、俺は建物の窓枠に足をかける。

知らない役人だったら同行しただろうけど、天月なら多少甘えても大丈夫だろう。

「話はするから、ここに連絡してくれ。じゃあな」

俺はそう言って名刺をピン、と投げ渡すと、ビルの窓から外に跳躍する。ここは七階、普通の人間なら死ぬけど覚醒者なら関係ない。

跳んだ俺はそのままスタイリッシュ退社……いや退職を決め込む。

ビルから出た瞬間、「せっかく会いに来たのに！」と聞こえた気がするけど、まあ気のせいだろう。天月はもう遠い存在、昔みたいに一緒にダンジョンに潜ることはもうないだろうな。

第二章 … 田中、配信者始めるってよ

SEND

「ふあ……良く寝た」

退職騒ぎがあった翌日の昼頃。

俺は久しぶりにアラームをかけずに睡眠し、起床した。

こんなに気持ちのいい朝は何ヶ月ぶり……いや、何年ぶりか？

たまの休みも次の仕事が憂鬱なせいで気持ちよく眠ることができなかったからな。これからは毎日好きなだけ寝ていいと考えると、心が軽くなる。

「だけどまあ、財布も軽くなるよな……」

それを考えると心が沈む。

黒犬（ブラックドッグ）ギルドからロクな退職金が出るとは思えない。

須田（すだ）も逮捕されたし、ギルドは事実上の解散をするだろう。あの会社を立て直そうとする社員なんていないだろうしな。

「残された社員は大変だろうし、そこに乗り込んで退職金を寄越せなんて言えないよな……。彼らも被害者だし」

甘いと言われるかもしれないけど、退職金（それ）を貰うのは諦める。

なに、社畜時代はお金を使う時間もなかったので少しは貯金できている。まあそもそもの給料が低かったからそれほど多くはないんだけど。

「にしても……腹が減ったな。昨日は帰ってすぐ気絶するように寝ちゃったし。なにか食べに行くかな」

そう考えていると、見計らったようにスマホが振動する。

画面を見てみると、足立（あだち）からメッセージが届いていた。

《そろそろ起きた頃か？　話したいこともあるし飯でも行こうぜ》

「……あいつ、俺の家にカメラでも仕込んでいるのか？」

少し怖くなって部屋を見回すけど、そのような物はなかった。

あいつの洞察力というか観察力は少し恐ろしい所があるな。

「ちょうど腹も減ってたし、行くとするか。話したいこともあるしな」

俺は手早く準備を済ませ、家を出る。

ちなみに服装はいつも通りビジネススーツだ。なぜならもう数年遊びに行ってないのでこれ以外に着れる物がないからだ……。

服も今度買いに行きたい……。

「よー田中！　見たぜ配信！　いい暴れっぷりだったな！」

近所のファミレスに行った俺は、足立と合流する。足立も俺と同じでスーツ姿だった、仕事を抜け出して来たのだろうか？

それにしても外食なんていつぶりだろうか、普段はコンビニやスーパーの弁当で済ませてるからな。ダンジョンの中にある物を食べたりもしてるけど。

「あまりデカい声出すなよ。バレたらどうすんだ」

「おっ、早速有名人気取りか？　人気者はつらいねえ」

「帰る」

「おいごめんって！　冗談だよ冗談！」

必死に引き止められて、俺は仕方なく席につく。

「お前はいつも三言多いんだよ」

「悪いな、ついたくさん喋りたくなっちゃうんだよ。詫びと言っちゃなんだが、好きなだけ頼んでいいぞ。退職祝いだ」

ファミレスで退職祝いかよ、と思わないでもないけど無職の俺からしたらそれは助かる。

店員を呼び出した俺は遠慮なく頼むことにする。

「特大チーズバーガーに超鬼盛りポテト。このステーキも……はい、一番大きいサイズで。ご飯も大盛り付けてください。後はビッグカレープレートにこのパスタも一番大きいので。はい、後はドリンクバーとパンケーキタワーで。はい、ひとまず以上で」

「いや多いな!?」

嫌そうな顔をする足立をよそに、俺は注文を終える。

まあこれだけ食えばひとまず空腹は収まるだろ。

「おい田中！　いくらファミレスとはいえ、頼みすぎだろ！　お小遣いなくなっちゃうぞ!?」

「お前の奥さんはしっかり者だからな。いい気味だ」

うろたえる足立を見て俺はにっこり笑みを浮かべる。

俺の胃を甘く見たな。

「お前が現役探索者ってことを忘れてたぜ……。あんだけ動くんだ、そりゃ食うよな」

「まあな」

「ていうかお前、だいぶ目のクマが良くなったな。少し健康に見えるぞ」

確かに社畜時代の俺は顔が死んでいた。

だけど朝、鏡で見た顔は瀕死くらいには回復していた。このまま生者の顔に戻りたいものだ。

「足立、ところで話ってのはなんのことだ」

「ああ。じゃあ料理が来るまでの間に軽くしておくか」

足立はビジネスバッグから書類を取り出し、俺の前に置く。

そこには文字がびっしりと書いてあった。

タイトルは『田中誠(まこと)、人気配信者への道』と書かれていた。

「これって……」

「仕事の合間を縫って作ったんだよ。どうせ配信のことなんてよく知らないだろ？　だけど安心しろ、必ず俺がお前を世界に通用する配信者にして見せる」

足立はストローで底に残ったコーラをすすると、キメ顔でそう言う。

足立の作った資料はかなり詳細なものだった。

アカウントの運用方法から視聴者の多い時間帯、配信内容の案や配信トレンド、コメントの拾い方に他の有名配信者の情報など俺の知らないことがびっしりと図解付きで書かれている。

俺は普段Dチューブを見ない（忙しくて見れなかった）から非常に助かる。

足立はおまけとばかりに配信用のドローンもくれた。会社で使わなくなった型落ち品らしいけど、まだ全然使えるそうだ。これもめちゃくちゃ助かるな。

「おい田中」

「んあ？」

急に呼ばれ足立の方を見ると、ピカッと光が走って目を細める。

いったいなにをされたのかと思ったら、どうやら足立のスマホで写真を撮られたみたいだ。足立はスマホを操作しながら「こんなもんか」と呟く。

「なんだよ」

「まあちょっと待ってろ……よし」

足立はそう言うと、スマホの画面を俺に見せてくる。

するとそこには『田中誠チャンネル』というなんともひねりのない名前がついた、俺のチャンネルがあった。アイコンにはさっき撮った俺の写真が使われている。

見るからに疲れてそうな顔だ、あれだけ寝てもまだ社畜感が拭いきれてない。

「アカウントを作ってすぐは配信できないからな。念のため昨日作っておいたんだ。明日には配信開始できるぜ。このアカウントのＩＤとパスは後で送っとく」

「お前……ほんと有能だな。いいのかここまでしてもらって。たいしたお礼はできないぞ？」

俺は運ばれてきたステーキをもしゃもしゃと頬張りながら尋ねる。

これだけ食べて、なおかつこんなに世話になるとさすがに申し訳なさが立つ。

しかし足立はちっとも気にしていない様子だった。

「無職にたかるほど落ちぶれちゃいねえよ。それに俺は楽しみなんだ、田中（おまえ）が活躍するのを見るのがな。だからお前は気にせず思い切りやれ」

「……分かった。ありがたく使わせてもらうぜ」

俺は資料をカバンにしまい、残っていたパンケーキタワーを一口で胃に収める。

うん、腹七分目ってとこかな。

「そういや配信者になるって話で進めてるけど、他のギルドに入る気はあるのか？　配信内で勧誘されてたけどよ」

「ひとまずは無所属（フリー）でやってみようと思ってる。自分の力を試したいし、あのコメントで応援される感じ、意外と嫌いじゃなかったんだ」

「そうか。ならいいんだけどよ」

楽しげに言う足立。

俺は時間を確認すると、カバンを手に取って立ち上がる。

「これから協会運営局に行って色々説明しなきゃいけないからそろそろ出るな。色々とありがとう」

「お、そうか。奏(かなで)ちゃんは来るのか？」

足立はニヤニヤしながら尋ねてくる。

奏ちゃんと呼んでいるのは討伐一課の課長、天月奏(あまつきかなで)のことだ。俺と天月が昔からの知り合いなので、もちろん天月と足立も顔見知りではある。

あ、ついでに須田もそうだ。天月は容赦なく拘束してたけど。

「配信で久しぶりに見たけど、奏ちゃん美人になったよなあ。前からかわいい子だったけど、あんなに綺麗に成長するとはな。コメントも大盛りあがりだったぞ。なんでも今は『氷の剣姫』なんて呼ばれてるそうだ。罵倒されたいってコメントがたくさん流れてて笑ったぜ」

「そうだな。本当に立派に育ったよあいつは。俺とは大違いだ。きっと今の俺を見て幻滅しただろうな」

これから始まる取り調べには天月は来られないらしい。

まあ落ちぶれた俺を見たくはないだろうから、あいつにとってもそれでいいだろう。

「いやいや、幻滅してたらわざわざあの場に来ないだろ。昔は『誠兄(まこにい)』『奏(かな)ちゃん』って呼び合ってた仲じゃねえか。そう簡単に嫌われないだろ。それどころかきっと今も好……」

「いいんだ。俺が不甲斐ないのが原因だからな。せめて見直してもらえるようこれから頑張るよ」

「あー……まあいいか。奏ちゃんの前途は多難だな」

訳の分からないことを言いながら呆れる足立。

こいつは頭がいいはずなのにちょくちょく意味不明なことを言うな。

「ま、とにかくこれを読んで明日から配信するよ」

「おう、仕事しながら見るから頑張れよ」

そう言って俺と足立は別れるのだった。


翌日の昼頃。

俺は西新宿にある『西新宿断崖ダンジョン』を訪れていた。

大地に巨大な亀裂が走り、その中に生まれたこのダンジョンは現在中層までしか踏破されていない。

いきなり深層での配信をやるとすぐに飽きられるかもしれないから、ひとまずは中層までで済ますつもりだ。

話題（バズ）の力は凄いけど、急に伸びると急に飽きられると足立の資料に書いてあった。怖い業界だ。

「配信用ドローンを飛ばしてスマホと同期。Dチューブとのアカウント連携もよし、と」

足立に貰った資料を見ながら、俺は配信を開始する。

そしてそれをSNSで宣伝すると、すぐさま足立がそれをリツイートしてくれて、拡散されていく。


すると視聴者はどんどん増えていって、あっという間に千人に達する。

カメラの後ろにそれだけの人がいると思うと緊張するな。

〈社畜剣聖キターーーーーーーーー!
〈待ってました!
〈須田有罪確定ですってよ!
〈チャンネル登録100000000回しました
〈少し顔色良くなった?
〈深層きぼんぬ
〈剣聖大明神
〈誰だ今の
〈今日はどんな戦いを見せてくれるんですか!?
流れてくる大量のコメント。
恩えば彼らのおかげで俺はあの会社を辞めることができた。その恩を返すためにも本気でやらなくちゃな。

「みなさんこんにちは、元黒犬ギルド所属の探索者、田中誠です。今日は私の初配信に来ていただきありがとうございます」

俺はドローンに向かって一礼する。

Dチューバーはもっと明るくてウェイウェイしている感じが受けるらしいけど、俺はこの社会人っぽい丁寧な感じでやることにした。その方が俺としては楽だし、足立的にも「逆におもろい」らしい。

〈こんちはー

〈うわ！　本物じゃん！

〈まだビジネススーツで草

〈おはシャチケン

〈シャチケンってなに？

〈社畜剣聖の略でしょ

〈いい名前だよなシャチケン

〈今日はどこ退職するんですか？

〈今回も深層ですか!?　私、気になります！

〈田中ァ！　ちゃんと朝ごはん食べたァ!?

「たくさんコメントをいただきありがとうございます。今日は西新宿断崖ダンジョンに潜ろうと思います。行っても中層まで、深層はまたの機会ということでお願いします。それと朝ごはんは食べました、お気遣いいただきありがとうございます」

一瞬で流れ去るコメントを必死に追いながら反応する。

こ、これは中々難しいぞ。世の配信者の人たちはこんなことを毎日やっているんだな。尊敬する。

「ではもう現場の近くに来ているので、さっそく潜りたいと思います。あ、ＳＮＳなどで宣伝していただけると嬉しいです。今は私、無職ですので」

などと小話をしながら歩き出す。

今日潜る『西新宿断崖ダンジョン』は、その名の通り巨大な崖の中にあるダンジョンだ。

その深い崖を降りた先に地下ダンジョンが広がっているから、行くだけでもそこそこ骨が折れる。

なので迷宮管理局が最近崖の底まで降りることができる管理エレベーターのような物を作ってくれた。

俺も当然そこに行ったのだけど……。

「えー……めっちゃ混んでる」

そこにはたくさんの探索者たちが長蛇の列を成していた。

何度かこのダンジョンに潜ったことはあるけど、こんな状況になっているのは初めてだ。いったいなんでこんなことになってるんだ？　レアなアイテムやモンスターでも見つかったのか？

いや、まずはそれより今日の配信をどうするか考えなくちゃ。一発目からぽしゃるなんて絶対に嫌だぞ。

〈【悲報】今日のダンジョンアタック、中止

〈さっそく配信事故かよ
〈楽しみにしてたのになー
〈やっぱりこの前の配信、合成だったか。金稼ぎ乙
〈チャンネル解除しました

　見ればコメントも荒れ始めている。

　まずいぞ、どうにかしなきゃ。このままじゃ一発目から配信事故になってしまう。足立に貰った資料を読んで勉強したのにこんなのあんまりだ。

　なんとか立て直して見せる。

「なにかあったみたいですね。他の人に聞いてみようと思います」

　俺は平静を装いながら近くに居た探索者に話しかける。

　知らない人に話しかけるなんて最近はさっぱりしてないから普段だったらそんなことできないけど、カメラが回っているおかげか話しかけることができた。

「あの、ちょっといいですか？」

「え、あ、はい……って、社畜剣聖さん!?」

　話しかけた若い男の探索者は俺を見て大きな声を出す。

　すると他の探索者たちも反応してこっちをジロジロと見てくる。

　うう、注目されると胃が痛い……。

〈もうすっかり有名人だな

〈ギルド勧誘くる?
〈探索者の連中の中にもファン多いらしいぜ
〈まあんな戦い見せられたらそうなるわな。俺たちじゃ「すげー」しか思わないけど、探索者ならどれだけ凄いかよく分かるだろうし

俺は一旦コメントから視線を外し、興奮気味の男性探索者と話を続ける。

「あの、やけに入口が混んでますけど、なにかあったのですか?」

「あ! 社畜剣聖さんも西崖(にしがけ)入る予定なんですね! 有名人と同じタイミングで潜れるかもしれないなんてラッキー!」

楽しげに話す男性探索者。

西崖っていうのは『西新宿断崖ダンジョン』の略か? まあ確かに正式名称で呼ぶには長いけど略しすぎな気がしなくもない。

「あの、混んでいる理由は……」

「あ、すみません。テンション上がっちゃって。えっと混んでいる理由ですよね。それが入口に行く用のエレベーターが壊れちゃったみたいなんですよ。朝、何組かは行けたみたいなんですけど、途中で壊れちゃったみたいで。このままだと降りた人を回収することもできないってなってるみたいです」

「なるほど。ありがとうございます」

エレベーターの故障か。

だからこんなに人が集まってしまっているんだな。

うーん、機械が直るのを待つのは配信的にあり得ないよな。かといって違うダンジョンに行くのも興醒めだ。

見ればコメントも「つまんな」「持ってないなあ」「ま、故障なら仕方ないでしょ」などと冷め始めている。このままじゃチャンネル登録者数が減ることも必至だ。

そうだ。確か足立に貰った資料にトラブルが起きた時の解決方法が書かれてたな。

ええと……そうだ。『お前が社畜時代にやっていたように、力ずくで解決しろ。それが一番ウケる』だ。

本当にそんなのでウケるかは分からないけど、まあ確かめてみるか。

「職員さん、ダンジョンに入るので受付してください」

「え？　社畜剣聖さん!?」

本日二回目の反応をされる。

もうダンジョン関係者全員に顔が割れてると考えて良さそうだ。やりづらいな……。

「あの、受付を」

「あ、すみません。今は中に入れなくて……」

「大丈夫です、受付だけしてください」

「はあ……」

ダンジョンに入る時には必ずそのダンジョンを管理している迷宮管理局の職員に申請する必要が

ある。ギルドに所属してたらそこら辺はギルドが勝手にやってくれたりするんだけどな。

俺はフリーだから顔パスとはいかない。

「……はい。これで受付は完了しました」

「ありがとうございます」

俺は礼を言って、断崖のそばに立つ。

崖は深く、底の方は全然見えない。

〈うわふっか。落ちたら絶対死ぬな

〈高所恐怖症のワイ、無事死亡

〈今日は解散ですか

〈話題の剣聖様もさすがに無理っすかｗｗｗ

よし、じゃあ足立の意見に従って、いい、い、いつも通りのやり方で入るとしよう。

俺はネクタイをキツく締めて気合を入れると、その崖からぴょん、と飛び降りた。

〈え？

〈は？

〈ひえっ

〈ぎゃあああああ!?

〈死ぬ、死ぬ！

〈マジかよ!?

阿鼻叫喚の様相を見せるコメント欄。

やっぱり飛び降りるって言っておいた方がよかったか？　でもサプライズ要素も必要だって足立も言ってたし、賑やかな分にはいいか。

「よ……っと」

俺は空中で体を捻って制御すると、時折崖の壁を蹴って方向を調整しながら底を目指す。

「ちょっと酔うかもしれませんので気をつけてください」

一応そう配慮しながら、俺は崖の底に降りる。

〈ぎゃあああああ!!　落ちるううううう!!

〈死ぬ！　死ぬって！

〈前も落ちてたからな。俺はもう慣れたもんよばばばばば

〈シャチケンの配信は初めてか？　肩の力ぬけよばばばば

〈誰も慣れてなくて草

〈酔い止め必須だなこりゃ

〈これマジで死なない!?　いくら覚醒者が頑丈だからってこの速度で落ちたらさすがに死ぬでしょ!!

俺は落ちながらもコメントが爆速で流れていくのを確認する。

なんか分からないけど盛り上がっているみたいだ。どうやら飛び込んで正解だったみたいだな。

「そろそろ減速するか」

　徐々に底が見えてきたので、俺は腰に差した片刃の剣を抜き放つ。

　そしてそれを遠慮なく崖に突き刺して、その刃の背に足を乗っける。形としてはスノボみたいな感じだな。滑っているのは雪じゃなくて崖だけど。

「よ……っと！」

　十分に減速した俺は、崖を蹴って飛び上がる。

　そして空中で数度回転してから、しゅたっと着地する。社畜時代、果てしないノルマをこなすためにダンジョンの中を飛び回って移動していたので、こういうアクロバティックな移動には慣れているんだ。


〈め、目が回った……

〈見てるだけなのに死ぬかと思ったわ

〈めっちゃ刺激的でよかった！　こんなに動き回れるなんて私も覚醒者になりたいなー

〈いや普通の覚醒者はこんな動きできんぞ？　もしできるならここにエレベーターなんて設置されねえ

〈※ただし田中に限る。こうですか分かりません

　コメントの反応も上々だ。

　やって正解だったな。

「えー、じゃあさっそく『西新宿断崖ダンジョン』に入っていきたいと思います。お見苦しい点もあるかもしれませんが、楽しんでいただけると幸いです」

〈クソ丁寧で草
〈社畜根性が染み付いている
〈でも配信者って失礼な奴も多いから俺は好印象だわ
〈分かる。俺も安心する
〈こういうのでいいんだよこういうので
〈普通で安心する
〈待ってくれ。今さっき崖から飛び降りたの忘れていない!?　普通じゃないよこの人は!
〈普通の定義が壊れる

俺はコメントを尻目にダンジョンの中に足を踏み入れる。

例外はあるけど、基本的にダンジョンは地下に続いている。壁は洞窟のように土や岩をくり抜いたようになっていて、中には遺跡のような物があったりもする。

そしてなによりの特徴は中にモンスターがいるということ。

基本的にモンスターはダンジョンの中にのみ生息するけど、たまに外に出てくる個体もいる。そういう時はまず天月の所属する魔物討伐局に連絡が行って、そこの職員が討伐に向かうんだ。

……と、考えている間にモンスターのおでましだ。

『ギ、ギギ……』

耳障りな声を出しながらやってきたのは、緑色の肌をした小鬼、ゴブリンだ。

ナイフとかの武器を使うけど、知能も身体能力も全然高くはない。

探索者協会が設定している危険度ランクもD。最低クラスだ。

現れたゴブリンは全部で五体。

それほど多くはないし、撮れ高にはならなそうだ。

「よっ」

軽く踏み込んで、ゴブリンたちとすれ違う。

そしてその刹那に剣を一振り。五体のゴブリンたちの胴を切り裂いて見せた。

『ガ……？』

ゴブリンたちはなにが起きたのかも分からず、その場に崩れ落ちる。

あいつらの目じゃ俺の姿を捉えることもできなかっただろうな。さて、早く中層に行って見どころを作……

〈は!?　今なにやったの!?

〈全く見えなかったんだけど!?

〈俺、一応Bランク探索者なんだけどマジで見えなかったわ。自信なくす……

〈これもうカメラの性能が追いついてないだろ。コマ送りしてもわけ分からん。いつ移動したんだ？

〈人間の技術の敗北だろこれ
〈カメラに映らない!?　いいこと思いついた
〈おまわりさんこいつです

チン、と剣を鞘に納めると、コメントがやたら騒がしい。

どうやら今の動きで盛り上がっているみたいだ。

うーん。相手はゴブリン、誰も苦戦するような相手じゃないのにな。探索者じゃない人が見てるから、今のが凄くないってことが分からないのかな？

「あの、喜んでいただけるのは嬉しいですが、今のはゴブリンなのでたいしたことないですよ。あれくらい少し練習すればできます」

そう説明したらコメントが爆速で流れる。

〈できてたまるか！

〈俺もゴブリンくらいなら倒せるけど、あんな風には無理だよ……

〈あれ、俺なんかやっちゃいました？

〈ガチでやってるパターンも珍しい
〈シャチケン「なにって……カメラでも追えない速度で斬っただけだが？」

〈田中ァ！　違うモンスター来てるぞ！

気づけば灰色の大きなネズミがこちらに向かってきている。

あれはダンジョンラットか。ゴブリンと同じくらいの強さだけど、速いしなにより臭い。

あいつの血を浴びるとしばらく腐ったような臭いが取れないいんだ。昔は苦労させられたなあ。

見ればコメントにも、

〈うげ、ダンジョンラットじゃん

〈臭くて苦手なんだよなあ
などの声が出ていた。

みんな思うことは同じみたいだ。

「あ、じゃあダンジョンラットのいい倒し方を教えますね。それほど難しくありませんし、これなら臭いもつきません」

〈そんな方法があるの？

〈聞きたい聞きたい！

〈期待
〈嘘だぞ絶対難しいゾ
〈言うなよみんな分かってるんだから
俺は向かってくるダンジョンラットを見据えると、鞘から剣を高速で抜き放つ。

剣閃が走り、不可視の刃が放たれる。

音速を超えた時に発生する衝撃波、いわゆる衝撃波(ソニックブーム)というやつだ。俺が『飛来刃』と呼んでるその技は、ダンジョンラットの体を両断した上で、その体を吹き飛ばしてしまう。

これなら俺に臭いがつくこともない。

さて、コメントの反応はどうだろうか。この方法を意外と知らない人も多いんじゃないか？　役立ってくれると嬉しいんだけど。

〈やっぱり無理じゃん!!

〈知ってた
〈知ってた
〈しってた
〈ほらね
〈人間は普通衝撃波出せないのよ
〈※彼は特殊な会社で働いていました
〈あんなの撃てたら楽しいだろうなあ
〈覚醒者ってあんなことできんの!?
〈できてたまるか
　なぜか想定とは違う反応だった。
　うーん、なんでこう上手くいかないんだろう。やり方を変えた方がいいのか？
　そう思っていると、そんな俺の気持ちを見透かしているかのように、足立から《いいぞ。その調子でやれ》とメッセージが届く。
　不安だけどあいつが言うならもう少し続けてみるか。
「えっと、それじゃあ中層に入ります。ＳＮＳには質問箱も用意していますので、質問がある方はそちらにお願いしますね」
　俺は慣れないカメラ目線でそう言うと、更にダンジョンの奥に進む。
　道中トレントやコボルトにも襲われたけど、所詮は上層のモンスターだ。なんなく倒した俺は中層へとたどり着く。

「ここから下は中層になります。さっきまでより強いモンスターも出ますので、注意が必要です」

上層と中層の見た目の違いは、ほとんどない。

壁や地面の色が少し黒くなっているかな？　とは思うけど、それも良く見なきゃ分からないレベルだ。

じゃあどうやって区別しているのかと言うと、それは『魔素』の量だ。

人を覚醒させる要素となる未知のエネルギー、『魔素』。空気中の魔素濃度はダンジョンの奥に行くほど濃くなるのだ。

「中層ともなると、結構魔素酔いする人もいるので来る人は気をつけてください。あんまり一度に体に入ると中毒症状を起こしますので」

調子に乗って一気に下の層まで降り、魔素中毒を起こして死ぬ。なんてのは昔はよくあった話だ。

登山やダイビングと同じでゆっくり環境に体を慣らすのが大事なんだ。

〈でもシャチケンはこの前、一気に深層に潜ってなかった？

〈確かに
〈そういえば切り抜きで見たわ
〈あれはなんなの？

〈説得力なくて草
〈どうせ完全耐性を持ってるとかでしょ（適当）

〈ありそうな話なのが怖い

……確かにそんなことをしたな。

俺はそれの弁明をする。

「えっと……私は他の人より魔素への耐性がありますので深層に一気に潜っても大丈夫です。だけど多分普通の方がやったら体が破裂しますので絶対にやめてください」

〈破裂すんの!?

〈こっわ

〈魔素くん本気出しすぎ

〈ひいっ

〈ほらやっぱり耐性持ってるじゃないか

〈究極完全体シャチクモス

〈なんで耐性持ってるの？　俺、魔素酔いしやすいから本気で知りたいんだよね

〈確かに、私も知りたい

コメントを眺めていると、ちらほら自分も耐性を持ちたいという人が出始めた。

まだモンスターも出てきてないし、質問に答えても大丈夫かな。

「基本的にダンジョンの中にいればいるほど、体は魔素に慣れていきます。私と同じくらい……そうですね、月残業三百五十時間の生活を最低五年。それくらいの時間ダンジョンの中にいれば自然と耐性がつくと思いますよ」

〈無理すぎて草
〈ファーーーーｗｗ
〈聞いてるだけで吐きそう
〈須田ァ！　てめえ一生出てくんなッ！
〈俺の推し配信者が社畜すぎてツライ
〈社畜になるか魔素酔いするかの二択か……

　戸惑ったコメントが流れる。

　うーん、そりゃ嫌だよな。俺だってあの生活にはとてもじゃないけど戻りたくない。

「あ、後はダンジョンの中の物を食べても耐性がつきますよ」

　俺はそう言って近くに生えているキノコを拾う。

　青白く光るこのキノコの名前は『ルミナスキャップ』。もちろんダンジョンの中にしかない特殊なキノコだ。

　このキノコの中には魔素が詰まっている。食べれば当然魔素を摂取することができる。

「いただきます」

　俺はそのキノコを生でぱくりと食べる。

　うん。少し舌触りが嫌な感じだけど味は悪くない。

〈生で食ってて草、いや茸
〈オエーーー！

〈光ってるものは食べちゃ駄目ってお母さんに習いませんでした⁉
〈そもそも光ってるものなんて地上にほぼないだろ
〈ダンジョンの中の物って基本食べちゃ駄目なんじゃなかった⁉　それで入院したってニュースあった気が
〈待て。そもそも安全なキノコでも生は駄目だぞ
　コメント欄は阿鼻叫喚だった。
　めっちゃ引かれている気がする。
「あ、でも食べるなら少しずつの方がいいですよ。魔素を急に取り込むと、やっぱり中毒起こすんで。私の場合はノルマがきつくて食事を取る暇さえなかったから、ダンジョンの物を生で適当に食ってただけなんで……」
　最初の頃は腹痛でぶっ倒れたりしたっけ。
　でも働いて三年目にもなったら、生で食べてもお腹を壊さないようになった。人間の順応力も馬鹿にできない。
〈そうやって魔素を取り込んでたのか
〈魔素を取り込めば取り込むほど強くなるっていうから、それで強くなったのか
〈シャチケンの強さの秘密を垣間見たわ……
〈だから強いんだな。こりゃ真似できん
〈真似したら死ぬだろ

〈この前下層に少しだけ行ったけど、五分で気持ち悪くなったぞ俺
〈不憫だ……
〈[￥5000] 可哀想過ぎる。これで美味しいものでも食べてください
〈およ？
〈あれ？　スペチャ送れるようになった？

コメントを眺めていると、初めて見る表記が出て目を奪われる。

これは……確か足立に貰った資料に書いてあったな。

名前は『スペシャルチャット』だったか？　投げ銭とも呼ぶって書いてあったな。

なんでも視聴者が直接配信者にお金を送れるらしい。そんな機能誰が使うんだと思ってたけど、本当に送ってもらえるんだな。

おっと、感心する前にまずはお礼を言わないとな。

「スペチャの方、ありがとうございます。これで美味しいものを食べさせていただきます。どうやらスペシャルチャットの機能が解禁されたみたいです。これもひとえにみなさまのおかげです。ありがとうございます」

そう言って俺は深く頭を下げる。

須田に下げるのは嫌だったけど、視聴者にだったら苦じゃないな。

ちなみにスペシャルチャット機能はチャンネル登録者数が一万人を超えたら解禁される。

その数は前回の配信で超えてたけど、超えたからといってすぐには解禁できないみたいで、色々

身元とかがクリーンだと確認されてから解禁されるらしい。

そのタイミングが今だったってわけだ。

〈[¥2000]　やっと金投げれる！　退職金贈呈します！

〈[¥10000]　ファンです！　これからも配信楽しみにしてます！

〈[¥500]　少ないですが、お昼ごはんの足しにしてください！

〈[¥15000]　私からも退職祝いです！

〈[¥8000]　お前らちょろすぎｗｗもっと金大切にしろｗｗｗ
〈[¥3000]　ここは優しいインターネッツですね
続々と流れるスペシャルチャット。

それを見た俺は目頭が熱くなり、目元を押さえる。

なんだろう。今までの苦労が報われた気分だ。

こんなにたくさんの人に良くしてもらうなんて初めての経験だ。会社を辞めて、配信者になって、本当に良かった。胸の奥がじんとして涙が溢れそうになる。

「すみません、お見苦しいところを……」

〈田中さん!?　大丈夫ですか!?

〈シャチケン、男泣き
〈歳取ると涙腺ゆるくなるよな。分かる
〈はあは、泣いているところもセクシーですね……

〈ヤバいのいて草
俺は涙を拭い、こらえる。
いけないいな、最後までしっかりやらないと。
「ありがとうございます。みなさんのご期待に添えられるよう、これからも粉骨砕身で配信いたします。これからも応援の程、よろしくお願いいたします」
〈かしこまりすぎてこっちが恥ずいw
〈こちらこそよろしくお願いします！
〈粉骨砕身しないで体いたわって！
〈粉骨砕身されるのはモンスター側なんだよなあ
〈あー。この配信好き過ぎるかもしれない
〈今までのダンジョン配信を過去にした男
〈バイトしてスペチャします！
温かい言葉を受けながら、俺は中層を進む。
そろそろなにかモンスターが出てくる頃かな。みんなの期待に応えるためにも、なにか凄い方法で倒したい……などと思っていると、突然悲鳴のような声が耳に入る。
「……これは!?」
甲高い、女性の声。
明らかに人間の声だ、下の方から聞こえてきた。

〈え、事件？

〈これやばくない？

〈でもこのダンジョン、今封鎖されてるでしょ？

〈朝に何組か入ったって言ってなかった？　エレベーターが壊れる前に

〈あー、言ってたかも

〈わ!?　映像が乱れた!?

　気づけば俺は駆け出していた。

　別に正義漢を気取るつもりはないけど、俺の目の届く範囲内で助けられるなら助けたい。

「少し揺れます。苦手な方は酔い止めを服用ください」

　俺はそう言いながら、ダンジョンを高速で駆け抜ける。

〈速っっっや。これもう人間新幹線だろ

〈新幹線より速くね？

〈おろろ、また気持ち悪くなってきた

〈酔い止め必須やぞ

〈酔い止め飲んだらガチで体調戻ってきて草

〈じゃあ俺も飲むか……

〈この速さについてけるドローンくん凄いな。絶対いい機種だわ

〈ドローンくん過労死しそう

〈死なないでドローンくん(´;ε;`)

俺は流れるコメントを確認せず、ダンジョンの中を駆け抜ける。

もちろん駆けながら周囲の状況確認も怠らない。

「なんか、変だな……」

口では上手く伝えられないけど、ダンジョンの中は変な感じがした。

落ち着かない雰囲気だ。見かけるモンスターたちもなんだか気が立っているような気がする。

こういう時は予期せぬトラブルが起きやすい。気をつけなきゃな。

「見えてきた……！」

視線の先に戦っている探索者の姿が見える。

その人は若い女性の探索者だった。身の丈くらいの大きな剣を振り回し、必死にモンスターたちと戦っている。

「単独（ソロ）で潜っているのか？　危ないな……」

〈おまいう

〈一人で深層行ってた人がなんか言ってる

〈まあこの人は特別だから……

〈※彼は特殊な会社で働いていました

〈実際中層以下のソロダイブは危険だぞ。自殺行為だ

〈ソロは免許制にするみたいな法案もあったよな。どうなったんだろ

突っ込まれてしまったけど、気にしない。

俺の場合は無理やり会社に単独（ソロ）で行かされていただけだ。好きでやっていたわけじゃない。

上層ならまだしも中層以下は単独（ソロ）で潜るべきじゃないんだ。ダンジョンにはモンスターの他にもトラップなどの危険なものがたくさんある。二人以上なら助け合えるけど、一人だと一回のミスで死に繋がる。

ダンジョンはゲームみたいな場所だけど、死んだらそこで終わり。

もう一回（コンティニュー）はできないんだ。

「あっち行って……ください！」

モンスターに襲われている女性の声が聞こえる。

肩まで伸びたふわふわな髪の毛が特徴的な、かわいらしい女性だ。歳は大学生くらいか？　探索者の中ではかなり若い部類だ。

動きは悪くないけど、相手が悪い。

彼女が相手にしているのは『オーガ』。身長二メートルを超す、大型の鬼型モンスターだ。

高い知能がある上に、かなりの怪力を誇るモンスターで、中々面倒な相手だ。

おまけにオーガは十体いて、チームプレイで女性を囲みながらじわじわと彼女を弱らせている。

あれじゃ逃げることもできないな。

〈あれってオーガだよな
〈え、なんでオーガがいるの!?

〈ん？　なんか変なの？

〈オーガは下層より下に生息しているモンスターなんだよ

〈でもここ中層だよな？

〈もしかして異常事態（イレギュラー）が起きてる？　やばくね？

騒ぎ始めるコメント欄。

異常事態（イレギュラー）というのは、名前の通りダンジョン内で普段は起きないことが起こることだ。本来その層に現れないモンスターが大量に現れたりなどがそれに当たる。

「きゃあ!?」

懸命に戦っていた彼女だったが、オーガの棍棒を受け止めきれず、大剣を落としてしまう。

丸腰になってしまった彼女を捕まえようと、オーガが手を伸ばす。

まずい。急がなければ。

「――――はあっ！」

俺は一瞬で地面を十回ほど蹴り飛ばし、急加速する。

そして勢いそのままに剣を抜き放ち、手を伸ばしていたオーガの体を切り裂く。

『ガ……？』

なにが起きたのかも分からず倒れるオーガ。その体はサラサラと消えて、その場には角のみが残る。倒されたモンスターは素材を残し、他の部分は魔素となりダンジョンに還るんだ。

その角はそこそこ貴重品だけど今は無視し、襲われていた女性を抱えてオーガたちから距離を取る。

お姫様抱っこのような形になっているので、お尻とか色々やわらかい部分が当たってしまっているけど……非常事態なので許してほしい。訴えられたりしないよな？

「えっと……大丈夫ですか？」

「え、あ、ひゃい」

俺の腕の中で驚いたように目を丸くする女性はそう答える。

「立てそうですか？」

「は、はい。大丈夫です……」

俺は抱えた女性を優しく下ろす。

あちこち服は擦り切れて、体にも小さなキズがある。体力はかなり消耗してそうだけど、深いダメージは負っていなさそうだ。自分で歩くことくらいはできそうだな。

「私は田中誠と言います。貴女は？」

「え、田中さんってあの社畜剣聖さんですか!?　びっくり……じゃなかった。えっと私は星乃唯と言います。一応ダンジョン配信者をやっています」

星乃と名乗った彼女の近くには、ひび割れて煙が出ているドローンがふらふらと飛んでいた。どうやらオーガに壊されてしまったようだ。

それにしてもこんな偶然会った子にまで俺の名前が知られているなんて驚きだ。思った以上に社畜剣聖の名前は広がっているみたいだな。ネットの力って凄い。

〈この子、ゆいちゃんねるの人じゃん
〈最近『かわいすぎる探索者』でバズったよな
〈ゆいちゃんかわいい。チャンネル登録してこよ
〈そういえば突然配信切れたってさっきSNSで話題になってたな
〈まさかのコラボ
〈異常事態（イレギュラー）のことは迷宮管理局に通報したけど、動いてくれるかな？
〈探索者の救助まではしてくれんでしょ

コメントをチラ見して現状を把握しておく。

迷宮管理局に通報してくれたのは助かる。だけどコメントにある通り、俺たちを助けには来てくれないだろう。中で起きたことは基本的に全て探索者の自己責任。それが嫌なら会社（ギルド）に入るしかない。

ま、俺の入っていたギルドは助けになんか来てくれなかっただろうけどな。

「なぜこんな状況になったのですか？」

「それは……私も分からないんです。中層の浅いところで配信していたら、急にオーガが襲いかかってきて……。私下層なんて行ったことないから必死に逃げたんですけど、どんどん下の方に追い込まれて、どうしようもなくなっちゃって」

星乃さんの目に涙が浮かぶ。

追いかけられた時のことを思い出して、怖くなってしまったんだろう。俺もダンジョンに潜りた

ての時はよく恐怖を感じることがあったので、気持ちは分かる。

俺は震える彼女の肩に手を乗せると、勇気づけるように言う。

「よく頑張りましたね。もう安心してください。ここからは――――俺の業務だ」

よそ行きの敬語モードから、業務モードに意識を切り替える。

相手はオーガ十体。深層での戦いに比べたら退屈な相手だが、まあいい。普段は無視する上層のモンスターを相手にしていて退屈だったところだ。

俺は一歩、オーガたちのもとに近づく。

するとオーガたちは一歩、俺から後ずさる。

『グ、ウ……！』

「なんだ、逃げるのか？」

挑発するように言うと、オーガたちは覚悟を決めたのか武器を強く握り『ガアアアアアッ!!』と咆哮する。

そして一斉に俺に向かって突っ込んでくる。

〈ぎゃあああああ!!

〈オーガ、こっわ
〈オイオイオイ、死んだわ
〈まあ見ててくださいよ一見さん。ウチの社畜はここからが凄いんです
〈切り抜き班頼むぞー

〈[¥10000] 田中さん！　やっちゃってください！

俺は思考の全てを目の前の敵に集中し、踏み込む。

『ガ……？』

一瞬にして目の前に現れた俺を見て、オーガは呆(ほう)けた声を出す。

俺はその顔が驚きに変わるよりも早く剣を抜き放ち、オーガを袈裟斬りにする。

『グ、オ……』

傷口から大量の魔素が飛び散り、オーガは崩れ落ちる。

すると仲間がやられたことに気がついたオーガは棍棒を握り、俺を囲むように襲いかかってくる。

『ガアアアッ！』

「……遅い」

俺はその場で飛び上がりオーガの攻撃を躱(かわ)すと、空中で一回転して後ろにいたオーガの首に空中回し蹴りを打ち込む。

めきり、という骨が砕け散る嫌な音とともに、オーガの頸椎(けいつい)は完全に破壊される。

そのままオーガの体を蹴飛ばし空中で加速した俺は、なにが起きたか分からず硬直する奴らを、次々と一刀のもとに斬り伏せていく。

〈ヤッツッツバ。切り抜きで見たことあるけど、生は迫力が違えわ

〈これよこれ！　これが見たかったんだよなあ！

〈マジでウチのギルド入ってくれないかな……

〈シャチケンはギルドに収まるような器じゃないでしょｗ

〈アンチだったけど改宗します。これは本物だ……

〈オーガをムカつく上司だと思いながら見てます。私も社畜卒業したい

〈社畜界の星

〈シャチケン見てる唯ちゃんの顔見ろよ。完全に乙女の顔してやがる

〈俺の唯ちゃんが……

〈まあ強い男に惹かれるのはしゃあない

〈俺も鏡見たらあの顔してたわ。もしかしたら俺も女なのかもしれない

〈偶然だな、俺もだよ

〈視聴者が全員乙女になっちゃう

次々と倒れていくオーガたち。

気がつけば残り一体になっていた。

『グ、ググ……！』

力の差は分かっているはずだけど、オーガは逃げず手にした棍棒を構えた。

一応戦士としての矜持（きょうじ）は持っているみたいだ。

「分かった。全力で相手しよう」

俺は剣を鞘に納め、居合（いあい）の構えを取る。

するとオーガは今が好機と襲いかかってくる。

奴からしたら剣をしまっている今は隙だらけに見えているのかもしれない。だけどこの構えを取った時点で、額に拳銃を押し付けているようなものだ。

後は引き金を引くだけで、勝負はつく。

「――――我流剣術『瞬（またたき）』」

閃光が走り、俺とオーガの体は一瞬にしてすれ違う。

オーガはなにが起きたか分からず、振り返り俺の方に来ようとするが、三歩ほど歩いたところで胴体が両断されその場に崩れ落ちる。

『瞬（またたき）』は、斬られたことにすら気づかないほどの最速居合術なのだ。

「お前も強かったが……相手が悪かったな」

俺はチン、と剣を完全に鞘に納めると、星乃さんのもとに歩き出す。

〈なに今の!?　マジでなにも見えなかったんだけど!?

〈今までのも本気じゃなかった……ってコト!?

〈これもまだ本気じゃない可能性もあるぞ
〈「相手が悪かったな」……だっておｗｗ　俺も言ってみてえ……

〈ガチで相手が悪いの草なんだ
〈我流剣術、他にどんなのあるんだろ
〈田中ァ！　抱いてくれェ！

〈俺おっさんなのに田中を見てると心臓がバクバク言うんだ。もしかしてこれって……

〈動悸でしょ

コメントが騒がしいが、今は無視して星乃さんに話しかける。

「大丈夫ですか？」

俺が助けた女性、名前は確か星乃唯だったか？　彼女はよほど怖かったのかぽーっと呆けた顔をしている。顔もほんのりと赤いし、心配だ。

「あ、はい！　だ、大丈夫でひゅ！」

思いっきり噛んでるけど、まあ元気はありそうだ。

これなら自分の足で帰れるかな？

「ひとまずここに居続けるのはよくない。あっちで一回態勢を立て直しましょう」

「わ、分かりました！」

俺と星乃さんは一旦壁際に移動する。開けた場所だとモンスターに襲われる可能性が高いからな。

俺は移動しながらちらっとコメントを確認する。ちなみにコメントはスマホを見なくてもドローンが空中に小さな画面（ウィンドウ）を投影してくれるのでそれで確認できる。

〈ダンジョンの中に若い男女……なにも起こらないはずもなく……

〈R18配信ですか!?　規約違反ですよ！

〈田中ァ！　優しくしてやれよォ！

〈俺のゆいちゃんが……

〈俺の田中が……

〈ハーレム一人目ですね。やったぜ

〈今の日本、ダンジョンのせいで格差社会が進みすぎて重婚ＯＫになったからなあ。ガチでハーレムもありえるんよな

〈昔だったらありえんけど、世界的にそういう流れなんだよな。おっさんはついていけん

　コメントでは好き勝手言われていた。

　俺が手を出すわけないだろ。そもそも俺はこの子と五つは歳が離れている。向こうから見たら俺もおっさんに見えるだろう。

　いい子そうだから恩は感じてくれてるかもしれないけど、恋愛感情はそれとは別だ。

　ここを出たらもう会うこともなくなるだろう。

「よし。ここで一旦休憩するか」

「はい」

「じゃあ今から怪我の手当をするので一旦配信を切ります。少ししたら再開します」

〈え、ちょま

〈金！　金なら払うんで！

〈後生(ごしょう)ですから！

〈そりゃないぜ田中ァ！

　ブチッ。

　俺は流れるコメントを無視して容赦なく配信を切る。

配信していたら彼女も話しづらいだろうからな。当然の処置だ。

「星乃さん……でしたよね。怪我の手当をするので痛い箇所を教えていただけますか？」

「あ、はい！　すみません、なにからなにまでお世話になってしまって……。助けていただき、本当にありがとうございますっ！」

星乃さんは申し訳なさそうな顔をしながら、地面にめり込みそうな勢いで頭を下げる。

「田中さんが来なかったら私、あそこで死んでました。このご恩は絶っ対に忘れません！　必ずお返しいたします！」

「いいですってそんなの。同業者を助けるのは当然の行動なので」

「いえ！　そういうわけにはいきません！　恩を受けたら倍返ししろとお母さんに言われて育ったので！」

キラキラとした顔で星乃さんは言う。

なんというか……『陽』って感じの子だ。『陰』の俺には眩しい。

昔は俺にもこんな感じが少しはあったかもしれないけど、長い社畜人生で俺の心は完全に真っ黒になってしまった。

過酷な労働は人を変える。彼女がブラックで働くことにならないことを祈るばかりだ。

「それと田中さん。私は歳下ですし、探索者としての経験もずっと短いです。なので敬語はやめていただけませんか？　なんだかこちらが申し訳なくなってしまうので」

「うーん……分かった。それなら少し砕けた感じでいこうか」

俺たちはこのダンジョンから一緒に脱出しなきゃいけない。

いつまでもお互い固いままだと、動きも悪くなる。今だけでも仲良くなっておくのは得策かもな。

「えっと……星乃。どこが痛む？」

「一番痛むのは足ですね。オーガの攻撃が当たっちゃいまして……」

星乃は座りながら足を俺の前に出す。

確かに彼女の足は赤く腫れていた。これは痛そうだ。

「分かった。今治療する」

俺はスーツのポケットから緑色の液体が入った小瓶を取り出す。

そしてそれを自分の手に伸ばし、彼女の足に塗る。すると星乃は驚いたように目を丸くする。

「それって回復薬（ポーション）ですか!?　そんな貴重な物を……」

「まだ持ってるから大丈夫。気にしなくていいって」

「うう……申し訳ありません……」

回復薬（ポーション）はダンジョンの中で取れるもので作られた、回復作用のある液体の総称だ。

地上でお金を払って買うこともできるけど……結構高い。

支給してくれるギルドもあるけど、俺の所属していたギルドはもちろん一回もくれなかった。なので俺は自分で回復薬（ポーション）を作っていたんだ。

深層までしょっちゅう潜ってた俺は貴重な素材をたくさん取ることができたからな。素材には困らなかった。

素材そのものを許可なく持ち帰ることや、ダンジョン内の物を加工して売ることは禁止されているけど、加工したものを自分で使う分には法律的に問題ないんだ。

「よし。これで終わり」

「ありがとうございます。わ！　もう腫れが引いて来ました……凄い！」

星乃はその場でぴょんぴょんと跳ねて見せる。

その度に彼女の大きな胸が揺れて、非常に目のやり場に困る。配信を切っておいてよかったな……。

「ところで星乃はなんでこんな所に一人で来ていたんだ？　俺が言うのもなんだけど、中層に一人で来るのは危険だぞ」

怪我の手当を終えた俺は、配信を再開する前に彼女に尋ねる。

上層と中層では危険度が全然違う。オーガとある程度渡り合っていた彼女の腕なら上層なら一人でも平気だろうけど、中層となると話は別だ。

中層のモンスターと正面からの殴り合いなら勝てるかもしれない。だが後ろからの不意打ち、遠距離からの攻撃、毒やトラップによる攻撃など、中層にもなるとモンスターが取ってくる手段が増えるんだ。

良くも悪くも素直な彼女がそういうのに対応するのは難しいだろう。

「はい。本当に申し訳ありません……」

しょぼん、と落ち込む星乃。

無茶なことをしていたという自覚はあるみたいだ。

「私には危険だというのは分かっていました。でも上層だと視聴者数も伸びなくて……苦肉の策で中層に行ったんです。そしたらなぜかオーガに襲われて」

「視聴者数が伸びなくて焦ったのは分かるけど、それで死んだら元も子もないじゃないか。見たところまだ星乃は学生だろ？　そんなにガツガツ人気を取りに行かなくても……」

そう説得するが、彼女はふるふると首を横に振る。

「私、母子家庭なんです。それで家が貧乏で、弟たちの学費も見なくちゃいけないんです。大学に通いながらお金を稼げるのは、ダンジョン配信者か夜のお仕事くらいです。なりふり構っている暇は……なかったんです」

そう言って彼女は悲しげに目を伏せる。

どうやら思っていた以上に深い理由がありそうだ。適当に返事をしちゃいけないな。

「そうだったのか……。ならどこかのギルドに入ったらどうだ？　有名配信者ほどは稼げないけど、安定した収入は貰えるだろ」

「確かにそうですが、今は大卒じゃないと大手のギルドには入れないんです。高卒で入れるところはどこもお給料が……」

「ああ……なるほど」

今の就職事情には疎(うと)いけど、どうやら大卒じゃないと俺がいたところみたいなブラックにしか入れないみたいだ。学歴社会の波がこっちにまで来ているなんて、なんとも悲しい。

「配信者をやっていれば、大手から声がかかることもあると聞いて始めたんです。お金もバイトをするより貰えますし」

「そんな事情があったのか。悪かったな、知らずに色々言ってしまって」

俺は頭を下げる。

話したくないことを話させてしまったと反省していると、彼女は大きな声で「いや大丈夫です！」と叫ぶ。

「あの、私嬉しかったんです。今まであんな風に助けてもらったことありませんでしたので。それにその、抱っこしてもらった時とかも『お父さんがいたらこんな感じなのかな』って思って……その、なんか感動しちゃって」

「はは、いい話だけど父親っていうのは少しショックだな。そんなに歳いっているように見えるか？」

「あ。すみません！　そういう意味じゃないんです！　田中さんは全然老けてなんて見えないです！　頼りになるお兄さんって感じで、ええと……」

困ったように目をぐるぐる回しながら彼女は言う。

「冗談だ。からかっただけだ」

「ほっ。なら良かったです」

安心したような顔をする星乃。

……考えてみれば俺と彼女の境遇は似ているかもしれない。

俺も親が魔素中毒を起こして入院し、頼る人がいないから中卒で須田の会社（ギルド）で働き始めた。まだ子どもだった俺が親の入院費を稼ぐにはそれしかなかったから。

ひたすらにつらく苦しい日々。俺が壊れなかったのは運が良かっただけ。もう少し長く社畜だったら壊れていただろう。

そんな無間（むげん）地獄に彼女もいるんだと思うと、急に悲しくなってきた。

できるだけ力になってあげたい、そう思った。

「大変だったな星乃……分かった」

「へ？」

首を傾げる彼女の手を、俺は取る。

「父親の代わりになんてなれないけど、このダンジョンを出るまでは俺がお前を守る。絶対に孤独（ひとり）にはしないから安心してくれ」

「え、あ、あの……はい。よろしくお願いしますぅ……」

ぷしゅ、と頭から湯気を出しながら星乃は答える。

見れば顔もトマトみたいに真っ赤だ。ん？　なにか間違えたか？

俺は首を傾げながらスマホを見る。

現状を伝えるためにも配信は有効な手段だ。そろそろ配信を再開しようかと思った俺は、とんでもないものを目にする。

「な、なんじゃこりゃ！」

〈告白キタ━━━━(。A。)━━━━!!
〈孤独にはしないよ……とか惚れてまうやろｗ
〈駄目だ、わいも女の子になっちゃう
〈男なのに胸がトゥンクしちゃった
〈耳が妊娠しました。たぶん三つ子です
〈俺の田中が……
〈わいの田中……
〈俺のシャチケンが……
〈とうとう田中ガチ恋勢しかいなくなって草
〈新しい名言が出ましたね。シャチケン名言集が厚くなるな
〈それにしても唯ちゃん、本当にいい子だな……こんどスペチャしよ
〈俺のボーナスも火を吹くぜ
〈二人ともお幸せに……結婚配信はしてね
〈[￥30000]　少し早いですがご祝儀です

なんと配信は切れておらず、コメントが溜まりに溜まっていた。

う、うそだ。俺は確かに配信を切ったはずなのに！

〈あ、気づいた？
〈シャチケン、お前の熱い思い確かに届いたぞ！

〈配信切るボタンじゃなくて映像切るボタン押してましたよ
〈ボタン隣だから押し間違えちゃったね、草
〈思えば社畜の時も押し間違えだったな
〈押し間違え芸も板についてきましたね
〈音声だけっていうのもいいもんでした。想像力がかきたてられる
〈もうDチューブに『シャチケンASMR』上がっているの草なんだ
「え、あ、う……しゅ、終了！」
俺はパニックになりながら、今度こそ配信を切る。
まさかボタン押し間違えをまたやってしまうとは……不覚だ。
「えっと、ごめん。星乃の身の上話、聞かれてしまったみたいだ。悪いな」
「い、いえ！　別に隠していることじゃないので大丈夫です！　それよりも田中さんの言葉が広まってしまうことの方が、まずいんじゃないですか？」
赤い顔をしながら申し訳なさそうに星乃は言う。
おかしなことを気にする子だ。
「俺は別に聞かれて困ることは言ってないから構わないさ。さっき言ったのは全部本心だからな」
「あひゅっ」
再び頭からぼふっと湯気を出す星乃。
不思議だ……どういう構造になっているんだろう。そう言えば昔も天月が同じ様なことをしてい

た記憶がある。

今度会ったらどうやって出しているのか聞いてみてもいいかもしれないな。

＊

「えー、突然配信を切ってしまい申し訳ありません。それではこれから彼女、星乃さんと一緒に異常事態（イレギュラー）が起きている西新宿断崖ダンジョンから脱出しようと思います」

〈何事もなかったかのように始めるの草

〈孤独（ひとり）にはしないよ……

〈再開キター――――(゜∀゜)――――!!

〈ありがとう、視聴者を孤独（ひとり）にしないでくれて……

〈ちゃんとみんな覚えてますよ

〈配信再開（二分ぶり）

〈二分の間になにしてたんですか!?　私気になります！

〈若い男女、なにも起きないはずがなく……

〈ひとまず服は脱ぎました！　次はなにをすればいいですか!?

相変わらず下世話な話が好きなコメント欄を無視し、俺は星乃とともにダンジョンを戻り始める。

天井をぶち破りながら帰れるなら一番速いけど、そんな動きをしたら星乃はついてこれない。必然的に行きより時間はかかってしまう。

「大丈夫か？　自分の足で走れるか？」

「はあ、はあ、はい！　全然大丈夫です！」

星乃は平気ですとばかりに明るい笑みを浮かべる。

パワーファイターである彼女は足が速いとは言えない。あまり飛ばしすぎないように気をつけなくちゃな。

「ところで星乃は他の人とパーティを組んだりしないのか？　ギルドに入れなくても、誰かと一緒になら中層でも危なくはないと思うが」

「あー……。よくコラボのお誘いとかは受けるんですけど、なんか私に声をかけてくる人って、目が怖い男の人ばかりなんですよね……」

「なるほどね……」

目が怖い、というのはつまり星乃のことを『狙っている』男なんだろう。

配信は建前で、本命はその後。お持ち帰りを狙っているってわけだ。

彼女は一見すると天然ですぐに騙されそうな感じがする。

天然でおまけにとびきりかわいい子が一人で配信をやっていたら、そりゃ飢えた配信者（オオカミ）に狙われる。

今まで毒牙にかかってないのが逆に凄い。

「じゃあ俺が最初のコラボってわけだ」

「はい、そうなりますね！」
「はは、なんだか悪いな。こんなおっさんが初めてのコラボ相手で」
「そんなことありません！　私、初めての人が田中さんで本当に嬉しいです！」
星乃はそう言った後、自分がとんでもないことを言ったと気づき「あ」と顔を赤くする。当然コメント欄は大盛りあがりだ。
〈はい『初めての人』いただきました
〈天然すぎるでしょこの子。俺が守護(まも)らなければ……
〈シャチケンいるし間に合ってるでしょ
〈初めての人があなたで嬉しいって一番言われたいセリフじゃん
〈おじさん胸がきゅんきゅんしちゃう
〈動悸定期
〈こいつらセッ＊＊したんだ!!
〈この子もかわいすぎる。推したいから生きて帰ってきてくれ……
なにを言っても収拾がつきそうにないのでコメントは放置する。
はあ、こんなかわいい子が俺になびくわけがないだろうが。視聴者たちも少しは現実を見た方がいい。
「えっと、すみません。私また……」
「別にいいよ。視聴者も楽しそうだし」

「あの、でも私さっきの言葉は本当で……」
「――――ん？」
なにか気になる音が聞こえ、立ち止まる。
すると星乃も「わわ!?」と慌てながら立ち止まる。
「ど、どうしたんですか？」
「しっ。なにか人の声が聞こえる」
「え？　私にはなにも聞こえませんけど……」
「いや……あっちだ」
耳を澄ませた俺は、音のした方向を確定する。
間違いない。これは人の声だ。それと戦闘をしているような音も聞こえる。
〈え、なにも聞こえなかったんだけど
〈動画の音爆上げしたけど聞こえん
〈今のドローンってかなり高性能なマイク積んでるはずだけど……
〈シャチケンの耳がそれ以上に高性能なだけでしょ
〈※彼は特殊な会社で働いていました
〈田中イヤーは地獄耳
〈ＰＣのソフトで限界まで音上げたら本当にかすかに人の声あって草。なんでこんなのが聞こえんねん

〈てかなんで人いるん？
〈朝に何組かの探索者は入ったって言ってたからそれでしょ
〈……じゃあまずくね？　今異常事態（イレギュラー）起きてんのに

コメントの言う通り、その探索者たちが強いモンスターに襲われているならマズい状況だ。今すぐ助けに行くべきだ。

だけど星乃のことも放ってはおけない。どうしようかと悩んでいると、星乃が俺の袖をくいと引っ張る。

「行きましょう田中さん。他の人を放って帰るなんて、私できません！」

「だけど……」

「私なら大丈夫です！　絶対に田中さんの足は引っ張りません。お願いします」

強い意志のこもった視線で、星乃は俺をまっすぐ見る。

死んだ魚の眼をしている俺とは対照的だな。こんな風に頼まれたのに断ったらこっちが悪者だ。

「……分かった。ただ危なくなったら逃げろよ？」

「はい、分かりました！」

ふんす、と星乃は意気込む。

ここまで来れば乗りかかった船だ。全員助けて地上に戻るとしよう。

「それじゃあ行くぞ。ついて来い！」

「はいっ！」

俺と星乃は全速力で声のする方へ駆け出す。

そして走ること数分、声の主が見えてくる。

そこにいたのは五人の探索者パーティ。彼らは迷宮魔術師（ダンジョンソーサラー）という厄介なモンスターと戦っていた。

迷宮魔術師（ダンジョンソーサラー）は、黒い霧がローブを着ているようなモンスターだ。手には杖を持ち、そこから多様な魔法攻撃を放ってくる。

こいつらは下層から出てくるモンスターだけど、異常事態（イレギュラー）のせいでここに現れたようだ。

襲われている探索者たちは結構危なそうだ。急いで助けないと危ないな。

「本日二度目だが――――業務（しごと）の時間だ」

俺は業務（しごと）モードに切り替えると、一気にモンスターたちの中に切り込む。

俺みたいな剣士タイプにとって、迷宮魔術師（ダンジョンソーサラー）のような魔法使いタイプの敵は苦手な相手だ。

遠距離からの攻撃に対処手段がないというのもあるが、一番は動きが読めないところにある。

これは俺だけじゃないと思うが、剣士タイプは相手の僅かな動きから、相手の動きを察して動く。

膝の緩みで前進を察知し、目線の動きで狙いを読む。

相手が人間だろうとモンスターだろうと、その動きの機微から次の行動を読むことができる。

しかし魔法使い相手だとそうはいかない。

あいつらは杖を軽く振るうだけで多種多様な魔法を使い分けることができる。

そんなのパンチを打つモーションでキックやエルボーが飛んでくるようなものだ。動きの読みようがない。

まあ俺は慣れたから相手の魔素の『揺らぎ』である程度読めるようにはなったけど……それは魔法使い系のモンスターを一万体は倒さなければ得られない技術だ。

だけどそんなことをしなくても、有効な手段を俺は確立させた。

「相手がこっちに気がつく前に斬れば、魔法を使われることもない……！」

一瞬で距離を詰めた俺は、迷宮魔術師（ダンジョンソーサラー）を縦に一刀両断する。

ローブが真っ二つに切り裂かれ、中にあった黒い霧のような物が霧散し手にしていた杖が音を立てて床に落ちる。

迷宮魔術師（ダンジョンソーサラー）は霧ではなくローブが本体。これに一定以上のダメージを負わせればこのように倒すことができる。

『……!!』

味方がやられたことに気づいた他の迷宮魔術師（ダンジョンソーサラー）たちが俺に杖を向ける。だけど迷宮魔術師（ダンジョンソーサラー）が魔法を撃つには約2秒の溜めがいる。

俺は1秒もかけず接近し、スパスパと迷宮魔術師（ダンジョンソーサラー）たちを切り裂いていく。普通に戦うと面倒な相手だけど、魔法を使わせなければこれほど楽な相手もいない。

〈お相手さん、魔法使えてなくて草
〈迷宮魔術師（ダンジョンソーサラー）ってかなり面倒なモンスターのはずなんだけど……

〈Q．相手の魔法に対処できません　A．魔法を使われる前に斬る
〈それができれば苦労しないんだよなあ……

〈前に全然歯が立たなくて逃げ帰った迷宮魔術師（ダンジョンソーサラー）がスパスパやられるのを見ていると、虚無感となぜか興奮を覚える

〈なんか目覚めている奴いるの草

〈俺なんかビジネススーツ見るだけで興奮するようになっちまった

〈視聴者の性癖はもうボロボロ

　俺が迷宮魔術師（ダンジョンソーサラー）を四体ほど倒すと、残りの迷宮魔術師（ダンジョンソーサラー）は一旦距離を取る。ちらと見たら星乃も迷宮魔術師（ダンジョンソーサラー）を一体倒していた。

　仲間が五体やられたことであいつらも警戒したみたいだ。

　俺はその隙に、やられていた探索者のリーダーらしき人物に近づき話しかける。

「助けに来ました、状況を教えていただけますか？」

「あ、ありがとうございます……って、シャチケンさん!?　本物!?」

　そう驚いたように言うと、他の探索者たちも俺を見て騒ぎ始める。

　やっぱりもう顔が覚えられてしまっているんだな……。

「あの、状況を……」

「す、すみません！　つい興奮してしまって。ええと、状況ですね……」

　その探索者が言うには、もともと彼ら五人は別の二組の探索者パーティだったらしい。彼等は異常事態（イレギュラー）に気づいて力を合わせて脱出しようとしたらしいけど、そこで迷宮魔術師（ダンジョンソーサラー）の群れに囲まれてしまったらしい。

「くそ！　あと少しで上層に出られるのに、こんなところで迷宮魔術師（ダンジョンソーサラー）に捕まってしまうなんて！」

「……状況は分かりました。私が道を切り開きますので、その隙に逃げてください」

「いや、しかし……」

「安心してください。迷宮魔術師（ダンジョンソーサラー）は嫌になるほど倒した経験があります」

俺はそう言ってスーツのポケットに手を突っ込んで、そこからビジネスバッグを取り出す。

「ええ!?　どこにそんなのが入っていたんですか!?」

「このスーツは特別製でしてね。ポケットの中にたくさん物を入れられるようになっているんです」

〈は？　次元拡張系のアイテムとか超高レアだぞ？

〈売ったら数千万は下らないだろ
〈いいなあ。便利そう
〈深層でしか手にはいらないぞそんなアイテム
〈この人、深層に一人で行ってたし……

〈そういえばそうだった
ダンジョンの中には特殊な効果を持つアイテムが落ちていることがある。

俺の持ち物にはそれを利用した特殊な物がいくつかある。ちなみに須田に報告したら取られるので、あいつには内緒だった。

『ウゥ……ラァ！』

痺れを切らした迷宮魔術師（ダンジョンソーサラー）の一体が、こちらにめがけて巨大な火球を放ってくる。避けるのは簡単だが、俺が避ければ他の探索者に当たるかもしれない。

「せいっ」

俺は火球の正面に立つと、手にしたビジネスバッグでその火球を打ち返した。

『ギャギャ!?』

まるでテニスボールのように打ち返された火球は、迷宮魔術師（ダンジョンソーサラー）に命中。自分の炎で焼き尽くされた迷宮魔術師（ダンジョンソーサラー）は、消し炭になってしまう。

〈【悲報】迷宮魔術師（ダンジョンソーサラー）さん。ビジネスバッグに負ける

〈勝てるやつがいないだろむしろ

〈あの炎、数千度はあるはずなんだけどなんでバッグ無事なの？

〈ていうか炎って打ち返せるの？　まず

〈シャチケンを普通の人間の尺度で考えちゃ駄目だから……

〈田中ァ！　ナイススマッシュゥ！

〈あんな方法があるのか。試してみようかな

〈悪いこと言わないからやめとけ……

〈※彼は特殊な会社で働いていました

他の迷宮魔術師（ダンジョンソーサラー）たちも氷や雷などの魔法を撃ってくるが、それらを全てバッグで打ち返す。

この超高硬度ビジネスバッグ、『AEGIS（イージス）』はタイラントドラゴンの炎にすら耐えることができる優れものだ。迷宮魔術師（ダンジョンソーサラー）の魔法では傷一つつかない。

あっという間に迷宮魔術師（ダンジョンソーサラー）の数は残り数体まで減り、俺は上層への道を切り開くことに成功する。

「後は私がやります。今の内に上層に逃げてください」

「は、はい！　ありがとうございます！　このご恩は忘れません！」

五人の探索者たちは俺に頭を下げながら上層に向かう。

上層は他の層と比べても、格段に魔素濃度が低いので強いモンスターは近寄らない。強いモンスターは魔素の薄い空間を嫌うからな。

だから上層にたどり着きさえすれば、ひとまずは安心なはずだ。

さて、残りの迷宮魔術師（ダンジョンソーサラー）を片付けるか……と思っていると、急に探索者たちが悲鳴を上げる。

「う、うわあっ!!」

急いでそちらに目を向けると、なんと彼らの行く手を塞ぐように迷宮魔術師（ダンジョンソーサラー）が現れていた。

しかもそいつはただの迷宮魔術師（ダンジョンソーサラー）じゃない。漆黒のローブを着た迷宮魔術師（ダンジョンソーサラー）の上位種、黒衣ノ魔術師（ブラックソーサラー）だ。

〈嘘だろ！　黒衣ノ魔術師（ブラックソーサラー）じゃん！

〈あれって深層にしかいないモンスターだよな？

〈そんなのが中層にいるのはかなりの異常事態（イレギュラー）だぞ！　迷宮管理局はなにやってんだよ！

〈シャチケン、頑張ってくれ！

〈あいつはさすがの剣聖様でも無理っしょｗ　攻撃すら当たんねえよｗ

『キキ……』

黒衣ノ魔術師(ブラックソーサラー)が探索者の一人に手を伸ばす。

あいつの使う魔法の力は迷宮魔術師(ダンジョンソーサラー)の比じゃない。急いで助けに行かなきゃと思ったその瞬間、一人の人物が黒衣ノ魔術師(ブラックソーサラー)に立ち向かう。

「させま……せんっ！」

そう言って剣を振り上げたのは、星乃だった。

彼女は俺が戦っている間、探索者たちを守るように戦っていた。彼らの側にいた彼女は、すぐにそのフォローに入ることができたんだ。

〈唯ちゃんキタ！

〈頑張れ！

〈いや唯ちゃんじゃまずいっしょ。深層のモンスターに勝てるの!?

〈シャチケン来てくれー！

〈初の配信事故かな。お疲れさん

〈おいおいあんまり田中を無礼(なめ)るなよ。こいつはやる男だぜ？

「……星乃っ！」

俺は襲ってきた残りの迷宮魔術師(ダンジョンソーサラー)を一瞬で斬り伏せると、地面を思い切り蹴り飛ばし、音速で駆ける。しかし俺がたどり着くよりも早く黒衣ノ魔術師(ブラックソーサラー)の魔法は……星乃に命中してしまった。

「あ……」

星乃の体を包むように現れる魔法陣。

あれは黒衣ノ魔術師（ブラックソーサラー）の得意とする魔法、『次元魔法』だ。

黒衣ノ魔術師（ブラックソーサラー）は自身を別の空間に飛ばして攻撃を避けたり、相手をダンジョンの奥底に飛ばして攻撃してくる厄介な魔法を使ってくる。

星乃が受けたのもそれだ。

間もなく彼女はダンジョンの奥底に飛ばされる。

もし深層に飛ばされてしまったら……生きて帰ることはできないだろう。

それを理解したのか星乃の顔が絶望に染まる。

「や、だ……」

その消えるような声を聞いた俺は、大きな陥没穴（クレーター）ができるほどの力で地面を蹴る。

出していたビジネスバッグをしまい、両手で剣を握って黒衣ノ魔術師（ブラックソーサラー）に高速で接近する。

『ギ……！』

危険を察知した黒衣ノ魔術師（ブラックソーサラー）の体が透ける。

どうやら裏の次元に逃げ込もうとしているようだ。そこなら普通の攻撃は届かない。後は安全な所で高みの見物というわけだ。

「俺から……逃げられると思ったか？」

俺は両手で剣を強く握り、思い切り振り下ろす。

高速で剣を振るうと、まず音速の壁に当たる。それを超えれば衝撃波（ソニックブーム）を起こすことができる。

じゃあ更に高速で振るうと？

俺は二十歳の時、そう疑問に思って空き時間ひたすらに剣を振った。

ひたすらに振り、振り、振って。剣が完全に目で見ることができなくなり、風を切る音すらしなくなった時、俺の剣は次元の壁を捉えることに成功していた。

「我流剣術、次元斬」

ぞる。という奇妙な音とともに俺の剣が次元の壁にめり込み、その裏にいる黒衣ノ魔術師（ブラックソーサラー）の肩を斬りつける。

まさか自分が斬られると思っていなかったんだろう、黒衣ノ魔術師（ブラックソーサラー）は『ギア……ッ!!』と驚きと痛みに満ちた声を上げる。

「せいっ！」

思い切り剣を振り下ろした俺は、次元の壁ごと黒衣ノ魔術師（ブラックソーサラー）を両断した。

ローブを両断された黒衣ノ魔術師（ブラックソーサラー）は次元の向こう側で霧散し、消える。これで襲ってきたモンスターは全員倒した。だけど、

「田中……さん……」

星乃の消えそうな声が俺の耳に入る。

黒衣ノ魔術師（ブラックソーサラー）を倒したにもかかわらず、彼女を囲む魔法陣は消えていなかった。

〈なんで魔法解除されてないの!?　倒せてないの!?〉

〈倒しても魔法が解かれるとは限らんでしょ、残念ながら
〈確か黒衣ノ魔術師(ブラックソーサラー)の魔法は一度発動したら止められないんだよな……当たらないようにするしかない
〈すぐ飛ばされないのいやらしすぎるだろ。見てるしかないのかよ
〈仲間をどうにか助けようとしたところを後ろから攻撃する習性があるらしいぞ
〈唯ちゃん！　行かないで！
〈え、どうすんのマジで。助けられないの？
〈なんか気持ち悪くなってきた
〈【悲報】田中、少女を助けられない。草
〈アンチてめえふざけんなよ
〈田中ァ！　なんとかしてくれェ！
星乃の体は消えかけている。もう間もなくダンジョンの奥深くに飛ばされるだろう。
俺はあらゆるパターンを想像し、今取れる最善の手を考える。
……これだ。これしかない。
俺はポケットから回復薬(ポーション)を取り出し、探索者たちに投げる。
「それを使ってすぐに上に向かってください！　上層にさえ行ければなんとかなるはずです！」
「あ、あんたはどうするんだ!?」
「私は……こうします」

俺は消えかけている星乃に近づき、彼女の震える体に触れる。

すると星乃の周りを囲んでいた魔法陣が俺にもまとわりつく。これで俺も仲良く転移の対象ってわけだ。

「田中さん、なにをしているんですか!?　このままじゃ貴方まで……」

「約束しただろう？　『ここを出るまで孤独（ひとり）にはしない』ってな」

「――――っ!!」

星乃は泣きそうな顔をしながら口を押さえる。

膝の力が抜けて倒れそうになる彼女を、俺は抱き支える。セクハラと言われてしまうかもしれないけど、不可抗力なので許してほしい。

「あ、あの！　助けていただきありがとうございます！　私たちはこの恩を忘れません！」

助けた探索者たちが俺に向かって敬礼する。

俺はそれに頷いて返す。すると体が急速に透けていき……やがて強烈な浮遊感とともに、視界が真っ黒に染まる。

こうして俺と星乃は……異常事態（イレギュラー）が起きているダンジョンの、奥底まで飛ばされるのだった。

＊

星乃とともに黒衣ノ魔術師（ブラックソーサラー）の魔法で転移させられた俺は、上下左右が分からない感覚を味わっていた。

無重力空間はこんな感じなんだろうか、とのんきに考えていると唐突に重力が戻る。

「おっと」

「きゃあ!?」

すぐに俺は空中で体勢を立て直して、すたっと着地する。

星乃は慌てて少し暴れたけど、俺ががっしりと抱っこしていたから無事だった。

……着いた場所が暗闇だから目視できないけど、むにゅりと体にやわらかい物が当たっている。こ、これはもしかして相当マズい状態なんじゃないだろうか。

「わ、わざとじゃないんだ。訴えないでくれ」

「うう……そんなことしませんから降ろしてください……恥ずかしいです」

「そうだな、すまん」

星乃を降ろした俺は、ビジネスバッグ『AEGIS』の中から予備(サブ)のドローンを取り出し、起動する。使っていたドローンは転移の時に付いてこれなかったからな。

それにしても壊れたときのことを見越して、足立が俺に渡してくれていて助かった。ライトも持ってきてはいるけど、ドローンは手が空くから便利だ。

えっと、スマホに接続して、設定をこうして……と。

「お、明るくなった」

ドローンのライトを起動して、周囲を照らす。

俺たちが飛ばされた場所は、狭い洞窟の中だった。人一人がようやく通れるくらいの幅の洞窟だ、道は前と後ろにずっと続いていて、どちらが出口かは分からない。

厄介な場所に飛ばされたな……これじゃどっちに進めばいいかも分からない。斬って解決できないことは苦手だ。

「田中さん。本当にすみません」

「ん？」

振り返るとそこには星乃が申し訳なさそうに立っていた。

今にも泣き出してしまいそうな感じだ。

「私のせいでこんなところまで……。本当にすみません」

星乃はかなり責任を感じてしまっているみたいだ。

俺は全然気にしてないんだけどなあ。普段一人で頑張っている彼女は他人に迷惑をかけることに慣れていないんだろうな。責任感も強そうだし、かなり参っている様子だ。

「本当に気にしなくていい。そもそも星乃はさっきの探索者を守ったからこの魔法を食らったんだろう？　なにもミスしていないじゃないか、責任を感じる必要はない」

「……でも、そのせいで田中さんを危険に晒してしまいました」

「確かにここは魔素濃度が高い。多分『深層』だろう。だけど俺はいつも深層で働いていたんだ。いわば深層は俺にとって職場みたいなものだ。全然危険じゃないから気にしないで大丈夫だ」

そうおどけるように言うと、星乃は転移してから初めて「ふふっ」と笑みを浮かべる。

「田中さんは本当に不思議な方ですね。本当なら絶望的な状況のはずなのに……なんだか平気な気がしてきました」

「どうやらもう大丈夫みたいだな。それじゃあ早速脱出する作戦を立てよう」

「はい。あの……もしここを出ることができましたら、絶対にお礼はさせてくださいね！　私お金はありませんけど……私ができることならなんでもやりますから！」

　星乃は気合十分な感じでそう言う。

　今この様子が配信されてなくて良かった。もしされていたらコメントが大騒ぎだっただろうな。

「それじゃあまずは出口を探す方法だけど……ん？」

　そこまで言って俺はあることに気がつく。

　星乃の顔色が明らかによくなかったのだ。もしやと思った俺は、彼女の額に手を当てる。

「……熱いな。明らかに熱がある」

「あ、あの。私大丈夫ですから」

「いや、駄目だ。この症状から察するに、星乃は今『魔素中毒』になりかけている。この状態で歩き回るのは危険だ」

　魔素中毒。

　それはダンジョン内に溢れている『魔素』を摂取しすぎた時に現れる反応のことだ。

　たまり過ぎた魔素を体が排出できず体調不良を起こす症状で、悪化すると死に至ることもある。

　覚醒者は魔素への耐性が強いけど、深層は魔素濃度が他の層よりぐんと高い。

今まで深層に来たことのない星乃が、急にここに飛ばされればそうなるのも必然か。

「……確かに私は魔素中毒を起こしているのかもしれません。しかし魔素中毒は耐えて治るのを待つ方法しかないはずです。私のせいで田中さんを長くここに縛り付けるわけにはいきません」

「いや、治す方法はある」

「そう、方法はありますが……って、え？」

俺の言葉に星乃は首を傾げる。

「俺も会社員時代、ずっと深層にいたせいでしょっちゅう魔素中毒になっていた。だけどその時にある方法に気づいてそれを治すことに成功したんだ」

「そ、そんな方法があるんですか!?　いったいどうやって……」

「それは……これだ！」

俺はビジネスバッグの中からキノコや植物、肉などの食材を出す。

それらの見た目は、スーパーに置いてある普通の食材とは違い、光ってたり動いてたり変な形をしたりしている。

「え、これって」

「ダンジョンで取れた食材たちだ。これを使って今から『絶品魔素抜き料理』を作ってやるからな！」

そう、俺は社畜時代こうやって魔素中毒から自力回復していた。

確かにダンジョン内で取れるものは見た目があまり美味しそうじゃない。食べたら逆に魔素中毒になるものもある。だけどちゃんと調理すれば美味しいものもできるんだ。

星乃も嬉しいのか「わ。わーい……」と喜んでいる。

腕によりをかけて作らなくちゃな。

「せっかくだし生存報告も兼ねて配信をしながら作るか。よし、配信スタート、と」

配信開始のボタンを押した俺は、意気揚々と料理に臨む。

「みなさんこんにちは。田中誠です。今回の配信は引き続き『西新宿断崖ダンジョン』の中からお届けしています」

〈あれ？　配信再開した？

〈よかった！　無事だったんですね！

〈田中ァ！　生きとったんかワレェ！

〈なんかしれっと配信始まってて草
〈シャチケン、俺は信じてたぞ！

〈なんかタイトルが『田中お手製迷宮料理講座』になってますけど、なにかの間違いですか？

〈奥にゆいちゃんもいるじゃん！　二人とも無事でよかったー
「現在は場所を移動しまして深層のどこかにいます。ここは魔素濃度が高く、深層に慣れていない星乃さんは魔素中毒一歩手前になってしまいました。みなさんも同じ様な経験があると思います」

〈あるわけねえだろ！

〈深層に行けるような探索者、全体の一割もいないんだよなあ……

〈ダンジョンが発生したての時は魔素中毒になる人も多かったけど、今はあんまり聞かないよね

〈人間も進化したんやろなあ

〈覚醒者の割合も増えたしねえ

〈ていうかゆいちゃんどうするの？　魔素中毒って治せないんでしょ？

〈そうね。自然に魔素が排出されるのを待つしかない

〈でも深層じゃ排出するより入る量の方が多いでしょ。駄目じゃん

〈もしかして詰んでる？

「……確かに普通に休憩していても星乃さんの体調は良くなりません。私も昔は魔素中毒になった時は死ぬ気で下層に這い戻っていました」

〈なんでそんな状況で仕事を続けたのか

〈田中に悲しい過去……

〈魔素中毒になりながら深層のモンスターと一人で戦うのやばすぎる

〈その時の映像ってないのかな？

〈黒犬（ブラックドッグ）ギルドのアカウント消えたしないだろうなあ

〈ギルド自体も潰れたしね。もしかしたら押収品の中にデータあるかもだけど

「普通にしていても治らないので……これから料理を作ります。えっとまずは大鍋を用意して、水を沸かします」

〈急に料理始まって草

〈このタイトル、ミスじゃなかったの!?
〈料理配信助かる。ちょうど切らしてた
〈新番組MAKO'Sキッチン
〈意味分からん過ぎる
〈ネタなのかガチなのか分からん
〈田中ァ！　手ェ切るなよ！
〈ビジネスバッグから普通に鍋出てきて草。これも当然のように次元拡張能力あるんだ
俺は鍋に水を張り、火にかける。
ちなみに使っている魔素コンロは、魔素をエネルギーに特殊な炎を生み出すアイテムだ。
これならダンジョン内で燃料に困らないし、なにより酸素を消費しないので洞窟のような閉鎖空間でも酸素が切れることはない。
ダンジョン内で料理するにはうってつけのアイテムだ。
「あの田中さん。私にもお手伝いさせてください」
「大丈夫か？　無理しなくていいぞ」
「少しくらいなら大丈夫です。私も力になりたいんです」
「……分かった。じゃあこれを一口大に切ってくれるか？」
俺はそう言って星乃に食材を手渡す。
するとそれを受け取った星乃は「ひぃっ！」と怯えたように声を出す。

「な、なんですかこれ!?」
「ああ、それはドレインマッシュルームっていうキノコだ。知らないか？」
俺が渡したのは黒くて毒々しい見た目をしたキノコだ。
別に毒があるわけじゃないから怖がらなくていいんだけどなあ。
〈クッソびびってて草
〈可哀想はかわいい
〈ゆいちゃん涙目でかわいいねえ。ペロペロ
〈このキノコ、見た目だけで言えばモンスターだろ
〈ゆいちゃんキノコが怖い、のカナ？　おじさんのキノコは＊＊＊＊＊＊＊
〈通報しました
〈ガチの変態はNG
「知らないですよぉ！　なんですかこのキノコは！」
「このキノコは少し特殊でな。触れた者の魔素を『吸収』してくれるんだ。適量を食べれば魔素中毒の症状を緩和してくれるんだ」
「そ、そんな食材があったんですね……」
星乃は渡したキノコをしげしげと見つめる。
「でもなんでそんなこと知っているんですか？　そんな情報、まだ知られていないはずですけど」
「今日配信でも言ったけど、ロクに飯を食う時間と金がなくてダンジョン内の物をよく食べていた

んだ。それでこのキノコを食べた時は魔素中毒の症状が出づらかったから分かったたってわけだ」
「な、なるほど」
そう話したらなぜか星乃もコメント欄もドン引きしていた。
そんなに俺がおかしいだろうか？　確かに見た目は悪いけど、味はそれほど悪くないんだけどなあ。
「他にも魔素の排出を促してくれる薬草とか、取り込む魔素の量を減らせる野菜もある。これを食べればきっと症状は良くなるはずだ」
「は、ははは……ありがとう、ございます……」
〈ゆいちゃんの顔、くっそ引きつってて草なんだ
〈鍋の中の具材、全部見たことない食材で怖すぎる
〈闇鍋がかわいいレベル
〈これが噂のダンジョン飯ですか
〈これを食うか死ぬかの二択だったら正直迷う
〈食って死ぬ結末も考えられるからな
「懐かしいなあ。昔は魔素含有量の高い物を食べまくって、中毒になりかけたら魔素を抜く物を食べてを繰り返して無理やり耐性をあげたもんだ」
〈ヤバいことカミングアウトしてて草
〈そんだけ魔素を取り込んだらそりゃ強くもなる

昔のことを思い出しながら、俺は鍋をかき混ぜる。

中には肉も入っているが、これも『ダンジョンボア』というイノシシ型モンスターの肉だ。肉には魔素が結構含まれているけど、ちゃんと処理すれば魔素は抜ける。

他の人は食わないので知らないだろうけど、強い肉の旨味があって絶品なんだ。

「あ、ちなみにこういう光っている系の物は基本、魔素がたくさん含まれているので食べない方がいいです」

俺はルミナスキャップという光るキノコをドローンに見せながら言う。

下手に真似して魔素中毒になられたらマズいからな。

〈誰も食べないから安心してください

〈光っている物は基本食べないのよ

〈あ、生で食べた

〈この人の胃、どうなってんだよ

〈常識で測るのはもうやめよう……

「……うん、いい感じに火が通ってきた。後はダンジョンで取れた塩を少し入れて……と」

食材の味がしっかりと出ているので味付けはシンプルに。

調理を完成させた俺は、皿をバッグから取り出して、スープをよそう。

〈誰も真似できんぞこんなの

〈やってること毒手と同じやんけ！

「『特製魔素抜きスープ』だ。飲んでくれるか？」

「は、はい……」

星乃はおっかなびっくりしながらも皿を受け取る。

そして数度ためらうような仕草をしながらも、スプーンでそれをすくって口に入れる。

〈ああ！　本当に食べた！

〈勇気あるね

〈田中ァ！　俺の分はァ!?

〈出されても食えんだろ

〈でも見た目は意外と美味そうなんだよな……

星乃は口にしたスープをごくりと飲み干す。

すると驚いたような表情を浮かべる。

「お、おいしい……！」

「そうか。よかった」

〈うっそだろ!?　本当に美味しいの!?

〈あの笑顔に嘘はないだろ

〈ゆいちゃんが言うならちょっと食べてみたいかも……

〈ていうかダンジョンの物は食べちゃ駄目っていうのが基本だから、この配信めっちゃ貴重な資料じゃない？

〈そもそもシャチケンの配信は全部貴重な資料になるでしょ
〈深層に行けるような探索者で配信やっている人なんてほとんどいないしな
〈食べてるゆいちゃんかわいすぎる。この笑顔、守護（まも）りたい……
〈シャチケンいるしお呼びじゃないでしょ
〈でもなんかだんだん美味しそうに見えてきたな……
〈ゆいちゃん美味しそうに食うからなあ
〈俺も腹減ってきたわ
〈おかしいな、ダンジョンのわけ分からない飯のはずなのに……

星乃は美味しそうに二口目、三口目とスープを口に運ぶ。

人に作るのは初めてだから少しドキドキしたけど、無事美味しく作れたみたいだ。

「体がぽかぽか温まってきて、それに気持ち悪い感じも減ってきました！」

「魔素が抜けてきたんだな。あんまり食べすぎると今度は抜けすぎるから調節しろよ？」

「はい！　分かりました！」

そう言って星乃はがつがつとスープを頬張り始める。

顔色もどんどん良くなっていく。これなら少し休めば出発できそうだな。

「ごちそうさまでした！」

スープを全てたいらげた星乃は、満面の笑みを浮かべながらそう言った。

覚醒者にとって魔素は重要な要素。魔素抜きスープで全部抜けたら逆に危ないから心配だったけど、星乃の体調に問題はなさそうだ。

どうやら彼女の体には想像以上に魔素が溜まっていたみたいだな。それだけ溜めて平気だったってことは、彼女の許容量が大きいということ。

戦い方はまだ荒削りだったけど、鍛えれば凄い探索者になるかもしれない。

食事の片付けを終えた俺は、その才能に興味を持ち話しかける。

「星乃は誰かに戦い方を習ったことはあるのか？」

「いえ、誰かに習ったことはありません。そもそも他の探索者さんとダンジョンに入ったことも数回しかありませんので……」

「何度かはあるのか。その人たちとはもう疎遠になったのか？」

「えっと……その人たちは男女混合パーティだったんですけど……、なぜか私が入ったら険悪になってしまって。それで女性の方から『あんたが入ったせいでめちゃくちゃだ！』と怒られて逃げるように抜けました」

悲しげな目をしながら星乃は語る。

彼女は気づいていないようだけど、なにがあったかは想像がつく。

〈あっ

〈パーティクラッシャー星乃
〈オタパーの姫
〈こんなかわいい子来たらそりゃ好きになるわ
〈悪意がないのがつらい
〈抜けて正解だな
〈野郎どもがゆいちゃんにばっか構って女性陣がどんどん機嫌悪くなるのが想像つくわ
〈ゆいちゃん優しいから男は『この子、俺に気があるな』って思っちゃうんだろうな

コメントにも流れているが、こんな感じだろう。

優しくて気遣いもできるし、ボディタッチも多い。気があると思ってしまうのも無理はない。

俺は歳も離れているし、そもそもこんな目が死んでいる社畜を好きになるわけがないから勘違いしないけど、もう少し歳が近かったら勘違いしていただろうな。

まあでもここは大人の俺がこれ以上被害者が増えないよう諭しておくべきだろう。

「いいか星乃？　男はな……優しくされるとすぐに好きになっちゃう生き物なんだ。特に星乃みたいなかわいい子に優しくされたり触られたりしたら即効だ。即死技だ」

「え!?　かわ……っ!?」

星乃は顔を赤くする。いったいどうしたんだろうか。

「あ、あの。私のことかわいいと思ってくれてるんですか……？」

「え？　そりゃあそうだろ。星乃みたいなかわいい子はそうそういない。同じクラスにいたら確実

に好きになっていただろうなあ」

「あ、わ、わ」

〈ゆいちゃん顔真っ赤でかわいい

〈この社畜、攻略速度速すぎだろ

〈自己肯定力低いから他人を褒めることに抵抗ないの草

〈ゆいちゃん顔へにゃへにゃでかわE

〈ぷにぷにホシノさん。かわ

〈これで付き合ってないってマジ!?

〈それどころか会ったの今日だからな……

〈社畜になればかわいこちゃんを落とせると聞いて。黒犬（ブラックドッグ）ギルド入るか

〈もう潰れた定期。社員も全員逃げたってよ

〈黒犬（ブラックドッグ）ギルド入っても病むだけだゾ

なにやらコメントが騒がしいけど無視する。どうせ下らない論争をまたやっているんだろう。

そう考えていると、なにやら意を決したように星乃が口を開く。

「じゃあ……えっと……田中、さんも……私のこと、好きになってくれますか……？」

〈告白キタ――――(ﾟ∀ﾟ)――――!!

〈大胆な告白は女の子の特権

〈本日の祭り会場はこちらですか？

〈ゆいちゃんファンだったけど……俺、祝福するよ……うう
〈田中ァ！　男見せろよ！
〈おじさん胸がきゅんきゅんしちゃう。動悸かな？
〈病院行こ
〈砂糖吐いたわ
〈ゆいちゃんかわいすぎる
〈＊＊した
〈なんて答えるんだろ？　さすがに断らないよな？
〈鈍感王田中を無礼（なめ）るなよ。どうせ気づかないゾ
〈えっ。そんなことない……よな？
「はは、面白いこと言うなあ星乃は。俺じゃないと勘違いするぞ？」
「あ。えっと……すみません……」
〈ぎゃあああああ！
〈やりやがった!!　マジかよあの野郎ッ!!
〈グロ注意
〈鈍感すぎる……
〈吐いた砂糖飲んだ
〈ゆいちゃんしゅんとしちゃったじゃん

〈落ち込んだ顔もかわいいね、ぺろぺろ
〈通報しました
〈鈍感な田中でもさすがに気づく。そう考えていた時期が俺にもありました
俺は平静を装いながらも「気をつけろよ？」と星乃に言う。

だけど心の中では結構危なかった。もう一押しされたら俺もパーティクラッシャーに心を奪われていたかもしれない。

星乃、おそろしい子……！

「えっと話を戻そうか。星乃は今まで戦い方を教わってないって言ったよな？　それはあまりにももったいない。星乃には才能がある。それを活かした戦い方をしないと宝の持ち腐れだ」

「私に才能がある、ですか？」

星乃はきょとんとしながら首を傾げる。

いちいち動作がかわいいなこの子は。

「ああ、純粋なパワーファイターとしての素質だったら俺よりも才能があると俺は見ている。だけど今のままじゃ駄目だ。足りないものを教えるためにまずその剣で俺に思いっきり斬りかかってみろ」

「え!?　田中さんに斬りかかるなんてできませんよ！」

「大丈夫だって、ほら。信頼してくれ」

「うーん、ええと……分かりました。田中さんを信用します」

〈ゆいちゃん覚悟決まってて草

〈信頼し過ぎ！

〈まあでも大丈夫やろなって安心感はある

〈最悪当たってもシャチケンなら大丈夫だろ

〈言えてる

星乃は思い切り剣を振りかぶると……俺に向かって振り下ろしてくる。

俺はその大振りの一撃を、正面から片手で受け止める。

するとガキッ！　という音とともに星乃の剣はぴたりと止まる。

「え……っ!?」

まさかこんな風に止められると思っていなかったのか、星乃は目を丸くして驚く。コメントも

〈マジかよ？　〈素手で止めてて草　〈シャチケンやっぱ　と盛り上がっている。

「星乃は力こそあるけど、力に振り回されて体の芯がぶれている。そこさえ直せばもっと強くなるはずだ」

「芯、ですか？」

俺の言葉に星乃は首を傾げる。

どうやらピンときてないみたいだ。

「ああ。剣を振るう時、全部の力を腕にかけているから体の軸がブレてしまっているんだ。ちゃんと姿勢をピンと立たせて剣を振るうんだ」

「なるほど。〝ぐわーっ〟て感じじゃなくて、〝ぶわっ〟て感じってことですかね」
「まあそんな感じだな」
〈そんな感じだな、じゃないが
〈これで伝わってるの？
〈ゆいちゃんめっちゃ納得したような顔してるし……
〈戦闘民族語は理解が難しいぜ
〈なるほど分からん
〈芯がぶれてるのは分かったけど、剣を素手で止めた理由にはなってないよなあ!?
〈理由＝シャチケンだから
〈納得
　少し教えると、星乃の構えは格段に良くなってきた。
　昔何人かの覚醒者の教官的な仕事をやったことはあるけど、その時は中々言ったことを理解してもらえなくて大変だったけど、星乃はなぜかすんなり俺の言ったことを理解してくれた。
　もしかして……教えるのがうまくなったかな？
「いいぞ。足は〝ぐんっ〟と踏ん張って肩を〝パッ〟と開け。そうだ、いい感じだぞ」
「すごい！　確かにこれなら力が逃げません！」
「それで背筋に〝ぴんっ〟と力の線を張るんだ。まだ腕には力を入れるな。剣は腕じゃなくて体で振るうんだ。足から〝ぎゅいっ〟と力を送れ。そして〝だん〟〝ずん〟〝ぱっ〟と剣を振るうんだ」

「〝ぎゅいっ〟ですか。ええと……こうしてそれで。だん、ずん、ぱっ！」

星乃が言われた通りに剣を振るうと、洞窟の壁がギャン！　と思い切りえぐれる。

まだ細かく直す点はあるけど、格段に良くなっている。これなら星乃の持っている力を存分に活かせるな。

〈もうやだこの脳筋夫婦

〈なんであの説明で分かるの？

〈ゆいちゃんも戦闘民族だったんだね……

〈戦闘民族は引かれ合うってことだ

〈シャチケン！　責任取れよ！

〈よくよく考えたらオーガの群れ相手にある程度渡り合ってたんだから結構強いよねゆいちゃん

〈A級ライセンスくらいならすぐ取れそうw

〈俺は強いゆいちゃんも好きだよ

〈は？　俺の田中の方が強いんだが？

〈田中ガチ恋勢こっわ

「それと大剣を使ってるんだから、もっとこの側面を使うべきだ。大剣は身を守る盾にもなる。受け止めたり斜めに受けて滑らせたり。そうすれば守りも良くなるだろう」

「剣を守りに、ですか。考えたこともなかったです」

俺は最後に大剣の使い方を何個か教えた。

　これだけ言ったことをすぐ覚えてくれると教える方も楽しいな。

「……っとこんなとこかな。さて、そろそろ行くとするか。いつまでもこんな狭い所にいたら気が滅入ってしまうからな」

「あ、はい！　えっと、その……田中さん。よろしかったらまた、色々と教えてもらってもいいですか？　あの、お礼もしたいですし！」

「俺で良ければ構わないぞ。星乃に教えるのは楽しいしな」

　そう言うと星乃は嬉しそうに「えへへ、やった。ありがとうございます」とかわいらしく喜ぶ。

　そんなに強くなりたいなんて真面目な子だ。

〈あかんゆいちゃんかわいすぎる
〈これで好意に気づいてないってマジ？

〈強さと引き換えに鈍感になった男
〈頑張れゆいちゃん！　田中を落とせ！

〈押し倒せ！

〈抱けえ！　抱けっ！　抱けーっ！

〈普通女の子がくっつくの嫌がられるはずなのに応援させてるの草
〈このゲームのヒロイン田中だから……

〈ヒロイン（一般サラリーマン男性）

〈一般の定義が壊れる

「さて、どっち側に進むかだけど、ひとまずこっち側に進んでみよう。ここは深層、モンスターが急に出てくる可能性もあるから気をつけるんだぞ」
「はい！」
俺たちのいる狭い洞窟は両側に道が延びている。
風が吹けばそっち側が外に繋がっていると分かるんだけど、残念ながら洞窟内は完全な無風。どっちが外に通じているか分からない。
「まあいざとなったら上方向に洞窟ごと斬ればいいけど、崩れたら危ないからそれは最後の手段だな」
「は、はい」
〈脳筋すぎて草
〈人間削岩機田中
〈田中は大丈夫だろうけど、ゆいちゃんが危ないしね……
〈ここ本当に深層？　緊張感なさすぎない？
〈シャチケンにとって深層は職場（ホーム）みたいなところだから
〈職場がホームなの嫌過ぎる
〈田中ァ！　無事に帰ってこいよ！
〈私も職場から応援してます。頑張ってください
ちらとコメントを確認すると、応援してくれるコメントがいくつか目に入る。

ありがたい限りだ。みんなの期待に応えるためにも無事に帰らないとな。

⁂

顔色が良くなった星乃とともに、俺は洞窟の中を進んだ。

洞窟の幅は一定で起伏もそれほどない。割と歩きやすい形ではあるんだけど……。

「はあ、はあ……どこまで、続いているんですかね」

「出口にたどり着く気がしないな……」

洞窟は想定したよりもずっと長かった。

いくら歩いても景色が変わらないので、まるでその場で足踏みをしているみたいにすら感じた。もしかしたら出口は逆方向だったのかもしれないと考えてしまうけど、今更後戻りもできない。

こんな代わり映えのしない風景がずっと映っていては視聴者も暇だろうなと思い、俺はちらとコメントに目を移す。

〈作業用BGM助かる
〈田中洞窟探索ASMR待ってた
〈ニッチな需要にも応えてて偉い
〈カツカツ歩く音と田中の息づかいが混ざって絶妙なマリアージュを生み出している
〈俺はたまにコケて慌てた声出すゆいちゃんの声を集めてる

〈ここの視聴者レベルたかいな
〈田中ァ！　たまには鼻歌とか歌ってもいいぞ！

「…………」

俺は見なかったことにして歩き続ける。

退屈してないことは結構だけど、なんで喜んでんだこいつらは。俺の配信には変態しか来ないのか？

と、そんな感じで歩きながらたまにコメントチェックを繰り返していると、突然スペチャが飛んでくる。

《ヒロキ》〈[￥60000] 中層で助けていただいた探索者です！　田中さんと星乃さんに助けていただいた後、無事ダンジョンから出ることができて、今は管理局に保護されてます！　本当にありがとうございました！

なんとスペチャしてきたのは、俺と星乃が助けた探索者だった。

どうやら彼らは無事ダンジョンから抜け出すことができたみたいだ。心配だったから本当にホッとした。頑張った甲斐があったな。

〈ヒロキィ！　無事だったのかワレェ！

〈おー、よかったよかった
〈助けた甲斐があったな
〈シャチケンいなかったらガチで死んでたよな。本当に良かったわ

〈ゆいちゃんもＭＶＰだろ。身代わりになってくれたんだし
〈たしかに。あんな風に身を盾にして他人を守れるとか徳が高すぎる
〈おっぱいも大きいしな
〈それ関係あるか？　……あるか
〈納得してて草
俺は星乃にもヒロキという探索者が無事脱出できたことを伝えた。
すると彼女は「本当ですか!?　よかったです！」と喜んだ。星乃の疲れた顔に少しだけ元気が戻る。
《ヒロキ》〈今迷宮管理局の人がダンジョンの調査隊を組んでいるみたいです。田中さんのことも助けてくれるように頼みましたので、少々お待ちください！
「それはありがとうございます。ヒロキさんもゆっくり休んでくださいね」
そう口では礼を言ったけど……残念ながら救助は期待できない。
俺のいる場所は深層だ。そもそもここに来られる人材が少ないはずだ。
それにここが深層のどこなのかも定かではない。洞窟の中ってことは確かだけど、それだけだ。
もし調査隊がすぐに深層にたどり着いたとしても、すぐには俺たちを見つけ出せないだろう。なのであまり状況はよくなっていないのだ。
なんとかしてこの洞窟を早く抜け出さないとな、とそう思いながら歩いていると、俺はあることに気がつく。

「……ん？　ここって」

　前に前に進んでいると、突然洞窟の壁にそこそこ大きな〝傷跡〟が出現する。

　俺と星乃はそれに見覚えがあった。

「た、田中さん。これって」

「ああ、間違いない。この傷跡は星乃がつけたものだ」

　洞窟の壁についた傷は、俺が星乃に剣の振り方を教えた時についた傷と酷似していた。

　見れば床には料理した時に落としたと見られる光るキノコの欠片（かけら）が落っこちていた。間違いない、俺たちは元いた場所に戻ってきたんだ。

「そ、そんな！　だって私たちはまっすぐ歩いてきたんですよ!?　途中で分かれ道もなかったのになんで!?」

　取り乱す星乃。

　まあ頑張って歩いていたのにスタート地点に戻されたんだ。混乱して当然だろう。

〈え、どうなってるの!?

〈頭おかしなるわ
〈な、なにが起こってるか分からねえと思うが……本当に分からん
〈俺馬鹿だから分かんねえんだけどよお。馬鹿だから分かんねえわ
〈ただの馬鹿で草
〈え、詰んだ？

〈無限ループって怖くね？

〈シャチケン！　がんばれ！

視聴者たちも混乱している。

だけど今、俺まで慌てたら助かるものも助からない。ダンジョンは非日常が日常。ありえないことが日常茶飯事で起こる。慌てて冷静さを失った奴から死ぬ。

俺は冷静に現状を分析する。

ダンジョンはメチャクチャな場所だけど、不思議には必ず答えがある。

情報を集めて推理するんだ。

「この壁についた傷。確かに星乃が付けた傷と同じだけど、最初よりも少し傷が『浅く』なっているな」

「え？　そうですか？　私には分かりませんけど……」

「ああ、間違いない。最初についた傷はもっと深かった」

傷跡を観察した俺は、次に落ちていたキノコの欠片を拾う。

そのキノコの表面を触ると、少しぬるっとしていた。このキノコ、ルミナスキャップはぬめりのあるキノコじゃない。

ということは表面が『溶けている』ということだ。これも重要な情報（ヒント）だ。

次に俺は星乃に目を向ける。

「星乃。そういえばやけに疲れている様子だけど、どうかしたか？」

「え？　ああ、そうですね……確かに。それほどハイペースで歩いているわけじゃないんですけど、なぜかいつもより疲れます。緊張してるから、ですかね？」

星乃は首を傾げる。どうやら自分でも気づかない内に体力を奪われていたみたいだ。

ひとりでに直る壁。溶けるキノコ。そして奪われる体力。

一つ一つでは足りなくても、情報を集めれば答えは導き出せる。俺はもう、その答えにたどり着いていた。

「星乃。落ち着いて聞いてくれ。ここは多分……モンスターの『腹の中』だ」

「モンスターのお腹の中？　ええっ!?　ということは私たち食べられちゃってるってことですか!?」

星乃の問いに俺は頷く。

ダンジョンの中には規格外に巨大なモンスターもいる。

黒衣ノ魔術師（ブラックソーサラー）の野郎は、なんとそいつの腹の中に俺たちを転移させやがったんだ。

俺たちはそこを洞窟だと思い込み、歩きながらゆっくりと消化液で体力を奪われる。異変に気づいた時にはもう体力を奪われて脱出できなくなるってわけだ。

「でもここ、完全に岩の壁ですよ？　それにぐるぐる同じ場所を回っていたのはなんでですか？」

「体が岩でできているモンスターなんだろう。そういう奴らの中には、臓器を自在に動かせる種族（タイプ）もいる。俺たちが逃げられないよう腸（ちょう）の形を変えてるんだろう」

「そ、そんな……」

　絶望に染まる星乃の顔。

　食べられたと知ってもう助からないと思ったんだろう。

〈マジかよ、そんなことある？
〈これは名探偵田中
〈フィジカル激強探偵
〈この洞窟が丸々モンスターの体内って……コト!?
〈わ……あ……（絶望）
〈もう食べられてるってことじゃん。詰んでて草
〈いや笑えんわ
〈ゆっくり消化されてくってことでしょ？　つらすぎる
〈やっぱ深層ってクソだわ
〈黒衣ノ魔術師（ブラックソーサラー）のやり方えぐすぎ
〈食べられちゃったらもう……ね……

　コメント欄も阿鼻叫喚だ。

……だけど状況さえ分かれば抜け出す方法はある。

　俺は剣を抜いて、岩の壁と向かい合う。

「安心しろ星乃。相手がモンスターなら……斬ればいい」

「……へ？」

「今からこいつの腹をかっさばいて外に出る」

「そ、そんなことできるんですか!?」

「当たり前だ。俺がこんな岩を斬れないと思うか？」

勇気づけるために格好つけてそう言うと、星乃の顔に希望の色が戻る。大勢の視聴者の前で格好つけた甲斐があったな。

「いえ！　私は田中さんを信じます！」

「おし、じゃあ俺に掴まってくれ。とっととここから退社（でる）としよう」

星乃は俺の言葉に頷くと、俺の腰にぎゅーっと掴まる。

精神統一して背中に当たるやわらかい感触から気を逸らし、俺は壁に向かって思い切り両手で剣を振るう。

「我流剣術、剛剣・万断（よろずだ）ち！」

俺の剣は岩壁をまるでバターのようにさっくりと両断する。

そして次の瞬間、洞窟内に赤い血がドバっと入ってくる。やっぱりここは体内だったか。

「しっかり掴まってろよ！」

「はいっ！」

俺はくっついている星乃を抱きしめると、彼女が濡れないよう流れ入ってくる血液をピッピッと切り裂きながら外に向かって進む。

行く手を阻む岩の壁を更に数枚切って外へ外へと進むと、唐突に周囲が明るくなる。どうやら無事外に出ることができたようだ。

「……よっと！」

空中で体勢を整え、着地する。

そして抱きかかえていた星乃をそっと地面に下ろす。

「きゅう……」

結構速く移動したから目を回しているけど、怪我もなく血も被っていない。これならすぐに動けるようになりそうだ。

「大丈夫か星乃？」

「ひゃい……い、いけます！」

顔をパンパンと叩いて、星乃は意識をはっきりと取り戻す。

そして俺たちは、今まで俺たちのことを食べていたモンスターの姿を確認する。

「なるほど、こいつだったか……」

「で、でっかい！　なんですかこのモンスターは!?」

俺たちの前にそびえ立っていたのは、山と見紛うような大きさの地竜だった。

地竜は四本脚で歩行する翼のない竜種だ。飛べない分脚の力が強く、体が硬い傾向がある。

目の前の地竜も鱗が硬い岩盤になっていて、半端な攻撃じゃ弾いてしまうほど硬い。俺も素手で戦ったら苦労させられるだろう。

「田中さん。このモンスターって……」

「Sランクモンスターの『マウントドラゴン』だ。別名『山脈竜』、岩の体を持つ、巨大な地竜だが……ここまで大きな個体は初めて見た。おそらく異常成長個体だろう。こいつのせいで深層のモンスターたちが下層や中層に逃げたんだろうな」

普通のマウントドラゴンの体長は十メートルから二十メートル程度だ。

しかし目の前の個体は全長百メートルはある。まるで本当に『山』が動いているようだ。

〈あれがモンスターなの!?　でっっっか

〈デカ過ぎんだろ……

〈異常成長個体なんているんだ

〈あれ人間がどうにかできるレベルじゃなくね？

〈ミサイル打ち込んでも平気そう

〈さすがのシャチケンでも無理じゃね？　体内から出られたし逃げた方がいいっしょ

〈たしかに

コメントの中にちらほら逃げることを勧めるものが流れてくる。

マウントドラゴンの速度は遅い。逃げることはそれほど難しくないだろう。だけど、

「ご心配いただきありがとうございます。しかし今この個体を討伐しないと異常事態(イレギュラー)は収まりません。これほど成長した個体を政府が倒すのは困難……放っておけば犠牲者が出るかもしれません」

政府にはモンスター狩りを専門とする集団『討伐一課』がある。

だけど彼らは手一杯で中々仕事が回りきっていない。黒犬(ブラックドッグ)ギルドで政府の仕事もやっていた俺

はよく知っている。

討伐一課の課長である天月もあまり寝ていないはずだ。だったらあいつに貸しを作るのも悪くない。

「悪いな星乃。帰るの少しだけ待ってもらえるか？」

「……！　はい！　もちろんです！」

「助かる。少しだけ待っててくれ」

同行者の同意を得た俺はマウントドラゴンの前に歩き出す。

まだ警戒して襲いかかってこそ来ていないが、マウントドラゴンは腹を割かれてご立腹のようだ。

グゥゥ……と低い唸り声を上げながら俺を睨みつけている。

『ガアアアアッ!!』

マウントドラゴンは叫びながら襲いかかってくる。

なんの工夫もない体当たり。だけど山のごとき体躯を持つマウントドラゴンが放てばそれは必殺技になる。

〈うわあああっ!?

〈山が襲いかかってきた!

〈土砂崩れみたいだ
〈これもう災害だろ
〈オイオイ死んだわアイツ

目の前に迫る動く山。

俺はマウントドラゴンのその一撃を……正面から素手で受け止めた。

「ふん……っ！」

両手を広げてマウントドラゴンの頭部をがっしりと抱え、止める。

少しだけ後ろにズズ……と下がったけど、マウントドラゴンの体はピタリと止まる。

「さすがに重いな……」

〈さすがに重いな……、じゃないが？

〈なんで山受け止めてるの？

〈何トンあると思ってんねん

〈これもうバグだろ

〈さすがにキモいレベルの強さ

〈剣とか関係なくフィジカルモンスターなのよ

〈ゆいちゃんも引いてるじゃん

〈よく見ろ、顔赤いからあれ惚れ直しているゾ

〈戦闘民族過ぎる

『ガ、ガウ……？』

自分の体が止まったマウントドラゴンは困惑したような声を出す。

なにが起きているか分かっていない様子だ。

俺はその隙に腕に力を入れて、そのままマウントドラゴンを「せいっ！」と前方に投げ捨てた。

体を数秒宙に浮かせたマウントドラゴンは、地面に落下し轟音を鳴り響かせる。

ひっくり返ったマウントドラゴンは信じられないといった表情を浮かべている。

「これくらいじゃあ効いちゃいないだろ？　相手してやるよ」

『ウゥ……！』

立ち上がったマウントドラゴンと俺は、視線をバチバチにぶつけ合う。久々に少しだけ全力を出しても平気そうだ。

時間をちらと確認すると今の時刻はもう17時だった。

もうすぐ18時……つまり定時だ。

「悪いが残業はしたくない。定時内終わらせてもらうぞ」

俺はそう宣言し、駆け出す。

『ゴアアアアアッ!!』

俺が駆け出すと、マウントドラゴンは怒りの咆哮を上げる。

今まで放り投げられる経験なんてなかったんだろうな。かなり怒っている様子だ。

『ゴア、ア……ッ！』

マウントドラゴンは大きく口を開き、俺の方を見る。

すると奴の口元が赤く光り始める。

まさかと思った次の瞬間、マウントドラゴンの口から巨大な熱線が放たれる。俺は素早く横にス

テップしたので回避することができたけど、熱線が命中したダンジョンの壁は、ドロドロに溶けていた。

「頑丈なダンジョンの壁がこんなになるなんて。当たったら結構熱そうだな……」

〈熱いで済むのか……
〈感想がそれで終わるの草
〈人なんか蒸発するでしょこんなの
〈田中なら大丈夫でしょ（適当）
〈ガチで大丈夫そうで震える
〈マグマ風呂くらいならできそうだなｗ

それにしてもマウントドラゴンは熱線なんて吹けなかったはずなんだけどな。

この個体は大きいだけじゃなくてかなり特殊な個体みたいだ。早めに倒さないと外にも影響が出るかもしれない。

今はまだダンジョンの中だけに異常がとどまっているが、あまりにもダンジョン内の均衡が崩れると、外にモンスターが出てしまう可能性もある。

『魔物災害』と呼ばれるこの現象は滅多に起きることはないけど、一度起きてしまえばその被害は甚大。

確か去年なんかはそれで一つ小さな国が滅びたとニュースでやっていた。

日本でそんなこと起こさせるわけにはいかない。

『ガアァッ!!』
マウントドラゴンはその巨体に似合わぬ速度で体を動かすと、俺を踏み潰そうとしてくる。
さすがにこの巨体で踏まれたら痛そうだ。俺は横に跳んで躱すけど、マウントドラゴンは何度も執拗に俺を踏み潰そうと脚を振り下ろしてくる。
〈クッソ怖いんやがｗｗ
〈や、山が降ってくる
〈臨場感すごくて草
〈揺れが凄い。これもう地震だろ
〈晴れ時々山
〈でもマジでどうやって倒すの？　山を一人で崩すなんて無理でしょ
〈まあこっちも人辞めてるし大丈夫でしょ。どうやるかは知らんけど
〈俺新宿住みなんだけど、少し揺れてる……
〈ガチで地震起きてて草なんだ
避けながらコメントを見ていると、なんとダンジョンの上までこの揺れが起きていることが分かった。これは早めに決着をつけないと怪我人が出るかもしれないな。
『ガアッ！』
思い切り脚を振り下ろしてくるマウントドラゴン。
俺はそれを躱し、居合による一撃を放つ。

「我流剣術、瞬（またたき）」
ギンッ！　という音とともにマウントドラゴンの太い前脚が両断される。
バランスを崩したマウントドラゴンはその場に崩れ落ち、頭を強く地面にぶつける。
〈マジかよやりやがった！
〈あんな太い脚を一瞬で……
〈シャチケン最強！　シャチケン最強！
〈今日の同接えぐいな。海外勢も来てるのか？
〈海外のDチューバーが拡散したみたいだな。『あの時のサムライが今も暴れてる』ってな
〈初配信の時バズったもんなあ。懐かしい
〈これは合成動画だよな!?　そうだと言ってくれ！（英語）
〈さっそく来て草
〈シャチケンは初めてか？　まあゆっくりしてけよ
〈さっそく古参ヅラしてて草
『ガア……アアッ！』
脚が斬れ落ち、痛そうに呻（うめ）くマウントドラゴン。
トドメを刺そうと近づこうとすると、なんとマウントドラゴンは近くに落ちていた岩に自分の脚の切断面を押し付けた。
すると次の瞬間、押し付けた岩の形が変わり、マウントドラゴンの新しい脚となってしまった。

まさか落ちている岩で体を修復できるなんて、なんて再生力をしてんだ。こいつがここまで大きくなったのもその再生力が原因かもな。

もしかしたら辺りの岩を取り込みまくって大きくなったのかもしれない。

「まあだけど……やることは変わらない。再生できる回数だってそう多くはないだろ？」

再生するなら何度も斬ればいい。

俺が一歩近づくと、マウントドラゴンは俺を睨んだまま一歩下がる。どうやらさっきの一撃で警戒されたようだ。

〈【悲報】マウントドラゴンさん、びびる
〈ドラゴンビビってる！　ヘイヘイヘイ！
〈脚ぷるぷるで草。かわいいね
〈マウントドラゴンさん、視聴者にマウント取られてて泣ける
〈不憫でならない
〈生まれ変わってモンスターになってもシャチケンだけには会いたくない
〈田中ァ！　決めちまえ！

次はどこを斬ろうかと思いながら近づく。

するとマウントドラゴンは『ギュアアアア！』と今まで聞いたことのない、高音の鳴き声を上げる。

いったいどうしたんだと思っていると、マウントドラゴンの岩の甲殻の隙間から次々と魔法使い

系モンスターが姿を現し俺を囲む。

「……そういえばお前らグルだったな」

元はといえば黒衣ノ魔術師（ブラックソーサラー）のせいで俺はマウントドラゴンの腹の中に入ったんだ。こいつらは竜と協力関係……共生してたんだ。

竜が敵の寄り付かない快適な住まいとなって、魔法使いたちは新鮮な餌を体内に送ったり捕まえたりしてるってとこか？　他のモンスターじゃ敵（かな）わないタッグだな。

『ギギ……！』

魔術師（ソーサラー）たちは俺を見て笑みを浮かべる。どいつも負けるとは思っていない顔だ。

それにしても……癇（かん）に障るな。こっちは定時に帰りたいのに邪魔しやがって。

「次はお前らが相手してくれるんだな……？　速攻で終わらせてやるよ」

〈めっちゃおっかない顔してて草

〈定時内に帰ろうとしているサラリーマンはみんなこんな顔してるよ

〈これは一流企業戦士

〈魔法使いたちもビビってるわ

〈働く男は強いな

〈月三百五十時間残業した社畜だ。面構えが違う

俺は剣を握り直すと、魔法使いたちに斬りかかる。

『ギギィ！』

杖を持った魔法使い系モンスターたちが、俺に向かって来る。

炎衣ノ魔術師に黒衣ノ魔術師。雷衣ノ魔術師に白衣ノ聖職者とその種類は様々。

どのモンスターもランクはSランク。厄介な相手だ。

まあそれも対処法を知らなければ、だが。

『ギィ！』

炎衣ノ魔術師が杖の先に巨大な火球を作り出す。

鉄をも溶かす高温の炎。だけど実は杖の先にある間は熱を放っていない。

魔術師系のモンスターの本体はローブだ。当然火には弱い。だから自分の体が燃えないよう、自分の近くに炎がある時は炎の周りに魔力の膜を張っている。

だから炎を発射していない時は接近しても安全なのだ。

「お邪魔するぞ」

『ギィ!?』

一気に懐に踏み込むと、炎衣ノ魔術師は驚いたように声を上げる。

この距離まで近づかれれば炎衣ノ魔術師に攻撃手段はない。急いで距離を取ろうとするが、それより早く剣閃が煌めく。

『ギ……ッ!?』

ピッ、と剣閃が走ると同時に、赤いローブがバラバラに斬り裂かれる。

本体のローブが斬られたことで、炎衣ノ魔術師の体は霧散し、消滅する。

〈速すぎてなにも見えんw

〈世界一怖い『お邪魔するぞ』いただきました

〈死の訪問販売員

〈はえー、あんな風に近づけば意外といけるんだな

〈普通はあんなに近づく前に燃えカスにされるぞ

〈じゃあシャチケン以外にはできないじゃん……

『ギ……！』

仲間が塵（ちり）と消えたことで焦ったのか、他の魔法使いたちは急いで俺から距離を取ろうとする。

距離を取られると面倒だ。俺はまだ火球が残っている炎衣ノ魔術師（レッドソーサラー）の杖を手に取ると、魔法使いたちめがけて投げつける。

炎衣ノ魔術師（レッドソーサラー）が消えたことで火球を包んでいた膜は消えている。地面に思い切りぶつかった火球は大爆発を巻き起こし、魔法使いたちは炎に包まれる。

『ギャギャ!?』

ローブに火がつき慌てる魔法使いたち。

こうなったらもう魔法を使うどころじゃない。俺は一体一体に近づき、淡々と「えい、えい」と討伐していく。

『ギャッ』

『ギャッ』

〈ライン作業みたいに処理されてて草
〈あれって本当にSランクモンスターなの？
〈後ろでマウントドラゴンくんも引いてるよ
〈いやあれは惚れて……いや、ドン引いてるわ
〈俺の共生相手がこんなに簡単にやられるわけがない
〈ラノベかな？
〈シャチケン「俺またなにかやっちゃいました？」
〈やってない時の方が珍しいんだよなあ

　向かってきた全ての魔法使いを討伐した俺は、剣を鞘に納めマウントドラゴンを見る。

　後はこいつを倒せば業務終了だ。さて、どうやってこのデカブツを処理したものか……と考えていると、急にマウントドラゴンは背中を向けて逃げ始める。

「お、おい！」

〈逃げてて草
〈しょうがない。俺でも逃げる
〈ドラゴンって逃げるんだな……
〈あれ、でもあの方向って
〈そういえばあっちにはゆいちゃんがいるじゃん
〈ヤバ。完全に忘れてたわ

〈田中ァ！　急げェ！

コメントで星乃のことに気がついた俺は、急いで走る。

目をこらすと、マウントドラゴンの逃走先にはちょうど星乃が立っていた。

『ガアアッ!!』

「ひっ」

咆哮を上げながら、マウントドラゴンは牙を剥く。

せめて一人だけでも始末しようという魂胆なのだろう。それを見て星乃はすっかり怯えて……なかった。

星乃は背に持った大剣を構えて、正面からマウントドラゴンに向かい合っていた。逃げるつもりはなさそうだ。

〈ゆいちゃんじゃいくらなんでも無理でしょ！

〈逃げてゆいちゃん！

〈踏み潰されて終わりだよっ！

〈シャチケン急いで！

コメントは星乃のことを心配する声で溢れる。

俺は今すぐ本気で駆けて、マウントドラゴンを止めるべきなんだろう。だけどそれは星乃の覚悟を踏みにじることになる。

そう思うほどに彼女の目は本気だった。

星乃は俺と目を合わせると、ゆっくり頷く。俺にはそれが「ここは任せてください」と言っているように見えた。だったら俺が言うべき言葉は一つ。

「唯(ゆい)っ！　思いっきりやれ！」

「……っ!!　はいっ!!」

嬉しそうに笑った後、星乃は覚悟を決めた顔をして両手で大剣を握り、迫り来るマウントドラゴンを迎え撃つべく構える。

マウントドラゴンは一切の容赦をせず、その大きな牙で星乃を噛み砕こうとする。

〈なにやってんだよシャチケン！

〈ゆいちゃん逃げて！

〈終わりでーす
〈見損なったぞ田中ァ！

〈血が出た瞬間配信切るわ
〈スプラッタ映像が流れた瞬間AI判断で配信切れるから安心しろ
お葬式ムードが流れるコメント欄だけど、当の星乃(ほんにん)の目は生きていた。

俺が教えた通りしっかりと地面を踏みしめ、剣を構える。

「〝ぶわっ〟と力を集中させて、〝ぐんっ〟て踏ん張る。肩は〝パッ〟と開いて背中を〝ぴんっ〟と伸ばす。足から〝ぎゅいっ〟と体に力を送って……」

星乃の体に力が満ちる。

身体能力（フィジカル）だけで言ったら、星乃は俺より才能があると思う。今足りないのは経験と知識。

知識を教えた今、星乃は前よりもずっと強くなっているはずだ。

「しっかり剣を握って……だん！　ずん！　ぱっ！」

星乃は全力でマウントドラゴンの頭部に大剣をぶつける。

斜めから打ち込まれたその攻撃は、マウントドラゴンの頭部を激しく揺らす。正面からぶつけるんじゃなくて、斜めから打ち込んだことで体重差を上手くカバーしつつカウンターを取っている。

あれは効くぞ。

〈マウントドラゴンよろめいてるぞ!?

〈マジかよゆいちゃん！

〈戦闘民族の嫁やば

〈力の一号、力の二号じゃん

〈怪力カップル

〈フィジカルモンスター夫婦

〈シャチケンはとんでもない奴を育て上げたな……

『ガ……ア……？』

手痛いカウンターを食らい、ふらつくマウントドラゴン。

俺はその隙に奴の背中に飛び乗る。

「もう終業時間だ。終わらせようか」

『グ……ガアアッ!!』

意識を取り戻したマウントドラゴンは、背中に乗る俺に気がつき噛みつこうとしてくる。

だけど既に俺はマウントドラゴンの弱所を見抜いていた。

「――一発（いっぱつ）だ」

剣を振り上げ、僅かに空いたマウントドラゴンの甲殻の隙間を狙う。

何度も斬りつけるような真似はしない。一撃で、決める。

「我流剣術、富嶽唐竹割り（ふがくからたけわり）」

弧を描き、俺の剣がマウントドラゴンの背中に叩き込まれる。

弱所に叩き込まれた俺のその一撃は、巨大なマウントドラゴンの体を綺麗に真っ二つに斬り裂く。

『ガ……ア？』

なにが起きたか分からないまま絶命するマウントドラゴン。

俺は崩れていく足場から飛び去りながら時計を確認し、呟く。

「17時27分業務終了――今日は寝れそうだな」

⁂

ガラガラと音を立てながら崩れていくマウントドラゴン。

死んだことで体を維持できなくなったみたいだ。

〈えええええっ!?

〈はあ!?

〈嘘だろおい……

〈シャチケン最強！　シャチケン最強！

〈一発ぶった斬ってて草

〈山って剣で斬れるんだなって

〈田中の攻撃気持ち良すぎだろ！

〈いやもうなにやっても驚かないと思ってたけど、さすがにチビったわ

〈俺も漏らした

〈偶然だな俺もだ

〈俺は大きいのが

〈視聴者の肛門はもうボロボロ

ちらとコメントを見ると、結構盛り上がっていた。一発で決めた甲斐があったな。

俺は足を取られないように、崩れていくマウントドラゴンの上を「ほっ。ほっ」と跳びながら星乃のもとに駆け寄る。

「星乃、怪我はないか？」

「あ、はい！　お疲れ様です田中さん！　あの、えと……お見事でした！　格好良かったです！」

〈ゆいちゃん完全に恋する乙女の顔してて草

〈これは『堕ちて』ますねえ……

〈戦闘民族だからね、強い男に惹かれるのは必然

〈あの女……田中に色目使いやがって……

〈まあまあ、田中に惚れるのは当然だからそれくらい許そうや。まあ手を出したらあれだけど……ね？

〈ここの視聴者のキレ方、やっぱりおかしいって

〈シャチケンぺろぺろ

「はは、ありがとう。だけどあんまりそういうこと言わない方がいいぞ。男は勘違いしちゃうからな」

「…………はい」

〈む、胸が痛い

〈おま……ほんと……っ

〈ハアーーーーッ（クソデカため息）

〈俺は応援してるよゆいちゃん

〈確か最近鈍感罪って作られなかったっけ？　ないなら作ろう

〈ふん、小娘が。あまり調子に乗るなよ？

〈いい気味でザンス

〈ぺっ、これに懲りたら色目を使わないことだな

〈こいつら小物臭が凄いな……

コメントが爆速で流れているのが目の端に映ったけど、またいつも通りふざけたコメントだろうから無視だ。こいつらすぐに俺たちをくっつけようとするんだよなあ。

まったく、少しは星乃の気持ちを考えてあげてほしいもんだ。

「星乃も最後の攻撃は良かったぞ。一回教えただけであれだけできたら上出来だ」

「あ、ありがとうございますっ！　私もっともっと頑張って田中さんみたいに強くなって見せます！」

〈あれを見て目指せるのは凄いな……

〈俺探索者引退まで考えたのに

〈まあでもこの子も大概強いし

〈今まで埋もれてたのもったいないよな。当然だけどさっきゆいちゃんのチャンネル見に行ったら登録者爆伸びしてたわ

〈今度配信したら投げ銭するわ。おいしいご飯いっぱい食べてほしい

〈シャチケンファンも登録してるだろうしな。この子のチャンネルにシャチケン出る可能性もあるし

〈楽しみなチャンネルが増えるのはいいことだ。強い探索者は配信やらないしな

「さて、話すのはこれくらいにしてとっととダンジョンを脱出しよう。18時(定時)が近いからな。っとその前に……あれだけは取っておくか」

「あれ？」

俺は崩れたマウントドラゴンの残骸をひょいひょい取り除いて、お目当ての物を見つける。

それは二メートル程の大きさをした赤黒い岩。その岩は赤熱していて、まだドクリドクリと脈動している。さすが竜、凄い生命力だな。

「田中さん、これって……」

「これはマウントドラゴンの『心臓』だ。竜の心臓は強いエネルギーを秘めている。異常成長個体であるこいつの心臓ともなれば、普通の物より凄いとは思ったけど、想像以上だな」

竜の心臓は高値で取引されるレア素材だ。この心臓はその中でもかなりの高級品になるだろう。

マウントドラゴンの心臓は『山脈竜の心核』と呼ばれるんだけど、この心臓は今も脈動するほどのエネルギーを持っている。名前を付けるなら『山脈竜の炉心核』ってところかな。

竜を倒す機会は今までもあったけど、社畜時代の俺はいくらレア素材を取っても須田に没収されてしまうので積極的に取らなかった。たまに黙ってくすねてスーツの強化素材に使ったりしたけど、それくらいだ。

だけどこれからは手に入れたものを自分の為に使える。なんて素晴らしいんだ……！

「これは売るのももったいないな。俺たちで武器の強化に使おう」

「分かりました……って、え!?　わ、私もですか!?」

「探索者は手柄を山分けするのが鉄則だ。嫌と言っても受け取ってもらうぞ？」

星乃は遠慮しいだから少し意地悪に言う。

若くて有望な探索者は貴重だ。これくらいお節介してもいいだろう。

星乃は少し悩んだ末、答える。

「……分かりました。断るのも失礼ですのでいただきます」

「そりゃ良かった。じゃあ今度の休日でも俺の行きつけの武器屋に行くとしよう。腕のいい職人を知っているから紹介するよ」

「ありがとうございます……って、そそそれってもしかして、でででデートですか!?」

〈デート回キターーーーーーー!!

〈ゆいちゃんめっちゃ嬉しそうで俺も嬉しいよ

〈男見せたな田中ァ!

〈見直したよ

〈デート配信まで全裸待機してます

〈凸はするなよ絶対だぞ

「デートって、そんな大層なもんじゃないよ。少し買い物するだけだ」

「そう……ですね」

〈おい!!!!!

〈いい加減にしろよテメェ!

〈田中ァ!

〈久しぶりに……キレちまったよ……ダンジョン行こうぜ……

〈彼は社畜なんだ。人の気持ちが分からなくなるほど心が壊れてしまったんだ。許してほしい……

〈ゆいちゃん頬膨らませててかわいい。かわいそうだけど

〈かわいそうでかわいい

〈後々のゆるキャラ、ゆいふぐの誕生である

〈ほっぺツンツンしたい

「さて、とっととこの心臓をしまって帰るとするか」

俺はビジネスバッグを取り出し、心臓をぎゅうぎゅうと詰め込む。

〈なんで普通の顔して心臓をバッグに入れとんねん

〈バッグパンパンで草

〈あかん、絵面がシュール過ぎる

〈真面目な顔してアホみたいなことやるのおもろすぎる

〈バッグ「もうこれ以上入らないよう……」

〈萌えキャラ化不可避

「さて、やることも済んだし帰ろう。今はまだ静かだけど、マウントドラゴンが死んだことで深層も賑やかになるだろうからな。時間も……げ、定時まで三十分切ってる。サビ残はごめんだ、とっとと帰宅(かえ)ろう」

俺は帰り道を探す。

この大きな部屋にはいくつか道があるけど、どれが上に繋がっているのか分からない。

どうしたもんかと考えていると、部屋の天井に大きな穴が空いていることに気がつく。あそこを駆ければ一気に下層までは行けそうだ。

「星乃、ちなみに壁は走れるか？」

「え？　壁をですか？　た、試したことはありませんが、たぶん無理だと思います」

「そうか。じゃあ少しだけ我慢してくれ」

「え、あ、きゃあ!?」

俺は星乃を抱き抱えると、天井まで跳躍。そしてそのまま穴の壁に足をつけ、垂直な壁を歩き登る。

〈はあああ!?

〈壁登ってて草

〈バグ技だろこれ

〈重力仕事しろ

壁垂直登りはダンジョン探索で基本技能だと思っていたけど、視聴者の反応を見る限りそうでもないっぽいな。

そんなに難しいことでもないんだけど。意外だ。

「ひぃいぃ!?　壁を登ってますよ!?」

「足の裏でぎゅっと壁を掴めば星乃にもできる。今度教えるよ」

俺はまだ少しビビる星乃を抱えながら、一気にダンジョンの入口を目指すのだった。

「18時17分……定時は少し過ぎたけど、まあこれくらいならいいとするか」

無事ダンジョンの入口に戻った俺は、時計を見ながらそう呟く。

深層から三十分ちょいで戻って来れたんだ。十分早い方だろう。帰りはモンスターとも戦っていないし、業務には入らないはずだ。

まあその代わり結構な速さで走った俺に抱かれていた星乃はふらふらになってしまったけど。

「大丈夫か？」

「は、はいぃ……」

星乃は自らの顔をパンパンとはたいて、気を取り直す。

それにしても今日は色々あったな……初配信なのに予定から二転三転してしまった。中層あたりでまったり配信のつもりだったのに。どうしてこうなった。

「えー、みなさん。ここまで見ていただいてありがとうございます。無事地上に戻ってくることもできましたので、これにて配信は終了しようと思います」

終わりの挨拶は大事だと足立に教わっていたので、ドローンの前で一礼する。

するとコメントが爆速で流れてくる。

〈楽しかったぞ田中ァ！

〈本当にお疲れ様でした！

〈アンチだったけどファンになりました！

〈結婚してくれ！

〈ゆいちゃんとお幸せに！

〈[¥3000]　次も絶対に見に来ます！

〈待ってるぞ田中ァ！

〈[¥5000]　シャチケン最高！

〈[¥12800]　デート代です。ご査収ください
　次々と飛んでくる温かい言葉を見て、目頭が熱くなる。

　思えば黒犬ギルド（ブラックドッグ）で働いている間、誰かに褒められたり認められたりなんてことはなかったからな。

　本当に辞めて良かった。

「温かいお言葉とスペチャ、ありがとうございます。それではみなさん次の配信でお会いいたしましょう」

　そう言って俺は今度こそちゃんと配信を停止する。

　二度見返したけど、ちゃんと終了されている。……一応もう一回見ておくか。

「これで大丈夫、だよな？」

「はい、私も確認しましたけどちゃんと終了していましたよ」

か。


「星乃が言うなら大丈夫か」

ネット音痴なのはなんとか直しておかないとな。

これからはこっちが主戦場になるんだから。

とはいえ切り忘れで人気が出た部分もあるから難しいところだ。ここら辺は足立に助言を求めるか。


「お疲れ星乃。よくここまで弱音も言わずについてこれたな。まだ探索者を始めて間もないのに凄いじゃないか」

「い、いえ！　全部田中さんのおかげですよ！　私一人じゃ何度も死んでました。本当に……本っ当に感謝してます！　ありがとうございました！」

星乃は頭が地面にめり込むんじゃないかってほどの勢いで頭を下げる。

「探索者同士、助け合うのは当然のことだ。アクシデントのおかげで視聴者も楽しんでくれたみたいだし気にしなくて大丈夫だよ」

「いえ！　このお礼は必ずお返しいたします！」

押しの強い星乃に押し切られて、俺は「わ、分かった分かった」とそれを受け入れてしまう。

感謝してくれるのは嬉しいけど、あんまり気にしすぎなくてもいいのに。こんなおっさんに時間を使うなんてもったいない。

「とにかく一旦上に出よう。エレベーターは……まだ壊れてるな。脱出した探索者たちは崖を自力で登ったのか？」

「みたいですね。私たちも登りましょうか」

「そうだな。あ、丁度いい。壁を垂直に歩く方法を教えよう」

「いいんですか!?　お願いします！」

俺は壁を足裏で掴む方法を軽く説明する。

「こう足の裏で〝ぎゅっ〟と掴むんだ。背筋は伸ばすのがコツだ」

「でも靴履いてたら難しくないですか？」

「靴ごと地面を掴むんだよ。ほら、やってみろよ」

「えーと、こうですかね？」

「そうそう。上手いぞ」

まだぎこちないけど、星乃は二歩ほど壁を登ることに成功した。

やっぱり俺の見立ては正しかった。これならすぐ覚えられそうだな。

「むう……中々難しいですね」

「なに、練習すればすぐに覚えられるようになるさ。どうする？　今日のところは上まで俺が運ぼうか？」

「それは申し訳……いえ、やっぱりお願いします」

てっきり断ると思ったけど、意外なことに星乃はそう言って俺に飛びついてきた。

体のあちこちにやわらかいものが当たる上に、いい匂いもして精神衛生上、非常によろしくない。

俺は鋼の精神力で耐える。

「どうかしましたか？」

「いや……なんでもない。行くぞ」

俺は星乃を抱えたまま壁を歩く。

数分ほど歩いて俺はエレベーターの置かれた地上にたどり着く。すると、

「来たぞ！　シャチケンだ！　ゆいちゃんもいるぞ!!」

「ん？」

なんとそこには大勢の人が待ち構えていて、一斉に俺にスマホを向けてカシャカシャと写真を撮る。管理局の人間らしき人たちがなんとか押さえてくれているおかげでなんとかなってるけど、もしいなかったら人にもみくちゃにされていただろう。

ひとまず星乃を下ろしてどうしたもんかと立ち尽くしていると、俺たちのもとにある人物が近づいてくる。

「……ひとまずお疲れ様、と言いましょうか」

「え？　なんでお前がここに？」

俺に話しかけてきたのは俺の幼馴染みにして魔物討伐局討伐一課の課長、天月奏だった。

その腰には愛刀「小夜（さや）」が差してある。どうやら戦闘も想定してここに来たようだ。

「中にいた異常事態（イレギュラー）の原因であるマウントドラゴンは倒した。ダンジョンはじきに元に戻ると思うぞ」

「……ええ、知っています。私も配信を見ていましたからね。貴方が昔と同じようにモンスターを

次々と屠る様子も、そこにいる若い子といちゃつく様子もね」

　そう言って静かに天月は星乃を睨みつける。

　かわいそうに、星乃は怯えたように「ひっ」と声をあげる。

「この子は異常事態（イレギュラー）に巻き込まれただけだ。俺も迷惑には感じてないから大目に見てくれないか」

「……相変わらず貴方って人は鈍いというかなんというか。その子を責めるつもりはありません。後日ダンジョン内で起きたことを伺いますが、それだけです。今日は自宅まで部下が案内します。人も集まって大変でしょうからね」

　天月がそう言うと、スーツを着た女性の部下が星乃のもとにやって来る。天月の部下なら任せても安全だろう。任せるのが一番だ。

「じゃあな星乃。また機会があったら会おう」

「……はい。本当にお世話になりました。私、今日のことは一生忘れません！」

　星乃は大袈裟にそう言うと、最後にペコリと礼をして去っていった。

　なんだか星乃とは長い付き合いになりそうな予感がする。

「天月はこれから中の調査をするのか？」

「いえ、中はもう安全でしょうから調査は部下に任せます。私は忙しいので別の現場に向かいます」

　そう語る天月の目にはうっすら疲れが滲んでいた。

　社畜時代の俺ほどじゃないけど、かなり働き詰めのようだ。

「あまり無理するなよ？」

「貴方がそれをいいますか……。はあ、貴方はそういう人でしたね」

天月は冷たい視線の中に、僅かに昔のような優しい目を覗かせたけど、すぐにいつもの目に戻す。

また昔みたいに仲良くなることは難しいんだろうか。

「とにかく、貴方には話さなければいけないことがたくさんありますので、後日家に伺います。逃げないように。大臣も会いたがってますからね」

「大臣って……堂島さんか？」

「それ以外いないでしょう」

呆れたように天月は言う。

魔物対策省の大臣、堂島龍一郎は俺の古い知り合いだ。あの人は好きだけど、大臣に会うというのは中々に緊張するので気が引ける。

「とにかく！　また伺いますので気持ちの準備はしておくように」

そう言って天月は去っていく。

残業代はちゃんと出ているのかな、と余計な心配をしてしまう。

「……俺も帰るか」

普通に帰ろうとすると、人だかりが俺の方に押し寄せてくる。

こりゃたまらんと俺はその場で高く跳躍し、夜の都会に消えるのだった。

初配信を終えた次の日、俺は昼に目を覚ました。

「ふあ……よく寝た」

目をこすり、うとうとしながら体を起こす。

仕事を辞めて一番幸せに感じるのがこの瞬間だ。社畜時代はこんな風に時間を気にせず寝ることなんてできなかった。スマホには五分おきに設定されたタイマーがまだ残っている。

「今日は特にやることもないし、だらだら過ごすか……」

俺はスマホをいじってSNSをチェックする。

本名で登録したSNSは、もうフォロワーが六十万人を超えている。たいしたことは呟いてないのに……Dチューブ効果は凄い。

「ええと……『おはようございます。今日も一日頑張りましょう』と」

俺は当たり障りない言葉をSNSで呟く。

こんなことを呟いてもしょうがないとは思うんだけど、足立に『つまんなくてもいいからこまめに呟け。思ったことそのまま書けばいいから』と指示を受けたので大人しく従う。

誰かを推したり追っかけたりしたことがないのでいまいちピンとこないんだけど、本当にこんな感じでいいのだろうか？

「おお……すぐ返事がついた」

〈おはシャチケン
〈おそようございます！
〈たくさん寝れているようでなによりです
〈田中ァ！　いい夢見れたかァ!?
〈次の配信はいつですか!?　いつまで全裸でいればいいんですか!?

　みんな楽しげに返事（リプ）してくれる。

　これは少し楽しいかもしれない。一人ずつ返信したいけど、それはキリがなくなるからやめろと足立に言われている。なので俺はそっと「いいね」だけする。

「……ん？　これは」

　リプを確認していると、その中に見知った名前を見る。

　その人物は昨日助けた星乃唯だった。彼女はＤチューバー用のアカウントで俺にリプしてきていた。


〈昨日は本当にありがとうございました！　おかげさまで無事家に帰ることができました。今度お礼させていただきますね★

　と、礼儀正しく星乃は俺にリプしてきていた。

　俺は簡潔に『無事に帰れて良かった。お礼は無理しなくていいからな』と返事しておく。ついでにいいねしてフォローして……と。ＳＮＳは色々やることが多くて大変だ。

「まあこういう積み重ねが人気に繋がるんだろうな。ま、企業勤めに比べたら楽だ。これくらいしっかりやらないとな」

と、ちまちまＳＮＳ活動に精を出していると急にメッセージが飛んでくる。

送り主は足立。まああいつくらいしか俺のアドレス知らないからな。

「ええとなになに……？」

《昨日の配信お疲れさん！　配信大成功の祝いと今後の配信活動について話したいから今晩飯行くぞ！　場所と時間はメッセージに添付しておくからよろしく！》

足立のメッセージにはそう書かれていた。

相変わらず勝手なやつだ。俺に予定があったらどうするつもりだったんだろうか。

……まあ予定なんて今日どころかそれ以降もないんだけど。

「場所は……ってここ結構いい焼肉屋じゃないか。前回はファミレスだったのに、奮発したな」

焼肉と口にした瞬間、腹がぐうと鳴る。

そういえば店で焼肉なんてしばらく食ってないな。久々に食べたくなってきた。

「夜まで適当に時間を潰すか。もう一眠りするのもいいな……」

そう言いながらボフッと再び横になる。

思えば二度寝なんて十年近くしていないかもしれない。

「ふあ……ねむ……」

閉じていく視界、薄れていく意識。

心地よいまどろみに身を委ね、俺はいつぶりか分からない二度寝に勤しむのだった。

「よお田中！　いやあ昨日は最高だったな！」

夜。

足立に指定された焼肉屋に行くと、そこには上機嫌な足立の姿があった。

まだ飲んでいないはずなのにかなり浮かれた様子だ。

「やけに浮ついてるじゃないか。こんないい焼肉屋までセッティングして……どんな風の吹き回しだ？」

「そりゃ浮かれもするさ。なんたって初配信で登録者が七十万人になったんだぞ？　異常事態(イレギュラー)っていうトラブルはあったけど、それも無事に解決できたし、むしろそのおかげでＳＮＳやネットニュースになったし、まさに怪我の功名ってやつだ。いやあお前はよくやってくれたよ」

スラスラと話す足立。

どうやら俺の成功を喜んでくれているみたいだ。

余計なことをよく言うこいつだけど、意外と友人思いなところが昔からあるんだよな。

「スペチャもウハウハだ。見てみろ」

「ん？　どれどれ……って、ええ!?」

足立の見せてきたスマホには、とんでもない額が映っていた。

社畜時代の俺の年収より高い……これを一日で稼いだっていうのかよ。

「こりゃ今年の確定申告でたくさん税金を取られるぜ。その対策の為にも高え肉食って経費にすんだよ」

「そっか。フリーランスだと税金のことも考えなきゃいけないのか。そこら辺は疎いから助かるよ」

「その辺の細かいことは俺に任せておけ。お前はいつも通りダンジョンで暴れてればいい」

足立は頼もしくそう言う。

それなら得意分野だ。ありがたく足立に任せるとしよう。

「さ、肉頼め肉。じゃんじゃん食おうぜ」

「そうだな。じゃあ遠慮なく」

俺は店員さんを呼び寄せ、注文を始める。

「カルビを30人前と、ロースを20人前。タン10人前にハラミ20人前で。えっと、ライスは大を5杯ください」

「おい！　いくらなんでも頼みすぎだろ！　今日は俺が立て替えるんだからな!?」

足立が抗議してくるけど、俺は更に注文を重ねた。

焼肉は自由じゃなくちゃいけない。誰にも食欲（それ）を止めることは許されないのだ。

「……ったく、覚醒者の胃袋を甘く見てたぜ」

「お前も一応覚醒者（そう）だろうが」

そう反論するけど、足立は「やれやれ」と首を横に振り取り合わない。

この野郎。財布が空になるまで食ってやるからな。

「……そういやニュースでやっていたけど、須田の奴もうすぐ裁判を受けるらしいぜ。お前も関係者だから法廷に立つんじゃないか？」

「どうだろうな。俺は別にあいつがどうなろうと構わないから裁判とか関わりたくないんだけどねえ」

俺の所属していたギルドの元社長、須田。

あいつのせいで苦労させられていたのは事実だ。相当あくどく儲けてもいたんだろう。

だけどもうあいつのことはどうでもいい。それよりも楽しい未来のことを考えたい。

――俺と足立と須田は幼馴染みだ。

当然足立は須田と友人だ。まあ中学卒業以降は一回も顔を合わせていないらしいけどな。

「まあお前はそうだろうな。顔も見たくないだろう。それにしても……あいつも昔はそれほど悪い奴じゃなかったんだけどなあ。だがあそこまで性格がねじ曲がっちまったら矯正は無理だろう。本当に哀れな奴だよ」

足立はどこか寂しげにそう言う。

友人がおかしくなってしまうのを止められなかったことに、責任を感じているのかもしれない。

「っと、こんなつまらない話はこれくらいにしておくか。今日は祝いの席だしな。お、そろそろゲストも来るみたいだぜ？」

「ゲスト？」

足立の言葉に首を傾げる。

俺は他に誰か来るなんて聞いてないぞ？

「いったい誰を呼んだんだ？　俺たちの共通の知り合いっていうと……もしかして天月か？」

「まあ楽しみに待てって……お、来たみたいだな」

個室の扉が開き、一人の人物が中に入ってくる。

その人は俺も知って……というか、つい最近会ったばかりの人物だった。

「お前は星乃!?　なんでここに!?」

「えへへ……来ちゃいました」

少し照れた様子で星乃が入ってくる。

どこに座るか悩んだ彼女だけど、足立に促され俺の横に座る。まあそれはいいんだけど……なぜか距離が近めだ。

社畜まっしぐらだった俺に女性経験なんてないので、ドキドキしてしまう。ダンジョンの中なら仕事モードになるからある程度大丈夫なんだけど、地上だとダメだな。

「おい足立、なんでお前が星乃と通じてんだよ」

「お前のSNSアカウントは俺も使えるんだよ。それで唯ちゃんのアカウントにDM（ダイレクトメッセージ）を送ったらすぐ来てくれると返事してくれたぜ。あ、ちゃんとDMを送ったのはお前じゃないってことは伝えてるからな」

足立は悪びれた様子もなく言う。

そうか……あのSNSにはDMもあるのか。一回もその機能を使ってないから星乃と連絡を取っていたなんて気がつかなかった。不覚だ。

「ご、ごめんなさい！　やっぱり田中さんには事前に伝えておくべきでしたよね？」

「いや、星乃は悪くないさ。こっちこそ急に呼び出してごめんな。星乃も忙しいだろう」

「そんな！　私は大丈夫です！　えっと、田中さんが呼んでくれましたら本当にいつでも！」

星乃は慌てたようにそう言う。

俺に気を遣わせないようにそう言ってくれてるんだろう。本当にいい子だ。

「足立、なんで星乃まで呼んだんだ？」

「そりゃ唯ちゃんのおかげでお前の人気が伸びたからさ。彼女がいてくれなきゃ、お前の人気はここまで伸びなかった。それに……」

足立は俺から視線を星乃に移す。

「彼女は強くなる。その内凄腕の探索者になると、俺はそう睨んでいる。だから今の内に仲良くなっておこうって寸法さ」

「なるほどね……」

足立の言葉には同意できるところがある。

少なくとも黒犬(ブラックドッグ)ギルドには彼女ほど有望な新人はいなかった。

「だから今日は親睦会とダンジョン生還記念を兼ねてるんだよ。それならいいだろ？」

「まあそれなら仕方ないか。星乃、こんなおっさん二人と飯食うのが嫌だったらすぐ言えよ？　足立を殴って気絶させて逃がすから」

「あ、えと、はい」

「田中、俺の扱い酷くない？」

足立の突っ込みをスルーして、俺は星乃に助け船を出す。

まったく、こいつの行動にも困ったものだ。

「星乃もほら、肉頼め肉。あ、女の子は冷麺とかの方がいいのか？」

「あ、いえ！　私もお肉をいただきます！　えっとそれじゃあまずはカルビを20人前いただだいて……」

「え、マジで財布もつかな……」

心配そうに財布の中身を確認する足立。

今更になって腹ペコ探索者を二人も呼んだことを後悔してももう遅い。すっかり食べるモードになった星乃は、店員さんに山ほど料理を注文していた。

これだけの数だといっぺんにテーブルに乗らないし、出していたら肉が悪くなってしまうので、食べ次第順次店員さんが運んできてくれる方式になった。

探索者の客が来るとこういう対応になることが多いらしい。店員さんの対応は手慣れていた。

「……まあ祝いの席で金の話をするほど冷めることはねえ。こうなりゃあヤケだ！　お前ら胃がはちきれるまで食えよ！」

足立はヤケになりながら、運ばれてきたジョッキを持つ。

それに合わせて俺もビール、星乃はソフトドリンクを持つ。

「それじゃあ二人の帰還と俺たちの出会いを祝って、乾杯！」

「「乾杯!!」」

俺たちはそう言ってグラスをぶつけ合い、楽しい食事を始める。

「う～ん、おいし～♡」

幸せそうな顔をしながら、星乃は次々と肉を腹の中に収めていく。

その速度といったら大人顔負け。しかも速いのに食べ方が綺麗で口元も汚れていない。

せめて速度だけは負けけんと俺も次々と肉を胃に放り込んでいく。

「私焼肉なんて久しぶりです。こんないいお店は初めてですし……家族にも食べさせてあげたかったなあ……」

「だったらお弁当でも買って帰るといい。確かメニューに載っていたぞ」

「え!?　い、いや申し訳ないですよ!?」

「遠慮しなくていい。なあ足立？」

俺が尋ねると、足立はやけくそ気味に「弁当を頼んだところで誤差だしいいよ……」と返す。確かにもう何人前食べたか覚えていない。最初に注文した分は食べ尽くし、三回ほど追加注文してるしな。

「だってよ。ほら、この一番いいやつを頼もう。多めに持って帰っていいぞ。嫌だと言っても勝手に注文するから諦めるんだな」

「うう……本当にありがとうございまず……」

今にも泣き出しそうな声で星乃はそう言う。

喜んでもらえたみたいでなによりだ。

「あ。すみませーん」

店員さんを呼び止めて、俺は弁当を追加注文する。

すると注文を聞き終えた店員の若い女性が、おずおずと俺に尋ねてくる。

「あ、あの……シャチケンさん、ですよね？」

「はい。そうですけど」

そう答えると、その店員さんはパッと顔を明るくする。

「やっぱり！　私ファンなんですよ！　まさかこんなところで会えるなんて驚きました！　あの、あ、握手とかしてもいいですか!?」

「は、はい。構いませんけど」

店員さんに押されて、俺は握手をする。

まさか握手を求められる日が来るなんて思わなかった……。店員さんも嬉しそうだし、俺って本当に有名になったんだな。

「あの。よければ写真とかもよろしいですか……？」

そう頼まれ、俺は困ったように足立を見る。

どこまでファンサービスをしていいかという話はまだしていなかった。こういうのは足立の指示を仰ぐのがいいだろう。

「写真なんていくらでも撮っていいぞ。そうだ、店にサイン置いてもらえよ。今はガンガン知名度を上げる時だぜ」

「サインって……そんなもの欲しいか？」

そう疑問を呈すと、店員の女性が「ほ、欲しいですっ！」と大きな声で割り込んでくる。

ま、マジか。サインなんて考えてないぞ。

「あ、足立」

「どうせサインのデザインを考えてないんだろ？　おしゃれなサインなんて求められてないから安心しろ。お前は署名みたいにクソ丁寧に『田中誠』って書けばいいんだよ」

「そんなんでいいのか……？」

「ああ、完璧だ。彼女も待ってるし行ってこい」

足立に促され、俺は席を立つ。

それにしてもこの前まで他人から罵倒されることしかなかった俺が、握手にサインか……人生というのはなにが起きるか本当に分からないな。

⁂

――――焼肉屋、田中が出ていった個室内。

そこには星乃と足立の二人が残されていた。

「…………」

声を出さず、もぐもぐと肉を頬張る星乃。

田中がいた時はリラックスしていたが、足立と二人になるとそうはいかない。明るく社交的な彼女も、あまり面識のない成人男性と二人だとさすがに気まずかった。

それを紛らわすためにひたすら肉を口に運び、もきゅもきゅと食べ続けていると、唐突に足立が口を開く。

「で、唯ちゃんは田中（あいつ）のこと、どこまで本気なの？」

「ぶふっ!?」

足立の思わぬ言葉に星乃は驚く。

危うく口の中の物を吹き出すところだったが、女子力でそれはこらえる。

「な、なんのことですか!?」

「俺は田中（どんかん）じゃないんだ。配信を見ていれば君が少なからず田中（あいつ）のことを想っているのは分かる。だから正直なところを教えてほしい」

「…………」

星乃はしばらく悩んだ後、ゆっくりと口を開く。

「えっと……今はまだ、本当に分かりません。ですけど……今よりもっと仲良くなりたいとは、思っています。少しでも特別に思えてもらえるようになったら、嬉しいなって……」

頬を紅潮させながらそう言う星乃を見て、足立は「そっか」とどこか嬉しそうに言う。

「まあ唯ちゃんみたいないい子だったら俺も安心だ。ただあいつは手強いから頑張ってくれよ？　長い社畜生活で自己肯定力がどん底まで下がってるからな。長く働いていたせいで自分のことをおっさんだと思ってるしな。ガンガンアタックしないと好意にすら気がつかない」

「は、はい。頑張りますっ」

真剣な表情で星乃は言う。

それを見た足立は満足そうに笑うと、手にしたジョッキの中身をぐいと飲み干し、空にする。

「あいつには幸せになってほしいんだ。だけど俺は男だし強くもないから、側で支えることも背中を守ることもできない。だけど君ならそのどちらもできる。正直羨ましいよ」

足立の言葉を聞いた星乃は、驚いたように目を見開く。

「足立さん、もしかして……」

「勘違いしないでくれよ？　別に田中をそういう目で見ているわけじゃない。ただ疲れ切ったあいつを見ると、そう思うこともあったってだけだ」

「そう……ですか。足立さんは友達思いなんですね」

「だろう？　あ、今言ったことは田中には言わないでくれよ？」

その言葉に星乃は頷く。

するとちょうどいいタイミングで田中が個室に戻ってくる。

「めっちゃくちゃサイン書いたわ……」

「お、人気者のお帰りだ。ほら残りをさっさと食えよ。なんなら唯ちゃんに食べさせてもらえよ」

「なに馬鹿なことを言って……って星乃、本当にやらんでいいぞ⁉」

「い、いえ！　遠慮なさらず‼　あ、あーん」

「ははっ、いいねえ。お前らは見てて飽きないよ」

　こうして三人の楽しい食事会は、夜遅くまで続いたのだった。

⁂

「あー。腹いっぱいだ」

　楽しい食事会を終えた俺は、一人で夜道を帰っていた。

　あんなに肉を食べたのはいつぶりだろうか。星乃も楽しそうにしてたし、いい食事会だった。

「一つ寂しいとすれば、あんまり酔えなかったことだな。まあこればっかりは仕方ないんだけど……」

　覚醒者は毒などへの耐性が強くなる。

　その耐性は悲しいことに『アルコール』にも作用してしまう。

　早い話が『酔えなく』なってしまうのだ。足立はたくさん飲めば酔えるみたいだが、ダンジョンで変なものを食べまくっていた俺は耐性がかなり高くなってしまい、すっかり酔えなくなってしまった。

ダンジョンの中で取れる魔法の酒『神水酒（ソーマ）』に含まれる特殊なアルコールは、普通のアルコールの100％以上の効能があるから酔えるんだけど、あれもあんまり見つからないからなあ。

「まあしょうがないか……ん？」

家の側に着いた俺は、家の近くに誰か立っていることに気がつく。

普通の人は気づかないかもしれないけど、その人の体からは物凄い闘気が放たれていた。これから決闘でも控えているような、そんな闘気がビシビシと俺に突き刺さる。

俺はなるべく関わらないようにそっと横を通り抜けようとする。しかしその人物は俺のことを見ると声をかけてくる。

「待ちなさい。どこへ行くの？」

「へ？」

聞き慣れた声に顔を向けると、なんとそこには俺の幼馴染み、天月奏がいた。

なんでこいつがここにいるんだ？

「やっと帰ってきたわね。待ちくたびれたわ」

「それはごめん……って、なんで天月がここにいるんだ？　俺住んでるとこ教えたか？」

「討伐一課の情報力を舐めないことね。一般人の住所なんて筒抜けよ」

「さいですか……」

国家権力の乱用だ。ひどい。

「とにかく話があって来たの。すぐ終わるからそこの公園まで来てくれるかしら？」

「立ち話ってのもなんだし、家に来ないか？　茶くらいなら出すぞ？」

そう提案するけど、天月は首を横に振る。

「そんなに暇じゃないの。すぐに済ませて帰るわ」

「そっか。そりゃ残念だ」

ここ七年くらいはまともに天月と話してこなかった。

その溝を埋められるかなと思ったんだけど、どうやら無理そうだ。

まあギルドを辞めた今、会おうと思えば会えるか。

昔みたいに仲良く……ってのは無理だろうけど、普通に話せるくらいにはなりたいもんだ。

「……ここでいいかしら」

公園に来た天月は、鉄棒の側に立ちながらそう言う。

時折点滅する街灯と月明かりが天月の顔をうっすらと照らす。昔から整った顔をしていた天月だけど、大人になったことでその綺麗さには更に磨きがかかっている。

もし知り合いじゃなかったらとても緊張して話せなかっただろう。それほどまでに天月は綺麗な女性になっていた。

「まず一つ。この前も言ったけど、堂島大臣が貴方に会いたがっているわ。明日の13時頃、魔対省に来て頂戴。迎えの者を用意しておくわ」

「明日ってまた急だな」

「あら、なにか用事でもあるの？」

「いや、それはないけど……」

フリーランスになった俺に予定というものはない。

やることが一切ないというのもそれはそれで寂しいもんだな。

「それと……黒犬ギルドの元社長、須田明博の初公判が来週行われることになったわ」

「……そうか」

どうやら足立が言っていた通りの日程になったみたいだ。

それにしてもずいぶん早いな。確かダンジョンや覚醒者絡みの事件は普通のものとは手続きが異なるんだったっけか。

「今日はその裁判で証言をしてくれって言いに来たのか？」

「いいえ。裁判で証言する人はもう十分集まっている。あのギルドで事務をやっていた人が洗いざらい話してくれるようになったの」

「ああ……なるほど」

須田は社員のほぼ全員から嫌われていた。

捕まった今、あいつの味方をしてくれる社員はいないだろう。

「それでも重要参考人である貴方を裁判に呼ぶべきだという声もあったけど……ここ数日で貴方は有名になりすぎた。来れば必ず騒ぎになる。だから貴方の証言、それと動画データだけ使わせてもらうわ」

「そっか。俺もあいつの顔は見たくないし助かるよ」

こんなこと言ったら甘いのかもしれないけど、まだ俺は須田に『情』が残っている。奴にされたことを許しているわけじゃないけど、裁判を受けているところなんて見たくない。

だからこれでいいんだ。もう会うこともないだろう。

「未払いの残業代、不当に下げられていた給料の不足金も渡せるよう処理しているわ。なにに使っていたのか知らないけど、ギルドにお金はあまり残っていなかったから全部は無理だと思うけど……」

天月は申し訳なさそうに言う。

ツンツンした態度を取ってはいるけど、やっぱり中身は昔の優しいままみたいだ。

「俺は貰わなくて大丈夫だ。そのお金は他の社員に回してほしい。みんなギルドを辞めて大変だろうからな」

「え……？」

天月は驚いたような表情を浮かべる。

色々手続きをしてくれていただろうから悪いけど、俺はその金を受け取るつもりはなかった。

「俺は運良く稼げるようになったからいい。でも他の社員はそうはいかないだろ？　まだ就職できてない奴、家族がいる奴もいる。まずは彼らにお金を渡してほしい。それが全部済んでまだお金が余っていたら、俺も貰うよ」

そう伝えると、天月は驚いた表情から優しい表情に変わり、薄く笑みを浮かべる。

「……変わらないのね」

「え？」

なんのことか分からず、俺は首を傾げる。

「昔から貴方はそうだった。いつも自分のことは後回しで他人のことばかり心配していた」

そう言いながら天月は俺のすぐそばまで歩いてきた。

呼吸が顔に当たりそうなほど近い距離。とてもドキドキして心臓に悪い。

「私が小さい頃は、いじめっ子から守ってくれて。私が探索者になってからはモンスターから守ってくれた」

「はは、そうだったっけな……？」

なんか恥ずかしくなって笑いながらごまかす。

確かにそんなこともあった。天月は小さい頃は俺によく懐いてくれてた。俺も天月を妹のように思っていて、お節介を焼いていた。

「でもそんなところに付け込まれ、貴方は須田にいいように使われていた。私はそんな貴方に逃げ道を作るために政府のいい役職（ポスト）についた。いつか貴方を討伐一課に迎え入れるために」

「え、そうだったのか？」

まさかの言葉に俺は驚く。

そういえば最初は不思議だったんだ。天月はあまり政府で働くような人には思えなかったから。

まさか俺のためにだったなんて……驚きだ。

「それなのに貴方は配信者なんかになってしまった。しかも危険を顧みず女の子を助けたことであんなに有名になってしまうんだもの。私の計画が台無しよ」

「う、それは……すまん」

天月の静かな気迫に圧され、俺は思わず謝る。

意図していなかったとはいえ、俺は天月の思いを踏みにじったことになる。

さすがに嫌われてしまったかもしれない。そう思ったけど……天月の口から出た言葉は、俺の想定とは遥かに違うものだった。

「貴方のその無鉄砲でお人好しなところが、私は昔から大嫌いで……大好きだった」

「……え？」

聞き間違いか？

そう思った次の瞬間、天月は俺のネクタイを右手で強く摑んで引き寄せる。

そして……なんと天月は俺の唇に、自分の唇を、重ねた。

「ん……」

自分の唇に当たるやわらかい感触と、天月の口から微かに漏れる甘い声に脳が痺れ、激しく混乱する。深層のモンスターハウスに閉じ込められた時だってもっと落ち着いていた自信がある。

永遠にも感じる長い長い時間の後、天月はネクタイを摑む手を緩め、ゆっくりと唇を離す。

天月は表情こそいつもと変わらないけど、いつもは新雪のように白い頬が、真っ赤に染まっていた。

「いくら鈍感な貴方でも、ここまですれば少しは効くでしょう？　それじゃあ私はまだ業務があるので……失礼するわ」

そう言って天月は身を翻すと、公園から去っていく。

しばらく放心していた俺だけど、それを見て彼女のことを追おうとする。すると天月はその場で止まり、顔半分だけ振り返る。

「一応言っておくけど……あれ、初めてだったから」

そう言うや天月は物凄い跳躍力でその場から飛び去ってしまう。

一人公園に残された俺は、いまだ感触の残る口元を触りながら彼女が消えていった夜空を仰ぐのだった。

▷第三章…田中、大臣に呼ばれたってよ

SEND

焼肉を楽しんだ日の翌日。

俺はスーツに身を包み、千代田区にある『魔物対策省』に向かっていた。

「ふあ……眠い」

俺は大きなあくびをしながら歩く。

昨夜はロクに寝れなかったのでとても眠い。

なぜかというと、それは食べ過ぎ……じゃなくて、天月(あまつき)のせいだ。

一晩経った今でも、ふとした瞬間にキスの感触を思い出し悶々としてしまう。おかげで昨夜はロクに寝れなかったのだ。

「まったく、中学生か俺は……」

頭をポリポリとかきながら俺は呟く。

でもしょうがないと思わないか？　今まで仕事漬けで恋愛経験なんてこれっぽっちもないんだから。

なんせ高校にも行かず働いていたんだから、恋愛経験値は高校生以下だ。

こんな状態になるのも仕方ないのだ。

「なにかの勘違い、じゃないんだよなあ……」

天月にあそこまでさせておいて、勘違いだと疑うのは失礼だ。

いつからかは知らないけど、どうやら俺は好意を寄せられていたみたいだ。こんな冴えない奴を好きになるなんてあいつも見る目がない。

あいつならもっとイケメンで甲斐性のある奴を捕まえられるだろうに。もったいない。

まあ……悪い気はしないけどな。

俺は情けなくにやけそうになる口角を、ガキッと力ずくで矯正しながら歩く。道行く人が変な目で見てくるけど、今は気にしない。

「お、着いた」

皇居の側に悠然と立つ『魔物対策省』。

国防の要であるこの建物はとても頑丈で立派な造りになっている。

俺は今日、この組織の長である魔物対策大臣に呼ばれたのだ。

「迎えの者がいるって言ってたけど、誰がいるんだ？　知ってる人なんかな」

魔物対策省の前できょろきょろと視線を動かす。

こんなことしてたら不審者だと思われかねない、早く迎えの人を見つけなきゃと思っていると、長い銀髪を揺らしながら一人の女性がこちらに近づいてきた。

透き通った青い瞳をした、綺麗な女の子だ。歳は星乃（ほしの）と同じくらいか？

無表情でクールな印象を受ける子だ。

その際立った美貌も目を引くけど、俺が注目したのはその歩き方。

体に一本芯の通った、綺麗な歩き方だ。

俺には分かる。この子は『素人』じゃない。優れた『戦士』だ。

その子は俺に近づくと、その端整な顔に薄く笑みを浮かべる。

小動物系の星乃とは違った、ミステリアスな魅力に俺は少しドキッとする。いったい俺になんの用なのかと思っていると、その子は想像だにしなかった言葉を口にする。

「お待ちしていました先生。お久しぶりですね」

「……へ？」

俺は驚き、首を傾げる。

俺の知り合いにこんな銀髪美人はいなかったはずだけど。

いや、それよりこの子、今『先生』って呼ばなかったか？

俺のことをそんな風に呼ぶ人なんて……って、もしかして。

「ま、まさか、凛、なのか？」

「はい。分かりませんでしたか？」

そう言って彼女、絢川凛はくすっと笑う。

その笑い方は確かに俺の記憶にある彼女のものと同じだった。

「久しぶりじゃないか！　五年ぶりか!?」

「正確には四年と十ヶ月と三日、二時間ぶりですね」

そう得意げに言う彼女は、俺の元教え子だ。

前に俺は仕事の一環で討伐一課に配属された新人の教官を務めることになったことがある。

期間は半年と短かったけど、中々楽しかった記憶がある。

凛はその時受け持った新人の一人。その時はまだ彼女は十四歳とかだったか？　才能に溢れる子で、他の新人よりその力は抜きん出ていた。

あの時からかわいい子だったけど、こんな美人に成長しているなんて驚きだ。

「懐かしいなあ。あの頃は何度も俺に挑んできたよな。三百回くらい挑んでこなかったか？」

「正確には三百四十二回ですね。あの頃は未熟で身の程をわきまえておりませんでした。私のようなものが先生に敵(かな)うはずがありませんのに」

「……お前も変わったな。あの時は本気で殺しにかかってきたのに」

凛は死んだ目をしたただのおっさんにしか見えない俺が教官であることが気に入らなかったのか、しょっちゅう俺に決闘を申し込んで来た。

その度に俺は凛のことを返り討ちにし、押さえつけ無力化した。

数度やれば諦めるかと思ったけど、凛は本当に何度も挑んできて、俺も途中からなんだか楽しくなってきた記憶がある。

だけどある日凛は突然挑んでくるのを止めた。

かと思ったら急に俺に懐いてきて、まるで子犬のように俺について回るようになったんだ。

俺を認めてくれたのかと思って嬉しかったけど、残念ながらそれからすぐ俺は通常業務に戻ってしまった。

それからはまた忙しく働き、今に至る。

「なにかの記事で名前を見たぞ。今は討伐一課のエースなんだってな。俺も鼻が高いよ」

「全て先生の指導の賜物です。あの時先生に鼻っ柱をへし折られ、屈服させられ、蹂躙(じゅうりん)されなければ今の私はなかったでしょう……」

凜はやけに湿度の高い視線を俺に向けながら言う。

い、言い方に語弊があるな。まるで俺がやましいことをしたみたいじゃないか。

「昔話もいいけど、中に案内してくれないか？　凜が迎えの人でいいんだろ？」

「……はい、分かりました。お話は後ほど致しましょう。それではこちらへ」

俺は少し残念そうな顔をした凜に連れられ、魔物対策省の中に足を踏み入れる。

ここに来るのは久しぶりだけど、あまり変わってないな。

予算がちゃんとあるせいか、中は綺麗で造りもしっかりしている。モンスター被害が減った年とかは予算を減らせなどと言ってくる無責任な輩(やから)もいるけど、ちゃんと大臣がそれを撥ね除けているみたいだな。

そんな魔対省だけど、昔来ていた時とは変わっているところが一つだけあった。それは、

「……なんかやけに見られている気がするんだけど」

すれ違う職員たちは、みんな俺のことをチラチラと見ている。

そして他の職員たちとコソコソとなにかを話している。陰口とか言われているのかな……？

そう心配していると、それを察した凛が話しかけてくる。

「先生が今日来ることは職員に知られていますからね。みんな気になるのでしょう」

「やっぱり悪目立ちし過ぎたか？　こんな状態のところに堂島（どうじま）さんも呼び出さないでほしいもんだ」

「……勘違いしていらっしゃると思いますが、職員たちは先生を煙たくなど思っていませんよ。むしろその逆でしょう」

「へ？」

いったいどういうことだと聞き返そうとした瞬間、一人の女性職員が俺のもとにやってくる。

なにか文句でも言いに来たのかと身構えたけど、その女性はなんと俺にサイン色紙を出してきた。

「あ、あの！　もしよろしければサインをいただいてもよろしいでしょうか!?」

「え、あ、はい」

その圧に押された俺は、サイン色紙とペンを受け取り、サラサラと自分の名前を書いて手渡す。

するとその女性は「ありがとうございます！」と頭を下げて、俺のもとを去る。

少し離れたところで同僚と合流した彼女は、楽しそうに「やった！　もらえた！」と喜んでいる。

他の職員も「いいなあ」「私も頼んでみよっかな」などと話している。

「まさか魔対省の職員にも俺のファンっているの……？」

「当然です。ここの職員は一般人よりもダンジョンに対する知識が深い、先生の偉大さも一般人より深く理解できるのです」

「はあ、なるほど……」

凜に説明されたけどまだしっくり来ない。いつかこれにも慣れるんだろうか。

「そういえば天月とは上手くやってるのか？」

歩きながら俺は凜にそう尋ねる。

天月は討伐一課の課長。凜の上司に当たる。

「はい。姉さ……天月課長には良くしてもらっています。今日も朝は私が起こしました」

「そっか。まだ一緒に住んでいたんだな」

「はい。私は魔災孤児ですので頼れるのは天月課長しかいないのです」

ダンジョンから魔物が外に出る災害を魔物災害という。それを略して魔災（まさい）。

幼くして魔災で家族を失った凜は施設に引き取られた。その後自分が覚醒者であることを知った凜は、家族の仇（かたき）を取るために若くして討伐一課の扉を叩き、そして見事入ることに成功したんだ。

その時から天月は凜の面倒を率先して見ていた。

二人の仲はよく、まるで本物の姉妹に見えたもんだ。

「つまり私は妹属性も持っているということです。お得ですね」

「なにを言ってるんだ……？」

相変わらず澄ました顔して突拍子もないことを言う奴だ。

まあそこが面白いんだけどな。

「ところで姉さんの様子が朝からおかしかったのですが、先生はなにか知りませんか？」

「……知らないな」

俺は昨晩のことを思い出しながらも否定する。

やばい、顔が熱くなってきた。

「なにかキスがどうやらとぶつぶつ言っていたのですが」

「さ、早く行こうか！　大臣を待たせちゃ悪いからな！」

「……分かりました。堂島大臣は今中庭にいます。さ、こちらです」

疑いの目を向ける凜に連れられ、俺は魔対省の中庭に足を踏み入れる。

するとそこには立派な松の木がそびえ立っていた。俺が来ていた頃はこんなものなかったんだけどな。どこから持ってきたんだろう。

にしてもこの松、まるで盆栽みたいに曲がりくねっているな……と思いながら近づいてみると、なんとその松はこれまた巨大な植木鉢の中に入っていた。

え、これってガチで『盆栽』なの？

そう困惑していると、松の木を大きな鋏（はさみ）で手入れしていた人物が俺に気づき、近づいてくる。

「来たか田中（たなか）っ！　待っとったぞ！」

がっはっは、と豪快に笑いながら俺のもとにやってきたのは、大柄の爺さんだった。

短髪の白髪に、鋭い目。歳も六十近いはずなのに、その肉体はまるでアメフト選手のように大きく、厚（あつ）い。

この人こそ魔物対策省の大臣、堂島龍一郎。

日本のダンジョン関係を一手に引き受けている傑物だ。

「お久しぶりです堂島大臣。ご壮健のようでなによりです」

「なんじゃその喋り方は。前みたいにもっとズケズケと言ってこんかつまらん。もう社会人もやめたんじゃろ？」

「……せっかく大臣になったからかしこまったっていうのに。これでいいですか？」

「おお！　やればできるじゃないか！　相変わらず生意気な奴でわしゃ嬉しいぞ！」

そう言って堂島さんは俺の背中をバシバシと叩く。その力は凄く、足を踏ん張らないと吹き飛ばされてしまいそうだ。事実叩かれるたびに俺の足元の地面には亀裂が走っている。

いちいち豪快な人だ。

「絢川もご苦労。ちょいとこいつと二人で話したいことがあるから席を外してもらえるか？」

「かしこまりました。堂島大臣」

凛はそう言って頭を下げると、中庭の入口に向かい、そこで待機する。

その場には堂島さんの警護を務める人物もいる。この化物ジジイに警護なんていらないとは思うけど、まあ大臣という建前上つけないと色々マズいんだろう。

「さて……なにから話したもんかのう」

堂島さんは巨大な松の枝を武器みたいにデカい鋏でバチバチと切り落とす。

その光景はとても盆栽を手入れしているようには見えない。ただの伐採作業だ。

「堂島さんが大臣になったとニュースで見た時は驚きましたよ。ずっと現場で働くものだと思ってましたから」

堂島さんは元々『魔物討伐局』の初代局長だった。

しかし突然その座を後継に譲り、魔物対策省の大臣になった。

堂島さんはゴリゴリの武闘派。デスク作業なんか似合わない。

だから俺は凄い意外に感じた覚えがある。

「ワシだって大臣なんか別にやりとうなかったわ。じゃが大臣には現場を知っている人間が就かなあかん。そのことがあの時、よう分かったからのう」

「あの時っていうと……」

「ああ。ワシとお前が最後に一緒に潜った『皇居直下ダンジョン』のことじゃ」

その名を久しぶりに聞いた俺は、胸の奥がズキリと痛んだ。

今まで何百箇所のダンジョンに潜った俺だけど、そのダンジョンは俺にとって特別なダンジョンだった。

「今からもう七年も前になるか。今よりダンジョンの数も少なかったあの時、皇居の地下に世界でも最大規模のダンジョンが生まれた。『皇居直下ダンジョン』と名付けられたあのダンジョンは、特異な性質を持っておった」

「……あの時は大変でした。モンスターが地上に溢れるなんて事態、今でもそうは起きませんからね」

普通モンスターはダンジョンから出てくることはない。

魔素の少ない地上は、モンスターにとって生存しづらい環境だからだ。魔素はモンスターにとって人間の酸素のような役割を持っているらしいからな。

だけどたまに魔素が少ない環境で行動できるモンスターが現れる。だけどそういったモンスターはごくまれにしか現れず、出ても上層にいるものばかりで強いモンスターは地上に現れることはほとんどなかった。

あの皇居直下ダンジョンが現れるまでは。

「総被害者数二万四千人。それだけの人が数日でモンスターに殺された。その中には絢川の親御さんもおった」

皇居直下ダンジョンから現れたモンスターたちの中には深層に生息しているものもいた。

しかも数も尋常ではなく、街にはモンスターたちが溢れかえった。探索者たちは犠牲を出しながらもモンスターたちを倒し、なんとかそれを退けた。

皇居直下ダンジョンはその特異性から『特異型ダンジョン』と分類付けられた。

頻度は少ないが今でも特異型ダンジョンは世界各地で出現し、その度に各国は対応に追われている。

「……あれは痛ましい事件でした。今でも思い出すと寒気がしますよ」

「ああ、ワシもだ」

地上に出たモンスターたちは探索者たちの尽力で駆除されたが、それからも皇居直下ダンジョンからはモンスターが地上に出続けた。

普通ダンジョンを壊すことは推奨されていない。なぜならそこから取れる資源は貴重な物だからだ。

しかしモンスターが外に出てくるとなったら話は別。政府は皇居直下ダンジョンの破壊を決定した。

「ダンジョンの要、『ダンジョンコア』を破壊すべく集まった腕利きの覚醒者は総勢三百人。今考えてもあのチームは最強の布陣じゃった。ワシにお主、天月……それに橘(たちばな)と実力者が揃っておった」

「……師匠の話はやめていただけると助かります」

「ああ、すまんな。橘はお前にとっても特別な存在だった。受け止めきれないのも無理はない」

俺の師匠、橘希咲(たちばなきさき)さんは当時最強の探索者だった。

あの人がいなければ俺はここまで強くなることはできなかっただろう。返しきれないほどの恩がある。

だけどその恩を返す機会はもう永遠に訪れない。

「皇居直下ダンジョンの難度は、ワシらの想像を遥かに超えていた。見たことのない凶悪なモンスターの群れ、数秒ごとに変わる景色、体を蝕(むしば)む濃密な魔素……ワシらの仲間は一人、また一人と命を落とした。最終的にダンジョンの無力化には成功したものの、無事生きたままダンジョンを脱出できたのは七人しかおらんかった」

俺と堂島さん、そして天月はその七人の中に入っていた。

七人の帰還者は英雄扱いされ、当時は凄いニュースになった。しかし堂島さんの配慮で俺と天月の名前は公表されなかった。

未成年だった俺と天月は、そもそもダンジョンの中に入ることも報道されなかったからな。まあ天月は討伐一課に入る際、それを公表したんだけど。

そのおかげで天月は堂島さんに並ぶほど市民からの人気を得るに至ったんだ。

「なんとか生きて帰ることができたワシは理解した。この先、また似たような事態に陥った時、それを乗り越える力はこの日本（くに）にはないと。だからワシは大臣になり、この国を強くすることにした。それこそがワシの使命だと信じてな」

大臣になった堂島さんは、次々と大胆な政策を打ち立てて、何度も国会とお茶の間を騒がせた。だけどそのおかげでこの国の探索者たちは強くなったと俺は思っている。今や他の国の探索者と比べても平均水準（レベル）は劣っていないだろう。

そう思っていると、堂島さんは俺の方を見ながら申し訳なさそうな表情をする。

いったいどうしたんだろうか。

「……じゃが目の前のことに集中するあまり、お主のことを気にかける余裕がなかった。一生の不覚じゃ。息子のようにも思っていたお主が、まさかあれほどつらい目に遭っておるなど気づきもしなかった」

「堂島さん……」

堂島さんが言ってるのは、俺がブラック労働していたことについてだろう。

でも堂島さんはそのことを知らなくて当然だ。大臣としての仕事もあるし、須田が書類を改竄していたからな。

だから堂島さんが申し訳なく思うことはないんだけど、この人の性格上それも無理な話か。昔から義理人情に厚い人だからな。

「ワシが愚かじゃった。本当にすまん。この通りじゃ」

堂島さんはその場で俺に向かって深く頭を下げる。

それを見た俺は慌てて止める。

「堂島さん！　そこまでしなくていいですよ！　貴方は大臣なんですから！」

「ワシは大臣である前に一人の『人間』じゃ。下げれぬ頭に価値などない」

堂島さんは真剣な表情でそう言う。

この人は昔から変わらないな。昔から変わらずかっこいい。

「お気持ちは嬉しいです。だけど俺はもう大丈夫です。確かにあの時はつらかったですが、今は本当に楽しくやってますから。だから頭を上げてください」

そう言うと、ようやく堂島さんは頭を上げる。

「すまんな、気を遣わせて。これから困ったことがあれば遠慮なくワシを頼るといい。どんな面倒くさい奴が相手でもワシがぶん殴って黙らせてやろう」

「はは、それは相手が気の毒ですね。堂島さんの拳は痛いですから」

そう軽口を叩いた俺たちは、昔みたいに笑うのだった。

＊

「伊澄（いすみ）ちゃん！　茶を出してくれんか！　一番（いっちゃん）いい茶菓子も出してくれい！」

「かしこまりました。ではとっておいた羊羹（ようかん）をお出ししますね」

堂島さんが頼むと、秘書の伊澄さんがお茶の準備を始める。

伊澄さんは堂島さんが大臣になる前から支えている女性で、俺や天月とも昔から面識がある。

歳は確か俺より少し上だったはず。仕事のできるお姉さんだ。

「久しぶりね田中くん。立派になって嬉しいわ」

「ありがとうございます。伊澄さんもお元気そうでなによりです」

にこ、と笑いながら俺の前に羊羹とお茶を出してくれる伊澄さんに、俺は頭を下げる。

今俺がいるのは堂島さんの仕事部屋だ。

中庭での話を終えた俺は、この部屋に連れてこられた。

それほど広い部屋じゃないけど机も椅子も一級品だ。俺の座っている椅子も革がパリッとしていて座り心地がいい。さすが大臣の仕事部屋だ。

俺と堂島さんはテーブルを挟んで向かい合って座っている。ちなみに俺の座っている後ろには凜が、大臣の座っている後ろには護衛っぽい若い男が立っている。伊澄さんもいるので人口密度はそこそこ高い。

「うまいっ！　やっぱり羊羹は美味いっ！　ほれ、田中も遠慮せんで食え食え」

「はい。いただきます」

俺は出された羊羹を一口分に切り、口に運ぶ。

するとしっとりなめらかで、上品な甘さが口の中に広がる。甘さは強いのに、しつこくない。舌に自信があるわけじゃないけど、これが相当高いものだということは分かる。

大臣ともなればこんないいものを頻繁に食べられるんだな。

「のう伊澄ちゃん。ワシ頑張ってるしもう一切れ食べたいんじゃが……」

「駄目です。大臣は食べ過ぎです」

と思ったらそうでもなかった。

堂島さんは伊澄さんにたしなめられて、しょぼんと落ち込む。子どもかあんたは。

「そうだ田中。お主の配信はワシも見たぞ。随分強くなったじゃないか。ワシは嬉しいぞ」

「恐縮です」

「前から才能はあったが……今ほどではなかった。よほど鍛えたと見える」

皇居直下ダンジョンから帰還できた俺だけど、それは運のおかげも大きい。事実死んでしまった探索者の中には、師匠含め俺より強い人は何人もいた。

生き残った七人の探索者の中では俺と天月は歳も実力も下の方だった。まあ七年経った今では俺もそこそこやれる方だとは思うけど。

「本当に強くなった……今のお主なら皇居直下ダンジョンを完全制覇できるかもしれんのう」

堂島さんは昔を思い出すように言う。

そう、皇居直下ダンジョンを俺たちは完全に破壊することはできなかったのだ。

三百人近い犠牲者を出しても、モンスターが湧くのを止めることしかできなかった。

今も皇居直下ダンジョンは皇居の地下に存在していて、その入口は固く封じられている。この魔物対策省が皇居の側にあるのも、皇居直下ダンジョンから再びモンスターが湧き出した時にすぐに対処できるようにそうなったんだ。

「まあ沈静化している今、あのダンジョンを無理に突くのは危険じゃが……お主に聞かせたいダンジョンの話があるんじゃ」

「俺に……聞かせたい？」

首を傾げると、堂島さんは俺の前に書類の束を置く。

その1ページ目には『代々木世界樹ダンジョン』と書かれていて、そのダンジョンの情報や写真が載っていた。

「これって確か最近出現したダンジョンですよね？」

そう尋ねると、堂島さんは「うむ」と頷く。

一週間くらい前にできたこのダンジョンは、天高くそびえる巨大な樹でできたダンジョンだ。基本的にダンジョンは地下にできるけど、たまにこういう変わった形のダンジョンも生まれる。

「現在迷宮調査局が調査に乗り出しているのじゃが……これが中々難航していてのう。最初は珍しい上に登る形のダンジョンかと思われたんじゃが、上に登りきってもそこにはなにも無かった。その代わり上に登りきった途端、根本に地下に続く入口が出現したんじゃ」

「二段構えというわけですか。随分凝った造りをしてますね」

「ああ、ふざけたことをしてくれる。こっちも予算は無限じゃないというのにのう」

堂島さんは少し苛立っているように言う。

ダンジョンの対策、そしてダンジョン関係の組織運営にはどうしてもお金がかかる。小言陰口は日常茶飯事だろう。

「あと数日したら登っていた調査局の連中も地上に帰ってくる。そしたらお主に調査を依頼したいんじゃ、代々木世界樹ダンジョンの地下の調査をな」

「俺がですか？」

堂島さんの思わぬ提案に俺は驚く。

まさか仕事を依頼されるなんて思わなかった。

「いいんですか？　俺みたいなのに依頼してしまって」

「お主のことは信用している。下手なギルドに頼むよりよっぽど信頼できる。金もちゃんと出すし、実績になると思うんじゃが……どうじゃ、受けてくれんか？　なんなら配信の許可も取ってやるぞ」

「……分かりました。その仕事、引き受けます」

政府の仕事は中々受けられるものじゃないし、なにより世話になった堂島さんの力にもなりたい。

俺はその仕事を受けることにした。

それにまだ誰も足を踏み入れてないダンジョンの配信なんて、視聴者も喜ぶだろう。足立(あだち)も多分喜んで「やれ」と言うはずだ。

「そうか、それは助かる。それじゃあ追って詳しい連絡をす……」

「お待ちください堂島大臣」

堂島さんの言葉が唐突に遮られる。

驚き声の方を見てみると、なんとその声の主は堂島さんの後ろに控えていた黒服の護衛の男だった。

「なんじゃ木村(きむら)。藪から棒に」

「申し訳ありませんが、今の発言は看過できません。あのダンジョンの再調査隊には我らＳＰ部隊からも人員を出すことになっていたはずです。それをこのような者に任せるなど許せません」

木村と呼ばれたＳＰは、俺のことをキッと睨みつける。

どうやら印象は良くないみたいだな。まあＤチューバーを嫌う人もそこそこいるからなあ。言ってしまえばフリーターみたいなものだし、高学歴の人からは見下されがちな仕事ではあるよな。

「なるほどのう。ではお主は田中の実力が不足していると思っているわけじゃな？」

「はい。動画は見ましたが……正直あれが本当の映像とは思えません。今の時代、映像などいくらでも加工できますからね」

それを聞いた瞬間、後ろに待機していた凛が「貴様……っ！」と殺意を露(あらわ)にする。

今にも腰に差した二本の短剣を抜き放ちそうなその気配に、俺は「待て」と言ってそれを制する。

「……すみません」

大人しく凜は引き下がる。

ふう、ヒヤッとしたな。

それにしても加工だなんて落ち込むなあ。

俺のアンチには映像の加工を疑っている者も多い。今は配信でアンチコメを見かけることも減ったけど、掲示板ではまだボロクソに言われているみたいだ。

一切加工なんてしてないんだけど、それを証明するっていうのも難しい話だ。

どうしたもんかと思っていると、堂島さんが「そうじゃ」、と手をぽんと叩いてある提案をしてくる。

「そんなに実力を疑うなら実際に戦ってみるといい。この魔物対策省には練兵場もあるからすぐに試合ができるぞ。田中が勝ったら仕事を依頼する、ってことでどうじゃ」

「……私は構いません」

負ける気など毛頭ない、といった感じの木村。

よほど自信があるみたいだ。

「田中はどうじゃ？」

「んー……まあ、分かりました。それで誤解を解けるなら」

今日は体を動かすつもりはなかったけど、誤解されたままというのも気持ちが悪い。

俺は仕方なくその提案を受け入れるのだった。

＊

「ここが練兵場じゃ。いいとこじゃろ」

「はあ……広いですね」

堂島さんに連れられて、俺は魔物対策省の裏手に建てられた巨大な体育館のような設備に案内される。そこでは多くの覚醒者たちが本気で特訓していた。

みんな士気が高いな。堂島さんが主導でやっているだけあっていい戦士が揃っている。

「堂島さん、お疲れ様ですっ！」

練兵場にいた人たちは堂島さんを見ると敬礼する。

俺の前ではお茶目な爺さんだけど、元自衛隊所属なだけあって身内にはスパルタだ。上下関係には厳しいけど、カリスマ性があるおかげでここにいる人たちからも慕われているように見える。

「おい、見ろよ」

「あれって……」

だけど俺を見る目は怪訝な感じだ。

うーん、やっぱり信用されてない。まあこんな冴えない奴が急に有名になったら疑う目で見ても仕方ないか。

Dチューバーっていうのも白い目で見られがちな職業だしな。

「あいつらも先生を……許せませんね……」

「ちょ、凜は落ち着け！　剣を出すな！」

今にも飛びかかりそうな凜を慌てておさえる。

相手も政府所属の人間だっていうのに。ややこしいことになるぞ。

「俺のために怒ってくれるのは嬉しい。だけど凜はなにもしなくて大丈夫だ」

俺は敵意のこもった目をこちらに向ける木村を見ながら言う。

「俺の力が加工(にせもの)かどうか、すぐに分からせるからな」

「先生……」

凜は妙に熱っぽい視線をこちらに向ける。

少しかっこつけすぎたかな？　ダサいと思われてなきゃいいけど。

ダンジョンに一人で潜り続けている時、正気を保つためにかっこつけた言葉を言う癖が付いちまったんだよなあ。

だからこれも全部須田が悪いんだ。

「伊澄ちゃん！　準備はよいか!?」

「はい、ばっちりです」

気づけば堂島さんの指示の下、伊澄さんがカメラを回しだしている。

いつの間に準備をしてたんだ。

「堂島さん。それは？」

「せっかく人気者がウチに来てくれたんじゃ。宣伝に使わん手はない。この試合をネット配信しようと思っての。『魔物対策省』の公式アカウントもあるし、いい考えじゃろ」

「……そんなことしていいんですか？」

「んー。また他の大臣に小言を言われるかもしれんが……まあいいじゃろ！　いざとなったら頭を小突いて記憶を飛ばせばいいしの！」

がはは、と笑う堂島さん。

さすがに冗談だとは思うけど、この人ならやりかねないので怖い。

それにしても堂島さんはどういうつもりなんだろうか？　これでＳＰが負けたら、政府の評判も落ちるだろうに。

堂島さんの考えは分からないけど……まあ悪いようにはしないだろう。信じて話に乗ってみるか。

「木村もよいな？」

「はい。問題ありません」

「よし、じゃあ早速配信スタートじゃ！」

堂島さんがスマホを操作すると、配信が始まる。

俺もスマホを操作して配信のコメント欄を立体映像（ホログラム）で出す。

〈魔対省が生配信とか珍しい
〈なにか事件？

〈会見かな？
〈概要欄に模擬試合とか書いてあるけどなにごと？
〈ん？　あそこに映ってるのシャチケンじゃない？
〈そんなわけあらへ……ほんまや
〈うっそ！　拡散しなきゃ！

　みるみる内に視聴者数は伸びていく。
　どうやらＳＮＳでも拡散されているみたいだ。結構大事（おおごと）になっているけど本当に大丈夫なのかなあ。

〈これなんの配信？
〈ていうか堂島大臣いるじゃん！
〈鬼の堂島いて草
〈相変わらずムキムキで草。大臣の体じゃねえ
〈大臣この前の国会かっこよかったよ！
〈秘書の伊澄さんもいる！　お姉さまーー！

「ほう、さすが田中。視聴者がどんどん伸びておる。こりゃ楽しくなってきたのう」
　上機嫌な堂島さんは、視聴者に試合の説明をする。
　代々木世界樹ダンジョンのことだけ伏せて、俺が政府の仕事をできるようにするためのテストってことにしていた。

まあ確かにその言い方は間違ってはいないな。

〈めっちゃ楽しそう！

〈シャチケンが人と戦うのを配信するの初めて？

〈須田を殴った時くらいか

〈田中ァ！　頑張れェ！

〈相手の人も中々強そうだね

〈確かにおっかない顔してる

盛り上がる視聴者たち。

それを見て満足そうにした堂島さんはなにかを手にして俺の方を見る。

「ほれ田中、武器はこれを使え。頑丈だから多少強く振るっても大丈夫じゃぞ」

堂島さんに投げられた剣をキャッチする。

刃はない練習用の剣だ。確かに堂島さんの言う通り頑丈そうだ、ダンジョン内の素材で作られているみたいだな。

「新しい仕事を手に入れるためと考えれば、これも業務か。あんまり気乗りはしないけど……やるか」

俺は数度剣を振って調子を整える。

するとそれを見ながら木村が口を開く。

「悪いがこの仕事は降りてもらう。これは私たちの仕事だ」

「よく知りませんけど最近のSPはダンジョンの調査もするんですね。勤勉で頭が下がりますよ」

そう言うと明らかに木村はムッとした態度を顔に出す。

煽り耐性はないみたいだ。

「皇居大魔災後に新設された『特殊警備課』に所属する我々『N－SP（エヌエスピー）』は要人の警護だけでなく、魔対省と連携して迷宮の調査、危険な魔物の討伐も積極的に行っている。N－SPになるには高い魔素適合率、IQ、技量が必要となる。我々がいる以上、Dチューバーの出る幕はない」

どうやら木村は自分がN－SPであることに強いプライドを持っているみたいだ。

N－SPのNは確かNEXT（ネクスト）からきているんだっけか。覚醒者のことを英語圏では『ネクスト』って呼んでいるからな。

つまりN－SPは覚醒者のみで構成された警察組織ってわけだ。

「……つまり警視庁のエリートってわけですね。中卒のフリーターに仕事をあげるわけにはいかないというわけですか」

「そう受け取ってもらっても構わない」

木村は剣を握り構える。

言うだけあってその構えは堂に入っている。

〈なんかかなりバチバチだね
〈シャチケン敵意めちゃくちゃ向けられてて草
〈N－SPって武闘派揃いって聞くけど大丈夫？

〈俺らの田中が負けるわけないだろ？　ないよな？
〈でも俺たちって基本Dチューバーの戦いしか見れないし、他の覚醒者の強さあんまり知らないよね
〈ようやく田中のメッキが剝がれるのかｗ　ここじゃお得意の『加工』できませんもんねぇｗ
〈アンチおっすおっす
〈まだアンチっておったんやな。絶滅したもんかと
〈信者きめぇｗ　まだあんなおっさん信じてんのかよ草ｗ
なにやらコメントが盛り上がってるな。
まあ今は目の前に集中しよう。後でなに言われていたかは確認できるからな。まあ一回も自分が出ているアーカイブを見直したことはないんだけど。
「一本取って終わりじゃ遺恨が残るじゃろう。試合は降参か続行不可能とワシが判断するまで続けるものとする。そうじゃな……後はダウンしたら一旦仕切り直しとしよう。倒れている者を殴るような行為は配信できんからのう。それでよいか？」
堂島さんの言葉に俺たち二人は「はい」と返す。
気づけば練兵場にいた他の人たちもみな俺たちの試合を見ている。あんまり注目されるのは好きじゃないけど……まあ頑張るか。
〈どっちが勝つんだろう。ドキドキ
〈シャチケン！　そんないけ好かない奴に負けるな！

〈まあでも田中も調子に乗ってるし、そろそろお灸を据えられた方がいいんじゃない？w
〈は？　調子乗ってるってなんだよ！　消えろアンチ
〈加工配信者は消えろ！　＊ね！
〈荒れてきたなあ
〈加工を加工と見抜けない人にネットを使うのは難しいっすよ
〈まあ試合が始まれば分かるっしょ。シャチケンが本物かどうかはさ

コメントが盛り上がる中、堂島さんが審判の位置に立ち、とうとう開始の合図を始める。

「それでは二人とも、正々堂々戦うように。構えて……始めィ！」

堂島さんがそう叫ぶと同時に、木村が剣を正面に構えながら突っ込んでくる。

まっすぐに俺の頭を狙って剣を振るおうとしてくる木村。その動きは剣道の面を取る動きによく似ている。おそらく警察で剣道を習っているんだろう。

その動きに無駄はない。正確で効率化されている。

おそらくたくさん努力したんだろう。だけど……

「――――遅い」

俺は相手の攻撃が放たれるより早く、木村の右手の甲を鋭く剣で打つ。

ビシィッ！　という音とともに骨にヒビの入る感触が手に伝わる。その痛みに耐えかねて、木村は顔を歪めながら剣を地面に落とす。

「がっ!?」

その隙を見逃さず、俺は素早く木村の顔面めがけて剣を振るう。
「まずは一本」
「しま……っ！」
吸い込まれるように木村の顔面に俺の剣が叩き込まれる。
メキィ、という音とともに顔面を激しく叩かれた木村は衝撃で吹き飛び、空中で数度回転した後、練兵場の地面に落下する。
〈うおおおおお！
〈相変わらず全く見えんくて草
〈は？（歓喜）
〈シャチケン最強！　シャチケン最強！
〈木村くんクルクルで草
〈凡人でも努力すりゃエリートにだって勝てるんだよ！
〈さす戦闘民族
〈加工認定くんだんまりで草
〈アンチ今どんな気持ち？　ねえねえ？
「ぐ、う……」
吹き飛ばされた木村は、鼻から流れる血を押さえながら立ち上がる。
驚愕した表情をしているけど、まだ心は折れていないみたいだ。

俺は相手が落とした剣を拾い、投げて返す。

木村はそれを受け取ると、俺と再び向かい合う。あそこまで言ったんだ。一度殴られたくらいじゃ撤回できないだろう。

「来いよ。気が済むまでやろう」

「……ああ、そうだな」

木村は最初とは打って変わって真剣な表情になり、そう返してきた。

「……」

木村はさっきまでとは違い、片手で剣を持ち警戒しながら俺と対峙する。

その顔からは余裕が消えている。どうやら本気みたいだな。

「はっ！」

木村は急加速し、俺の周囲を高速でシュッ、シュッと駆け始める。

さっきの一撃で正面からの戦闘は不利だと判断したようだ。速さで攪乱(かくらん)し、隙をつくつもりだろう。

〈木村くんビュンビュンで草
〈やるやん木村
〈さすがに身体能力高いね
〈木村ァ！　今何キロォ!?
〈はえー、覚醒者って凄いんやね

確かにさっきまでより全然速くはなっている。

だけど……動きが単調だ。敵を撹乱するにはリズムをズラすのが定石。ただ速く動いているだけじゃ簡単に動きを読むことができる。

「――――ここ」

木村の足音のタイミングが変わった瞬間、俺は右に体を動かす。

すると今まで俺がいた位置に、背後から木村の剣が振り下ろされる。まさか外れるとは思っていなかったのか、木村は驚きの表情を浮かべる。

「二本目」

攻撃を回避した俺はすかさずその胴に剣を打ち込む。

刃がないとはいえ、手にしている剣は鈍器として十分な性能を持つ。木村は「が……！」と苦しげに呻きながら地面を転がる。

〈うわ、めっちゃ痛そう……

〈マジでなに起こってるか分からんw

〈木村現れたと思ったら地面転がってて草なんだ

〈0・25倍速くらいにしないと分からんでしょ

〈倍速文化に中指立てていくスタイル

〈お、木村くん立ってるじゃん。ガッツあるね

〈加工認定ネットアンチ民も見習えよ。もうみんな逃げたか？w

「はあ、はあ……」

苦しそうにしながらも木村は立ち上がる。

立ち上がる以上、俺も手を抜くわけにはいかない。殴り合うことでしか分かりあえないこともあるからな。

「行くぞ……！」

木村は何度も手を替え品を替え攻撃してくる。

高く跳躍し、空からの強襲。

回避し突きのカウンター。

武器を囮（おとり）にし、素手による攻撃。

腕を掴んでの投げ。

息をもつかせない連続攻撃。

全てを捌き切ってからの肩への一撃。

俺は木村の攻撃に全て正面から対処し、無力化してみせた。

そんなやり取りを何度も繰り返していると、木村がその場に膝をつく。どうやら体力の限界が来たようだ。

「ぜえ、ぜえ……」

剣を杖のように地面に突き立てて立ち上がろうとする木村。

しかし打たれた肩が痛むのか上手く立ち上がることができない。すると木村は困ったような顔をしながら審判をしている堂島さんを見る。

どうやらこれで終わりみたいだな……と思っていると、堂島さんが突然大きな声を出す。

「なに情けない顔しとるんじゃ木村ァ！　自分（てめえ）のケツは自分（てめえ）で拭かんかいっ！」

練兵場が揺れるほどの大きな声に、俺は思わず耳を押さえる。

あ、相変わらず馬鹿でかい声だ……。

「木村。ワシはお主が田中に仕事を頼むことに異を唱えたことには怒っとらん。自分の仕事をよう知らぬ者に取られるなど看過できんのが普通じゃからのう」

堂島さんはそう言った後、「じゃが」と付け足す。

「人の強さにケチをつけるのはいただけんのう。それは田中が死ぬ思いで手に入れたもの。半端な気持ちでケチをつけていいもんじゃあない。もしケチをつけるならそれ相応の覚悟が必要じゃ」

……この時俺は堂島さんがなぜ配信したのかが分かった。

きっと堂島さんは俺のアンチを黙らせるために配信してくれたんだ。政府のアカウントで俺の戦いを見せれば、アンチもそれが加工だとは疑えないからな。

「じゃというのに少し不利になっただけですぐに助けを求めおって……情けない。日本男児たるもの、生き恥を晒すくらいなら腹切って死ねぃ！　それが嫌なら死ぬ手前までボコられんか！」

〈無茶苦茶で草
〈世界観が男塾なんよ
〈令和の江田島塾長

〈木村くん顔真っ青で草なんだ
〈アンチも腹切れよ
〈こんなの配信したらまたニュースで叩かれるぞw
〈またあの反省ゼロの鼻ホジ謝罪会見見れるのか。胸熱
〈堂島大臣ほんとすこ
〈男気の擬人化

相変わらずめちゃくちゃな人だ。

だけどその言葉に思うところがあったのか、木村は立ち上がって再び俺と対峙する。

「今までの非礼を詫びる。もう一戦だけ、相手をしていただけるだろうか」

「……!!　ええ、もちろん」

剣を両手で握り、正面に構える木村。

それに倣い、俺も同じ構えを取って向かい合う。

そしてしばらくの沈黙の後、木村は「はあああっ！」と咆えながら剣を上段に振り上げ、突っ込んでくる。

動きこそ最初と同じだけど、その攻撃には強い気迫がこめられていた。

俺はその一撃を……正面から叩きのめす。

「はっ！」

木村の剣が振り下ろされるより早く、俺の剣がスパァン！　と木村の頭部に命中する。

強く頭部を打ち抜かれた木村は、数秒耐えたがやがてドサリとその場に崩れ落ちる。

「そこまで！　いい勝負じゃったぞ！」

木村が気を失ったのを確認した堂島さんは、そう大きな声を出す。

すると観戦していた凛が俺の方に来て、水とタオルを差し出してくれる。

「お疲れ様でした先生。あの、格好よかったです」

「そうか？　ありがとうな」

汗を拭いて水を飲んだ俺がそう答えると、凛は少し恥ずかしそうに俯く。

それを見た視聴者たちは盛り上がる。

〈おいおい誰だよあの美少女は!?

〈ゆいちゃん浮気されてるぞ！

〈かわいい系のゆいちゃんとは真逆のクール系美少女……推せる！

〈いつ落としたんや
〈ハーレム展開キボンヌ
〈あの子、前テレビで映ったの見たことあるわ。確か討伐一課のエースだぞ
〈かわいい＋強いとか最強じゃん
〈は？　田中も強くてかわいいんだが！？？！？？

〈相変わらず強火の田中ファンがいるな……

「あー、また視聴者に誤解されてるな。ごめんな凛」

もしかしたら街で「シャチケンの嫁だ！」などと言われてしまうかもしれない。
それは悪いと思って謝ったけど、凜の反応は意外なものだった。
「……いいえ、私は全然構いません」
「え？　そうなのか？」
「はい。むしろ光栄です」
〈完全に顔が恋する乙女やんけ!!
〈これもう告白だろ
〈この前見たぞ似たような光景
〈やっぱり嫁じゃないか（歓喜）
〈まーたこのパターンかよ（興奮）
〈クーデレはたまらんぜ
〈完全にデレてるけどシャチケンは気づかないぞ。俺は詳しいんだ
〈そ、そんなわけない……よな？
〈スキルツリーを全部戦闘に振ってるからなこいつは
「そうか……気にしないなんてやっぱり凜は優しいな！」
「……いえ」
〈ほら見ろ気づいてないゾ
〈知ってた

〈うーん、このデジャブ
〈凛ちゃん頬膨らませてかわいい
〈くそっ……じれってーな！　俺ちょっとやらしい雰囲気にしてきます！
〈してこいしてこい
〈むくれてる凛ちゃんもかわいいから許す

　相変わらず騒がしいコメント欄を無視して、俺は倒れた木村の方を見る。

　するとちょうど堂島さんが木村を起こし、背中をバシッ！　と叩いて起こしていた。相変わらず強引な人だ。

「おう起きたか」

「堂島大臣……？　そうか、私は……」

　辺りを見回して状況を把握した木村は、なんとか立ち上がると俺の方にゆっくりと歩いてくる。

　その顔には申し訳なさそうな感情が感じられた。

　俺は貰った水とタオルを凛に返して、木村と向かい合う。

「……改めて非礼を詫びさせてもらう。申し訳なかった」

　そう言って頭を下げる木村に、俺は「いいですよ。気にしてませんから」と返し、顔を上げさせる。そして木村の目を見ながら、俺は健闘を称える。

「貴方みたいな人が何人もいるなら警視庁も安泰です。いい試合でした」

「……っ！　ありがとうございます……！」

俺と木村は固く握手を交わす。

するとと観戦していた人たちは拍手して歓声を飛ばしてくる。そういえば沢山の人に見られてたんだ。なんか恥ずかしいな。

〈いい試合だった！
〈見直したぞ木村ァ！
〈シャチケン最強！　シャチケン最強！
〈正直ちょっと感動した
〈映　画　化　決　定
〈シャチケンの器の大きさすげえよ。これで鈍感じゃなければなあ

コメントも盛り上がっている。

するとそんな俺たちのもとに堂島さんがやってくる。

「がっはっは！　雨降って地固まるというやつじゃな！　いい試合じゃったぞ！」

「堂島さんもありがとうございます。おかげでネットでの誤解も解けました」

「はて、なんのことじゃろうか。ワシはお主を利用して調子に乗ったそやつをこらしめただけじゃがのう」

わざとらしくとぼける堂島さん。どうやらこの件で貸しを作らせる気はないみたいだ。

きっと社畜の俺を助けられなかったことに対する罪滅ぼしなんだろう。義理堅い人だ。

「でも本当によかったんですか？　勝負に負けたら政府のイメージダウンになるんじゃ……」

「それは大丈夫じゃ。これからワシが戦って力を見せつけるからのう」

「ああそれは安心……って、え？」

堂島さんの突然の言葉に俺は間の抜けた声を出す。

このジジイ、今なんて言った？

「最近書類仕事ばかりで体を動かしたかったところじゃ。もちろん付き合ってくれるじゃろ？」

堂島さんは木村が使っていた剣を拾い、ぶんぶんと振り回しながら言う。

この人、最初からそのつもりだったな？

「いや、堂島さんと戦う理由はありませんよ。堂島さんも立場があるんですからそんな我儘言わないでください」

「なんじゃ、怖いのか？　かーっ、情けないのう。ワシみたいな老人にビビるとは。昔のお主なら乗ってきたじゃろうに。社畜剣聖などと持て囃されてお高く止まってしまったか」

「上等ですよ！　やればいいんでしょやれば！」

〈乗ってて草
〈大臣、煽るの上手すぎない？

〈いつも国会で煽っているからな
〈シャチケンVS鬼の堂島とかやばくない？　どっちが勝つんだろ
〈堂島さんも伝説の人だからなあ……覚醒者で構成されたテロ組織を一人で壊滅とかしてたし
〈七人の帰還者の一人だしな。さすがにシャチケンでも分が悪いか？

〈シャチケン！　夢見せてくれ！


俺と堂島さんは剣を握って向かい合う。

盛り上がるコメントとは打って変わって練兵場の中は静まり返っていた。

ここにいる人たちはみな堂島さんのことを慕っている。そんな憧れの人の試合を見れるからか、その表情は真剣そのものだ。

その一挙手一投足を見逃さないようにしている。

「一本勝負でよいな田中。ワシとお主が倒れるまでやり合ったらこの建物がもたんからのう。後は……武器が壊れても負けにするか。素手でやるのも危険じゃからの」

「ええ、分かりました。問題ありません」

腕のある覚醒者の素手は、こんな練習用の剣よりずっと危険だ。

特に堂島さんの拳はどんな兵器よりも兵器してる。室内で使うには危険すぎる。

「伊澄ちゃん、審判を頼む。さて田中……『気が済むまでやろう』じゃったか？　ワシらもそうするかのう」

「……本当に人を煽るのがお上手ですね。いいですよ、どれくらい強くなったかぜひ確認してください」

俺は剣を強く握り、堂島さんを見据える。

十代の頃の俺は、とてもこの人には敵わなかった。だけど地獄の社畜時代を乗り越えた今、あの時よりも俺はずっと強くなっているはずだ。

その成果を、ここで見せるとしよう。

「それでは……始めっ！」

伊澄さんの掛け声とともに俺は勢いよく駆け出す。

先手必勝。長引かせるつもりはない。

「はあっ！」

剣を振りかぶり、堂島さんの顔面めがけ振り下ろす。

一連の動きは我ながら無駄がなく、洗練されていたと思う。木村だったら反応できなかったはずだ。

しかし相手はあの堂島さん。にぃ、と笑うと俺の攻撃に反応し、手にした剣で俺の一撃をバシィッ!!　と受け止めてみせた。

辺りに衝撃波が飛び散り、受け止めた堂島さんの足元にビキキ!!　と亀裂が走る。

観戦していた者の中には吹き飛ばされる人もいる。しかしその衝撃の中心にいる堂島さんは微動だにせず立っていた。どんな体幹してんだこの人は。

「くく。重く、いい攻撃じゃ。血が沸くわ」

そう楽しげに言う堂島さん。本当にこの人最近現場に出てないのか？

俺は体勢を整えるため、一旦離れて構え直す。

「楽しんでいただけているようでなによりですよ。ではもう少し……本気を出させていただきます。

私は敬老精神に溢れていますからね」

「はっは！　ガキが抜かしおる。遊んでやるからとっととかかってこんか」

楽しげに笑う堂島さん。

俺は足に力を入れると、再び堂島さんめがけ駆け出す。

「はあっ！」

俺は剣を強く握り、何度も堂島さんに斬りかかる。

視線の動きによるブラフ。タイミングを外した奇襲。死角からの攻撃。いずれも深層のモンスターにも通用する攻撃だ。

だけど堂島さんはアホみたいな反射神経でそれらの攻撃に対処してみせた。

「はっは！　随分強くなったのう！　防ぐだけで手一杯じゃわい！」

さて、どうやって活路を見出すか。俺は思考を巡らす。

「よく言うよゴリラジジイめ……」

涼しい顔をしながら俺の攻撃を受け止める堂島さんに、俺は思わず悪態をつく。

「勝負中に考え事とは感心しないのう！」

「しまっ……！」

堂島さんが俺めがけて思い切り剣を振るう。

すると台風のごとき衝撃波が発生して練兵場をめちゃくちゃにする。俺はかろうじて避けられたけど、練兵場の壁が一部壊れてしまった。

床もバキバキだし……これは直すの大変だぞ。

「なに避けとるんじゃ田中っ！　直すのもタダじゃないんじゃぞ！　ただでさえ予算が絞られとるというのに！」
「いや俺のせいじゃないですよね!?」
〈めちゃくちゃで草
〈どっちも化物すぎるでしょｗ　なにが起きてるか分からんｗ
〈もうこれ怪獣大戦争だろ
〈モンスターよりモンスターしてる男たち
〈この二人の方がモンスターだろｗｗ
〈逆だったかもしれねえ……
〈てか堂島さんこんなに強かったんだな。いや強いとは聞いたことあるけど
〈アメリカが唯一恐れた男だからな
〈倭国の龍（ジャパニーズドラゴン）って聞くと外国の老人は震え上がるらしいぞ
　コメントが盛り上がる中、堂島さんがこちらにゆっくりと近づいてくる。
　おっかねえ威圧感だ。タイラントドラゴンがかわいく思えてくる。
「もっと長く楽しみたいが……伊澄ちゃんが怖い目でこっちを見てくるから早く終わらせるとするかのう」
「それは貴方が練兵場を壊しているからでしょう……」
　そう突っ込むが堂島さんは全く反省した様子を見せない。

こんなんだから伊澄さんに怒られるんだ。

「先生っ！　頑張ってください！」

どう攻略したものかと考えていると、そう言葉が投げかけられる。

声の主は観戦している凜からだった。普段は出さない大きな声を出して俺を応援してくれている。

そんなことをされたら、頑張らないわけにはいかないな。

「行くぞ田中っ！」

堂島さんは嵐のような勢いで剣を何度も何度も打ち込んでくる。

俺はその攻撃を正面から全て捌き切る。いくら相手の力が大きくても、その流れや向きを変えてしまえば捌くのは容易い。

大事なのは向きとタイミング。それさえ摑めれば自分より強い力の持ち主にも勝つことができる。

「がはは！　たいしたもんじゃ！　柔の剣もしっかり覚えておったか！　橘も鼻が高いじゃろう！」

楽しげに笑う堂島さん。

俺の剣の師匠である橘さんは『柔の剣』の天才だった。あの人の見様見真似で俺も多少は使えるようになったけど、あの人に比べれば俺なんかまだまだだ。

だけどその代わり俺は『剛の剣』も使うことができる。その二つを使えば橘さんの強さに追いつけるはずだ。

〈シャチケン、フィジカルモンスターなのに技量もあってやばくない？

〈1号がＶ3ばりに強いのおかしいだろ
〈【悲報】練兵場くん、ぼろぼろ
〈俺らの血税もボロボロ
〈さすがに大臣のポケットマネーで直すでしょ
〈ていうか木村くん啞然としてるんだけどw
〈護衛対象のはずの大臣がこんなに強いんだからそりゃ啞然ともなるw
〈俺の護衛対象がこんなに強いはずがない
「じゃが受けてばかりではワシから一本は取れんぞ！」
「分かってますよ……はあっ！」
俺が横薙ぎに思い切り剣を振るうと、それを受け止めた堂島さんが後ろに吹き飛ぶ。
これで距離が生まれた。助走をつけて一気に勝負を決める。
「こい田中ッ！」
「言われなくても行きますよ……っ！」
俺は体をかがめ、クラウチングスタートで駆け出す。
一気に最高速度に達した俺は、右手を振りかぶりながら堂島さんに突っ込む。
「こいぃ！」
剣を構える堂島さんに向かって、俺は背中まで振りかぶっていた右腕を振り下ろす。
堂島さんはそれをドンピシャのタイミングで受け止めようとするが、堂島さんの剣は防御に失敗する。

なぜなら俺の右手には剣が握られていなかったからだ。いくら堂島さんでも、ない剣は受け止められない。

「……おろ？」

なにが起きたか分からず、困惑する堂島さん。

その一瞬の隙を俺は見逃さない。

消えた剣は今、俺の左手が握っている。背中まで振りかぶった時に、剣を逆の手に持ち替えていたのだ。

正面から見たらまるで剣が消えたように見えるだろう。今まで正面から打ち合っていたからこそ、こういう搦め手が生きる。

「橘流剣術――隠し牙」

背中に隠し持っていた剣を左手で放つ。

堂島さんはそれにすぐさま気づき、対処しようとするがもう遅い。上段に上げていたガードは下からの攻撃に間に合わない。

スパァン！　という音とともに俺の剣が堂島さんの右脇腹に命中する。

「――橘流剣術、閃」

俺は上層に生息するモンスター、グレイウルフとすれ違いざまに技を繰り出す。

放たれた斬撃は二発。狙い通り首と腹部を斬り、グレイウルフを倒すことには成功する。……だけど俺は納得がいっていなかった。

「……こんなんじゃ駄目だ」

「そうかい？　私は結構いい線いってると思うけどねえ」

そう言いながら近づいてきたのは俺の師匠、橘希咲さんだった。

腰まで伸びたポニーテールが特徴的なこの人は、探索者の中でも最強と名高い有名な人だ。見た目は普通の気の良さそうなお姉さんだけど……この人の強さは俺がよく知っている。

「橘さんの『閃』は十発以上斬ってるじゃないですか。でも俺のは二発……とても及びませんよ」

「誠の剣が橘流に向いていないのかもしれないね。君の剣は『剛』の剣だから。でもあと十年くらい柔軟運動をかかさなければできるようになるさ」

そう言って橘さんは「ほっ」と右足を真上に上げてI字バランスを取って見せる。

軟体動物のように柔らかい体に俺は感心する……って、この体勢はかなり色々きわどくないか？　年齢的にはまだ高校生の俺には精神衛生上よくない。

「師匠、色々見えそうです……」

「おや、色気づいちゃってかわいいねえ」

「か、からかわないでください！」

そう言うと橘さんは面白そうに「分かった分かった」と笑う。弟子入りしてからというもの、この人にはからかわれっぱなしだ。

「いったい俺はどうすれば……」

「慌てる必要はないさ誠。確かに今、橘流を使うことは難しいかもしれない。なら橘流を自分風にアレンジすればいい」

「アレンジ、ですか？」

首を傾げる俺に「ああ」と橘さんは頷く。

「君にはもう橘流の基礎を叩き込んである。後はそれを『剛の剣』に改造（アレンジ）すればいい。君は私が認めるほど筋が良い。すぐにできるようになるさ」

「橘流をアレンジですか……でもそしたら何流になるんですかね？」

柔の剣である橘流を剛の剣に変えてしまったら、それはもう別の流派だ。歴史ある剣術である橘流を名乗ってしまうのは気が引ける。

そのことを尋ねると、橘さんは少し考え口を開く。

「うーん……『田中流』とか？」

「いやそれはダサいですよ」

全国の田中姓には悪いけど、それは名乗りたくなかった。

橘流という名前がかっこいいだけに落差が凄い。

「注文が多いねえ。しかし姓が駄目だとなると……我流剣術、とか？」

「……それなら、まあ。田中流よりはいいと思います。ですが元にしてる流派があるのに我流とか名乗っていいんでしょうか」

「はは、師範の爺ちゃんは嫌な顔するかもしれないけど、私は気にしないよ。名前が変わったとしても私の剣が続いていくのは嬉しい。ほら、私は世継ぎを作れないからね」

橘さんは目の奥に少し悲しさを滲ませながら言う。

前に酔った時に漏らしていたが、橘さんは子を作れない体らしい。家族はそのことを責めなかったけど、代々剣術を受け継いできた由緒ある家系の一人娘である橘さんは、責任を感じて苦しんでいた。

まだ子どもの俺に才能を見出し、技を教えてくれたのはその後ろめたさから来るのかもしれない。

「……橘さん。確かに俺はまだ橘流を使えません。でも絶対に使えるようになって、後に繋ぎます。だから安心してください」

「誠……ふふっ、本当に君はいい子だね」

そう言って橘さんは俺の頭をなでる。

恥ずかしさと嬉しさが混ざった感情を覚えた俺は「子ども扱いしないでくださいよ！」と手を振り払う。本当はもう少しなでてほしかったのは内緒だ。

「誠がそう言ってくれるなら……救われるよ。でも重荷には感じないでいい。君は君の剣の道を進んでいいんだからね」

そう言ってはにかむ橘さん。

このやり取りから少しして……橘さんは皇居直下ダンジョンで帰らぬ人となった。

あの事件から七年の月日が経って、橘さんのことを覚えている人も減ったけど、俺はあの人のことも教えてもらった剣技も絶対に忘れない。

この剣が継承されている限り、橘さんはまだ生きていると胸を張って言えるから。

⁂

「……この技を使うと、あの人のことを思い出してしまうな」

手に残る技の感触を味わいながら、俺は呟く。

すると次の瞬間「一本！」と伊澄さんのよく通る声が練兵場に響く。

ふう、ひやっとする場面もあったけどなんとか勝てたみたいだ。

顔を上げると観戦していた人たちが一斉に拍手して歓声を送ってくる。そういえば見られていたんだった。集中していて忘れていた。

〈シャチケン最強！　シャチケン最強！

〈な、なにを言ってるか分からねえと思うが分からない内に終わってた
〈最後なに起きた？　シャチケンの剣消えなかった？

〈俺もそう見えた
〈巻き戻してスロー再生したけど分からんw

《ｋａｎａｄｅ》〈あれは背中で剣を持ち替えているわね。あまりにもスムーズだから剣が消えているように見えるの。それにしても堂島さんに勝つなんて……さすがね。惚れ直したわ
〈剣に自信ニキおって草
〈それっぽい説明やな
〈てかこの人、討伐一課の天月奏じゃね？ｗ　アカウント名ｋａｎａｄｅだし、あの人田中と顔見知りだし
〈名探偵現る
〈うっそ、マジ？
〈確かに須田が出た配信であの人出てたな。知り合いだったか
〈そういや二人が幼馴染みだってゴシップ記事出てたぞｗ　こりゃガチだろｗ
《ｋａｎａｄｅ》〈……黙秘権を行使します
〈ガチでガチっぽくて草
〈ていうか今の、橘流剣術だよな？　あそこに弟子入りしてたことあんのかな？
〈あそこは門弟多いけど、中々技を教えてくれないんだよなあ。いったいいつ教わったんだろ
〈まだまだシャチケンには謎が多いな
　なにやらコメントが盛り上がっているな。
　楽しんでもらえたみたいだ。
「最後の一撃、よかったぞ田中」

「堂島さん」

堂島さんが俺の方を振り返る。その顔は晴れやかだ。

超が付くほどの負けず嫌いな堂島さんだけど、今回は素直に勝ちを譲ってくれるみたいだ。そう思っていたけど……。

「いやあ実に見事！　まさかこのワシと引き分けるとはのう！」

「……え？」

思わぬ言葉に俺は聞き返す。

さっきのはどう見ても俺の勝ちだった。堂島さんの剣は俺にかすってもいなかったはずだ。

「ほれ、それを見てみんか」

「それ？」

堂島さんの視線をたどると、そこには俺が握る剣があった。

刃のない練習用のその剣は……なんと綺麗に真っ二つに折れていた。かなり頑丈な作りになっていたはずなのに見るも無惨な姿になっている。

このジジイ、なんて硬い腹筋してやがる……！

「『武器が壊れたら負け』。そう試合前に言ったはずじゃ。残念ながらその剣もワシの鋼の腹斜筋には勝てなかったようじゃのう！　田中もようやったが……この試合は残念ながら引き分けというわけじゃな。うむ」

「い、いやいや！　壊れるより先にこっちの攻撃が当たってたでしょ！　負けるのが嫌だからって往生際が悪いですよ！」
「うるさいうるさいっ！　ワシが引き分けって言ったら引き分けなんじゃい！」
〈堂島大臣めっちゃ駄々こねてて草
〈これはシャチケンキレていいぞｗ
〈この二人仲いいなｗ
〈昔からの知り合いっぽいよね
〈お爺ちゃんをあやす孫みたいでウケる
「はあ……もう引き分けでいいですよ」
「がはは、分かればいいんじゃ」
しばらく言い合いを続けたけど、俺は根負けして諦める。
本当にこの人は変わらないな、まったく。
〈シャチケン諦めてて草
〈謝罪会見不可避
〈このおっさん本当に面白いな
〈これが大臣の姿か……？
〈ん？　なんかこっち寄ってきてない？
堂島さんは俺の前から離れると、今度は配信用のカメラの前に進む。
そしてレンズに近づきどアップの状態で話し始める。

「視聴者諸君、楽しんでくれたかのう？　ワシと引き分けるくらい強い田中が、今や魔対省の仲間になった！　それだけじゃないぞ、ワシと田中、天月以外の四人の皇居直下ダンジョン帰還者にも今声をかけ続々と集まりつつある。魔対省はこれからどんどん強くなる！」

堂島さんは胸を張りながらそう宣言する。

それにしても帰還者を集めているなんてただごとじゃないな。いったいなにをしようとしているんだ？

「見とるか？　日本のダンジョン資源を狙う海外のクソ共。色々画策しとるようじゃがのう……ワシの目からは逃げられんぞ。来るなら正面からかかって来るとよい、望み通り叩き潰してやるからのう」

堂島さんは挑発するようにカメラに言う。

そうか、これが狙いだったのか。

日本はダンジョン大国と言われるほど、ダンジョンの出現数が多い国だ。

その分危険に見舞われることも多いけど、得られる資源も多い。そのおかげで他の国からも一目置かれている。

ただそのせいで日本を狙う国もたくさんあるらしい。堂島さんはダンジョンの問題だけじゃなくて、そういった他国も相手にしているんだ。

俺と戦ってみせたのも、力を見せつけて他国を牽制するためだったたってわけだ。

堂島大臣の強さは有名だけど、そんなのが七人も集まりつつあると知ったら手を引く国も多いだろうな。

〈海外のクソ共は草。かっこよすぎるぜ

〈俺が敵国だったら手を引くわｗ

〈鬼の堂島は健在だなｗ

〈帰還者が集まってるとか胸熱すぎるｗ　未成年だから公表されなかった人とかも来るのかな

〈……てか今、シャチケンも帰還者だって言わなかった？　聞き間違い？

〈ん？

〈えっ

〈あ

〈マジ？

〈そういや言ってた

〈うそ!?

「あ」

コメントを見ながら、堂島さんは声を漏らす。

この人……やりやがったな？

「しまった。これは内緒だったんじゃった」

うっかりうっかりと自分の頭を叩く堂島さん。

今の言わなかったことにしていいか？　と言うが、これは生配信。当然発言の撤回などできない。

すぐにコメント欄は騒がしくなる。

〈シャチケン帰還者なの!?

〈ガチの英雄の一人じゃん

〈ヤバすぎる!

〈加工とかほざいてた奴wwwwwww

〈相手する外国人さんが可哀想なレベル

〈マジでなんで社畜だったんだよ!

〈俺はそうなんじゃないかって思ってたよ（後方腕組み古参面）

〈田中ァ!　スペチャ送りたいから配信してくれ!

〈アンチさんオーバーキルされてて草

目で追うのが大変なほど、大量のコメントが飛び交う。

この分だとまたSNSやネットニュースで話題になるな……頭が痛い。

「いや、ほんとすまんな田中。あれだったら視聴者全員の頭を小突いて記憶を飛ばしてくるぞ？」

「なんて物騒なこと言うんですか、いいですよそんなことしなくても。もう大人なんですから隠す意味もそこまでありませんからね」

「そうか!　いやあ悪い悪い。歳を取ると色々緩くなっていかんな」

がはは、と笑う堂島さん。

いいとは言ったけど、また大きく騒がれることは間違いないだろうな。Dチューバーとしてはいいのかもしれないけど、騒がしくなるのはあまり嬉しくないな。

「はあ……また面倒くさくなりそうだ……」

俺は先のことを考え、一人憂鬱になるのだった。

＊

「ええと……ここを押しゃいいんじゃったっけ」

「右のボタンです大臣」

「お、こっちか」

大臣がカメラを操作すると、配信が終わる。

ふう、まさか堂島さんと戦うことになるなんて思わなかった。疲れたけど……まあいい経験になったかな。

「悪かったのう田中、こんなに付き合わせてしまって。仕事の依頼をする時、色をつけるから許しとくれ」

「構いませんよ堂島さん。おかげで誤解も解けましたからね」

自分で動画加工の誤解を解くのは難しかっただろう。

堂島さんには感謝しなくちゃな。

「おお、じゃあさっきの勝負はワシの勝ちということでよいか？」

「駄目に決まってるでしょう。あれは俺の勝ちですからね」

「むう、ケチじゃのう」

堂島さんは口をとがらせる。まだ勝敗のことを気にしているなんて、本当に負けず嫌いな人だ。

まあでもこういう子どもっぽいところがあるのも、この人が好かれる理由なんだろうな。

と、そう思っているとＳＰの木村さんが近づいてくる。

「今日は非常に勉強になりました。自分の未熟さを思い知りましたよ」

「こちらこそいい勝負でした。ぜひまたお会いしましょう」

そう言って俺は新しく作ったＤチューバーとしての名刺を木村さんに渡す。すると木村さんも俺に「なにかあったら連絡をください」と名刺を渡してくれた。

これで警視庁とのコネもできたな。しんどそうな仕事が多そうだけど……繋がっていて損はないだろう。

「おう田中、面白そうなことをしちょるのう。ワシもワシも」

「わ、分かったからちょっと待ってください」

仲間はずれにされたと感じたのか、堂島さんが割り込んで名刺を出してくる。

金色の紙に達筆で「堂島龍一郎」と書かれている。名刺までクセが強いな。

「さて、練兵場の片付けもせんといかんし、今日はこれくらいにしておくか。絢川、田中を送ってやれ」

「かしこまりました」

堂島さんの命を受けて、凜が返事をする。

気がつけばもういい時間だ。色々あってあっという間に時間が過ぎたな。

「仕事の件は追って連絡する。それと今度飯でも行こうじゃないか、近くに美味い飯を食えるところがあるんじゃ」

「ええ、分かりました。楽しみにしています」

最後に堂島さんに一礼して、俺は凜のもとに行く。

「それじゃあお願いできるか？」

「はい。参りましょう先生」

こうして俺は凜とともに堂島さんのもとを去るのだった。

＊

「……さて、片付けでもするかのう」

田中が去ったのを見届けた堂島はそう呟く。

練兵場の中は酷く散らかり、破損している箇所も多い。このままでは特訓などできたものではない。

「伊澄ちゃん、あれをお願いできるか？」

「はい。かしこまりました」

堂島の秘書、伊澄由紀はそう言うと、大きくえぐれた壁に向かって手をかざす。

するとその手に光の粒子のようなものが集まりだす。

「修復・光」

伊澄がそう口にすると、彼女の手から光の粒子が放たれ、壊れた壁に吸い込まれていく。

するとみるみる内に壊れた壁が修復されていき、元の状態に戻っていく。それを見た練兵場で特訓していた人たちは「おお……」と声を漏らす。

「さすが伊澄ちゃん。見事な魔法じゃ」

「恐縮です」

伊澄は謙遜して頭を下げる。

彼女が今使ってみせた『魔法』は、覚醒者の中でも限られた者しか使うことができない。

その中でも治癒の力を持つ『光』の属性を使える者は更にごく僅か。もし探索者になっていればどのギルドも彼女を欲していたであろう。

「それじゃあその調子で床も頼めるか？　すまんの、いつも後始末を頼んでしまって」

「気にしないでください。私はその為にいるのですから。それより……大臣を先に治した方がよろしいのではないですか？」

目を細めながら伊澄は言う。

すると堂島は「あ、バレた？」と茶目っ気を出しながら言う。

「当たり前です。早く診せてください」

「やれやれ、伊澄ちゃんには敵わんのう……」

堂島はそう言いながら服をめくり、自分の右脇腹を露出させる。

少し前に田中が練習用の剣で思い切り叩いたその箇所は、なんと真っ赤に腫れ上がっていた。

「おー、いちち。あいつめ、老人を思い切り殴りおってからに」

「大臣がけしかけたんじゃないですか……自業自得です」

呆れたように言いながら、伊澄は堂島の怪我を確認する。

「骨が何本かいってますね。内臓は無事のようですが」

「ワシの鋼の腹斜筋を貫くとは大したもんじゃ。本気で肉を締めねば内臓が破裂していたじゃろうな」

がっはっは、と笑う堂島。

その顔は楽しげであった。

「ずいぶん嬉しそうですね大臣」

「若者の成長以上に喜ばしいことなど存在せんからのう。あ、でも勝ったと思われるのは悔しいからこの怪我は黙っとってくれよ？」

「はいはい。分かりました」

優しげな笑みを浮かべながらそう答えた伊澄は、魔法で堂島の怪我を治し始める。

堂島は治療を受けながら田中との勝負を思い返す。

「師を超えるか田中。お主ならもしかしたら……あの因縁のダンジョンを踏破できるやもしれぬ

いまだ踏破されない皇居直下ダンジョンのことを思いながら、堂島は一人そう呟くのだった。

な」

＊

「相変わらずとんでもないジジイだったな……」

凜とともに魔対省から外に向かいながら、俺は一人呟く。

大臣になって少しは丸くなったかと思ったけど、そんなことなかったな。仁義に厚くて豪快で負けず嫌いで……なにも変わっていなかった。

最後の一撃もいいのが入ったと思ったけど、あんまり効いてる様子がなかった。

俺もまだまだだな。

などと考えていると、あっという間に魔対省の入口にたどり着く。

凜は立ち止まり、俺を見送る。彼女もいまや討伐一課のエース、俺と違って仕事も多いんだろう。

「……先生。今日は楽しかったです」

「ああ、色々ありがとな。俺も楽しかったよ」

そう言うと凜は「あの……」となにか言いよどむ。

いったいどうしたんだろうか。

「どうした？」

「えっと、あの、先生は『帰還者』、なんですよね？」

「ああ……そうだ。堂島さんの言った通りだ」

俺が皇居直下ダンジョンの生還者、俗に言う『帰還者』であることは本当に数人しか知らなかった。教え子である凛にもそのことは黙っていた。

そんなことといきなり聞かされたら困惑して当然。もしかしたら裏切られたと思われているかもしれない。

「黙っていて悪かった。凛のことを信用してなかったわけじゃないんだ。ただ……あのことは中々自分の中で消化しきれてなくてな」

無事生還することができた俺だけど、大切な仲間と師匠を失ってしまった。

その悲しみを忘れるために俺は今まで以上に仕事に没頭したんだ。その結果気づけば一人で深層に潜るようになっていた。

ブラック労働を続けた一番の原因は須田だけど、自暴自棄になった俺のせいでもあるんだ。

「そんな、謝らないでください。私は先生に感謝しているんです」

「感謝？」

想像していなかった言葉に俺は首を傾げる。

てっきり黙っていたことでショックを受けているのかと思った。

「先生も知っての通り、私は皇居大魔災で家族を失いました。あの時のことは今でも鮮明に思い出せます。怖くて、寂しくて……胸が押し潰されそうでした」

皇居のダンジョンからモンスターが大量に溢れ出した時、凜はその被害をすぐ近くで受けた。覚醒者でもなく、まだ幼かった凜にとってそれがどれほど怖かったか。

俺には想像もつかない。

「避難施設に保護されてからもずっと泣いてました。そんな私が泣き止み、前を向くことができたのは……あのダンジョンが攻略されて、モンスターが出てこなくなったあの日なんです。帰還者のみなさんは私にとって救世主（ヒーロー）なんです」

その時のことを思い出したのか、凜の目から一筋、光るものが流れ落ちる。

「先生。本当にありがとうございます」

凜は急にタッと駆け出すと、俺の胸に飛び込んでくる。

俺はそれを「おわっ」と慌てながらも受け止める。凜の小さな肩は小刻みに震えている。

まさか凜が帰還者にたいしてそんな風に思っていたなんて。

俺はまだ俺に体重を預けてくる彼女のサラサラの髪を優しくなでて落ち着かせる。周りの人の目がかなり痛いけど、我慢だ。

今は凜の気持ちに寄り添うのが一番大事だ。

「先生は私にとって師匠で、大切な人で……救世主（ヒーロー）です。本当に……ありがとうございます」

凜はそう言ってしばらく俺の胸に顔を埋（うず）めた後、ゆっくりと離れる。

その顔にはもう涙はなく、いつもの彼女に戻っていた。

「……すみません、人前で醜態を晒してしまいました」

「別に構わないさ。むしろ珍しい凛の姿が見れて得したくらいだ」

そう茶化すと、凛は「ふふ」と一瞬だけ笑みを浮かべる。

普段が無表情なだけにその笑みはとても魅力的に映る。

「こっちこそありがとうな、凛。そんな風に思ってもらえるなら、あの時頑張った甲斐があったよ」

あの日、ダンジョンに潜ったことを後悔したことは数え切れないほどある。

だけどあれで救われた人がいるなら、つらい思いをしたことにも意味が見出せる。バラしてくれた堂島さんに感謝だな。本人には言わないけど。

「それじゃあそろそろ行くぞ。また会おうな凛」

「え、あ……はい」

去ろうとした瞬間、凛の手が数秒空中をさまよう。

すぐに引っ込めたけど、凛は寂しげな目をしていた。口には出さないけど、もしかしたらもう少し一緒にいたいのかもしれない。

俺のことを歳の離れた兄のように慕ってくれているんだろう。だとしたら少し会っただけでお別れするのも可哀想だ。

とはいえ今日はいい時間だし、凛にもやることがあるだろう。

俺は少し考え……名案を思いつく。

「そうだ凛。次の日曜は空いてるか？」

「はい。おそらくその日は空いているかと」

「だったら一緒に買い物でも行かないか？　他にも一人来るんだけど」

「なるほど……もう一人」

凜は少し逡巡した後、「行きます」と言う。

「あ、無理しなくてもいいからな？　その人は初めて会う人だろうし」

「いえ、行きます。少しでもチャンスがあるなら見逃したくないので」

「そ、そうか」

発言の意味は分からないけど、ひとまず乗り気みたいだ。

もう一人の方にも連絡しとかなくちゃな。

「それじゃあまた連絡するよ。アドレスは変わってないか？」

「はい。いつ先生から連絡が来てもいいように変えていません」

「はは、そりゃ光栄だ」

凜は相変わらず表情を一切変えずジョークを飛ばす。

面白い奴だ。

「それじゃあまた日曜に」

「はい。指折り数えてお待ちしてますね」

本当に楽しみにしてそうな表情を浮かべてくれる凜と別れて、俺は帰路につくのだった。

第四章 … 田中、デートするってよ

SEND

よく晴れた日曜日。

俺はスカイタワー跡地を訪れていた。

かつては東京を代表したその白い電波塔は、今はもうこの東京には存在しない。

スカイタワーはダンジョンが生まれたと同時に、地面に吸い込まれるように消えてしまったのだ。

ちなみに消えたのはスカイタワーだけではない、世界中の大きな建造物がいくつも消失し、大きな騒ぎとなっている。

なのでスカイタワーはその役目を先輩である東京タワーに譲ることになった。新しい電波塔を建てるべきという話も上がってるけど、大きな建造物はまた消える可能性が高いということで東京都は二の足を踏んでいる。

また消えてしまったら多額の税金が吹き飛ぶ。無理もない。

「しっかし、どこに消えたのかねえ……」

記憶の中にある白いタワーを思い出しながら立っていると、俺の方にたたた、と駆けてくる人影が目に入る。

「すみません。お待たせしました、先生」

そういって頭をぺこりと下げたのは、俺の教え子である凜だった。

彼女はいつもの隊服姿じゃなくて、かわいらしい私服に身を包んでいた。プライベートで会ったことはないのでとても新鮮だ。正直少しドキッとしてしまった。

「俺が早く着きすぎただけだから気にしないでくれ。それより……そう、服。似合ってるじゃないか」

「本当ですか？　お見せできるような服はあまり持っていませんので不安だったのですが……よかったです」

嬉しそうにはにかむ凜。

そんな彼女だけど、視線が横に動いて俺の少し後ろにいる人を見つけると視線が少し鋭くなる。

「紹介するよ。俺の同業者の星乃唯さんだ」

「よ、よろしくお願いします……」

申し訳なさそうな顔をしながら、おずおずと星乃が前に出る。

ちなみに凜が来ることは星乃にあらかじめメッセージで伝えておいた。マメな星乃にしては珍しく、返信に時間がかかってたな。

「……彼女のことはよく存じています。先生の配信に出ていましたからね」

「そうか。それは話が早い。二人は同じ歳の覚醒者だから仲良くなれると思って会わせたんだ。ほら、俺みたいなのと二人きりよりいいだろ？」

そう言うと星乃と凜は全く同じタイミングで「……はあ」とため息をつく。

あれ。もしかしてなにかやらかしたか？

「そうですか……先生がそう来るとは予想外でした。これは前途多難ですね」

「はは。私もびっくりしましたよ。えっと絢川（あやかわ）さん……も、そうなんですよね？　お互い大変ですね」

「やはり星乃さんもそうでしたか。つまり私たちは恋敵（ライバル）ということですね」

「ふふ、そうですね」

星乃は楽しげに笑う。

「確かに私たちは恋敵（そう）ですけど、仲良くしてもらえると嬉しいです」

「……分かりました。私たちは恋敵（ライバル）であり同志。仲を深めるのもよいでしょう。よろしくお願いします、星乃さん」

「はい♪」

二人はなにやら楽しげに話した後、握手する。

それやらあれやらなんの話だかさっぱり分からない。今の女の子の間で流行（はや）っているのか？

「先生。今日はどのような予定（スケジュール）なのですか？」

「ああ。今日は武器屋に行く予定なんだ。俺の剣の手入れと、星乃の剣の強化をしたくてな」

この前倒した『マウントドラゴン』の素材はまだバッグの中に入れっぱなしだ。

今日はこれを使って武器を強化する予定なんだ。

「まあでもそれだけするってのもつまらないから、なんか美味しいものでも食べていこう。もちろん金は俺が出すぞ」

「本当ですか!? ありがとうございます！」

星乃が目を輝かせながら食いつく。

喜んでもらえるなら薄い財布を更に薄くする甲斐があるってもんだ。

配信で稼いだ金はまだ入金されてないから、今日使う金は社畜時代のなけなし貯金から捻出することになる。足立(あだち)からいくらかかっぱらっとけばよかったな。

「あの、この近くに最近有名なカフェがあって、そこのパフェが食べたいんですけど、いいですか……？」

「ああ、もちろんだ。そういう場所を教えてもらえるのは助かるよ。凛もひとまずそこでいいか？甘いものが苦手とかあったら教えてくれ」

「えっと、甘いものは私も好き……です」

「じゃあ決まりだな。そこに行くとするか」

行き先が決まった俺たちは、他愛ない話をしながら歩き出す。

「ありました！ あそこです！」

俺たちは星乃の案内のもと、近くにあったカフェの中に入った。

「ねえ見てよあの二人……」

「え？ 顔小さすぎ……モデルさんかな……？」

星乃と凜は外でも店の中でも注目を浴びた。二人ともかわいい上にスタイルもいいからな。並んで歩けば目立つのも当然だ。

ちなみに俺は気配を極限まで薄めているのでまだ見つかっていない。ＳＮＳに出現情報を晒されて一度騒ぎになっているから、人目の多い場所ではそうしている。

そのせいで俺だけ店員さんにお水を出してもらえなかった。俺の気配操作技術の高さがこの時だけは憎いと感じた。

「さ。好きなものを頼んでくれ。遠慮しないでいいぞ」

「えっと……じゃあこの『スカイタワーパフェ・タイラントドラゴン盛りストロベリー味』にしてもいいですか……？」

星乃が選んだのは、まるでスカイタワーのような大きさを誇る巨大なパフェだった。

そしてタイラントドラゴンの名を冠すに相応(ふさわ)しいトッピングの量だった。値段も当然ドラゴン級。

今の俺にはかなりキツい。

星乃も若干遠慮気味に聞いてきている。

だけどここで「ちょっと……」と言うのはあまりにもダサい。俺は親指を立てながら「当然だ。好きなものを頼んでくれ」と言う。大人を演じるのも大変だ。

「凜はどれがいいんだ？」

「では私も星乃さんと同じもののメロン味でお願いします」

「オッケー、分かった」

了解した俺は、消していた気配を戻して店員さんを呼ぶ。

二人のを注文した後、俺はコーヒーのみを頼む。甘いのは好きだけど……これ以上無駄遣いはできない。

「凜ちゃんって凄い綺麗な髪をしてますよね？　なにか特別なことをしてるんですか？」

「いえ特になにもしてませんが……」

「天然でこんなにサラサラしてるんですか!?　いいなあ、うらやましい」

二人は女子っぽいトークに花を咲かせている。

店に来るまでの間に星乃は凜のことを凜ちゃんって呼んでるし、仲良くなるのが速い。凜も少し戸惑ってはいるけど、時折楽しそうに笑っている。

歳も同じだし、二人とも覚醒者だから通じあうところがあるんだろうな。

「ところで急に呼んだけど大丈夫だったか？　討伐一課は忙しいんじゃないのか？」

「そうですね。忙しいですが、今日は大丈夫です。最近はモンスター以外の事件も多いので、出動がかかる可能性はありますが……」

俺の問いに凜が答える。

討伐一課はモンスターを相手にするのが仕事だ。普通の凶悪犯は警察が相手をする。

ただ、その凶悪犯が覚醒者であればその限りではない。

普通の人間では武装していても覚醒者には勝てない。そういう時は覚醒者を多く有する魔対省に応援要請が出るんだ。

最近はダンジョンを崇拝する怪しい宗教団体や、ダンジョンは全部壊せという過激派政治団体もいて、色々カオスだ。そいつらを相手にしている堂島さんの心労は計り知れない。

「人間も相手にするなんて大変だな。あんまり無理するなよ？」

「これが仕事ですから。泣き言は言っていられません」

そう頼もしく凜は言う。見ない間に本当に頼もしく育ったな。

と、そんな風に会話していると、「お待たせしました！」と言いながら店員さんがやって来る。

手にしたお盆には、高さ五十センチはある馬鹿でかいパフェが二つ。なんてデカさだ……。

「スカイタワーパフェ・タイラントドラゴン盛りのストロベリー味とメロン味です！　崩れないよう、気をつけてお召し上がりくださいませ！」

二人の前に置かれる巨大なパフェ。

星乃は「わあ！　おいしそう！」とパシャパシャと写真を撮り、凜は「おお……」と目を光らせてスプーンを握っている。

こんなに喜んでくれるなら財布を軽くする甲斐があったというものだ。

「田中さん！　食べていいですか!?」

「もちろん。遠慮しないで食ってくれ」

そう言うと「いただきますっ！」と言いながら星乃が美味しそうに生クリームの山を頬張る。凜も「い、いただきます」とそわそわしながらパフェの山を切り崩していく。

「おいしい～♡」

一口ごとに感想を言う星乃とは対照的に、凜は黙々とパフェを口に運んでいる。

まるでフードファイトをしているかのごとき食いっぷりに、俺は心配になる。

「凜、大丈夫か？」

「………あ、すみません。つい夢中になってしまいました」

俺の言葉に遅れて気がついた凜は、すこし恥ずかしそうに頬を赤らめる。

かわいいな。こいつめ。

「そんなに甘いものが好きなんて知らなかったよ」

「訓練生だった時は禁じていましたから、無理もありません。今はたまに食べてるんですが……こんな大きな物を食べるのは初めてでして。少し夢中になってしまいました」

討伐一課には歳の近い同性もいないから、こうやって休日に外で甘いものを食べる機会もないか。

天月も忙しいし一緒に外出は難しいだろう。今回連れてこれてよかったな。

「夢中になってくれるくらい気に入ってくれて良かったよ」

そう言ってコーヒーを口にすると、星乃が「あ―」となにかに気づいたように言う。

「自分ばかり食べてしまってすみません！　田中さんも食べたいですよね？　ど、どどどうぞ!!」

そう言って星乃はなんと一口分のパフェをスプーンですくって俺の前に差し出す。

いわゆる「あーん」というやつだ。突然のことに俺は硬直する。

「い、いいや、いいのか？　無理しないでも……」

「ぜ、全然全然大丈夫ですので！　一思いにどうぞっ！」

星乃は混乱しながらも固い意志でスプーンを俺に近づける。

間接キスごときで慌てるなと足立辺りにからかわれそうだけど、中卒で働いてきて女性とロクに絡んでこなかった俺には刺激が強すぎる。

この前、天月に凄い経験はさせられたけど……あれはまだ自分の中で消化しきれていない。慣れろと言われても無理な話だ。

「えっと、じゃあ……一口だけ」

意を決した俺は、星乃が差し出したそれをぱくりと食べる。

うん……美味しい。酸味と甘さのバランスが丁度いいな。と、そう冷静に分析したけど、美味しさよりも恥ずかしさが勝つ。

「ど、どうでしたか？」

「美味しかったよ。とても」

「えへへ、それは良かったです」

嬉しそうに笑う星乃。

こんなこと何回もできないな……と思っていると、俺の前にもう一つスプーンが差し出される。

「先生。こっちも美味しいですよ」

ずい、と身を乗り出しながら凛が俺に食べさせようとしてくる。

あ、圧が凄い。有無を言わせぬこの感じは天月譲りだ。

「いや、でも」

「どうぞ」

「……はい」

すぐに根負けした俺は、凛の差し出したメロンパフェを口にする。

うん、こっちもとても美味しい。メロンの甘さとクリームの甘さが合わさって口の中がとても幸せになる。

それはいいんだけど……やっぱり恥ずかしい。

特に凛は教え子だし、本当にこんなことしていいのかと悩む。まるで浮かれたカップルじゃないか。

そう思いながら凛を見ると、なんと彼女は挑発するような視線を俺に送りながら、スプーンに残ったクリームをぺろ、と舐め取ったじゃないか。

横に座っている星乃からは見えないだろうけど、俺にはしっかりと見えた。

「どうしましたか？　先生」

「い、いや……なんでもない」

「ふふ、そうですか」

薄く笑みを浮かべる凛。その頬はほんのり赤くなっている。

俺はこの時、この前の天月とのあれを思い出していた。まさか二人揃って俺のことを……なんて、ありえないよな？

結局二人が食べ終わるまで、俺は一人悶々と悩むのだった。

「ふふふ。さて、どうされたんでしょうね」

「田中さん、いったいどうされたんでしょうか？」

武器を失った状態でタイラントドラゴンとタイマンを張った時の方が気が楽だったぞ。

俺は頭を抱えるけど答えは出ない。

「いや、でも、しかし……」

⁂

カフェでの食事を終えた俺たちは、スカイタワーのそばにある、とある場所に来ていた。

少しレトロな店が並ぶその商店街は、俺がよく訪れる場所だった。

「すごい。武器屋がたくさんあります……！」

目を輝かせながら星乃が言う。

彼女の言う通り、この商店街には武器や防具など、探索者の必需品を売っている店がところ狭しと並んでいた。

星乃は大手の作った量産品を使っているみたいだから、こういう個人経営の店に来たことはないみたいだな。

「ここはかっぱ橋武器商店街。都内では最大規模の武器商店街だ。大手企業の作った武具より高めだけど、職人が一から作っている分、自分の体によく馴染む。今日は星乃の武器をここで作ってもらおう」

歩きながらそう説明すると、星乃はパッと嬉しそうな顔をした後、落ち込んだ表情を見せる。

「あの、新しい武器はとっても嬉しいんですけど……お金に余裕がなくて……」

「それは気にしなくても大丈夫だ。この前手に入れたマウントドラゴンの素材を多めに握らせるからな。星乃は一円も払わなくて大丈夫だ」

「え、ええ!?　本当にいいんですか!?」

星乃は大きな声を出して驚く。

武器はかなり高価な代物だから、それが無料（ただ）となれば驚くのも無理はないか。

俺は社畜時代、武器に一円も払ってなかったからこれが普通に思えてしまう。

ちなみに会社（ギルド）は一円も払ってくれなかった。こっそり拾った素材を貯めておいて、物々交換的に武器の修理や改良をしていたんだ。

改めて考え直すとブラック過ぎる。洗脳が解けて良かった……。

「……と、ここだ。ここが俺の行きつけの武器屋だ」

俺は商店街の端っこにある、古びた建物の前で足を止める。

看板には達筆で『志波（しば）鍛冶店』と書かれている。店の外観こそ古くて心配になるけど、腕前は確かだ。

腕のいい職人がたくさんいるこの商店街の中でも、俺がもっとも信頼している鍛冶師がここにはいる。

「凜もここに来るのは初めてだったか」

「そうですね。私の使っている武器は討伐一課の支給品ですので」

凜はこくりと頷く。

政府支給品も堂島さんが選定しているだけあって質はいい。だけど最高品質とまではいかないから、今度凜の武器も見繕ってもいいかもな。

俺はそんなことを考えながら、ガラガラと引き戸を開け中に入る。

「お邪魔します」

「……ん？　お客かい？」

中に入ると、武器の山をごそごそと漁る背中が目に入る。

煤を体のあちこちにつけたその人は、振り返って俺のことを見ると、嬉しそうに口角を上げる。

「誰かと思えば田中の坊やじゃないかい！　元気してたかい？」

そう言って彼女……志波薫さんは大きな革のグローブをつけた手で俺の背中をバシバシと叩く。

彼女なりの愛情表現なんだけど、結構痛い。

「お、おじゃましまーす……」

「お邪魔します」

俺に続いて星乃と凜が店内に入ってくる。

すると彼女たちを見た薫さんは、背中を叩く強さを上げる。

「なんだいこんなかわいい子たちを連れて来ちゃって！　あんたも隅に置けないねえ！」

「薫、さん、背中、折れ、る」

骨がミシミシと軋んできたので、俺は一旦距離を取って回避する。

堂島さんといい、上の世代のスキンシップは過激すぎるんだよなあ。

ちなみに薫さんも覚醒者であり、元探索者だ。

俺の師匠の橘さんの友人で、昔は二人でダンジョンに潜っていたこともあるらしい。俺も橘さんとの繋がりで薫さんと知り合い、ずっと武器の世話をしてもらっているんだ。

「星乃、凜。紹介するよ。俺の知り合いでいつも武器の調整をお願いしている志波薫さんだ」

「よろしくね二人とも。かわいい子にはたくさんサービスするよ」

快活な笑みを浮かべる薫さん。

星乃と凜は彼女に自己紹介をして、仲を深める。まだ二人とも少し緊張している感じだけど、薫さんは面倒見のいい人だからすぐに慣れるだろう。

「あの、薫さんは鍛冶師をやられているんですか？」

「ああそうだよ。じゃなけりゃこんなかわいくない格好なんかしないさ」

星乃の問いに、薫さんが答える。

薫さんは革でできた大きなエプロンとグローブをつけている。魔物の素材でできたそれは、ダンジョンの鉄を溶かすほどの高熱にも耐えることができる。

「凄いです！　女性で鍛冶師なんて格好いいです！」

「おや嬉しいこと言ってくれるじゃないか唯ちゃん。好きな武器一個あげようか？」

思わぬ言葉に星乃は「ええ!?」と困惑する。

これ以上放っておくとややこしくなりそうなので、口を挟む。

「薫さん。くれるのもいいですが、今日は彼女の武器を作りに来たんです。これを使ってね」

俺はポケットからビジネスバッグを取り出し、更にその中から巨大な脈動する岩の塊を出し、店内の大きな机に乗せる。

それを見た薫さんは「へえ」と嬉しそうに笑みを浮かべる。

「マウントドラゴンの心臓……それもかなり上等なものだね。もしかしてこの前倒した異常成長個体のものかい？」

「はい。今日はこれを使って星乃の武器の製作と、俺の武器の調整もお願いします」

「分かった、任せな。支払いはいつも通り素材払いだね？」

「はい、いつもすみません」

本当ならお金をちゃんと払った方が薫さん的にも助かるだろうけど、残念ながらそれだけのお金を今は持っていない。

ちゃんと稼げるようになったら今までの分もたくさんお金を使わないとな。

「いいさ。田中の持ってくる素材はいい品質ばかりだからね。さ、武器を渡しな」

俺は自分の剣と、朝に預かっておいた星乃の剣も薫さんに渡す。

薫さんは二振りの剣をじっくりと観察する。その目は一流の職人のそれだ。

「唯ちゃん、この剣はまだ使えるから、これをベースにして新しい剣を作ろうと思う。いいかい？」

「は、はい！　お願いします！」

「ありがとう。いい剣にするから少しだけ待っておくれ」

そう言って薫さんは星乃の剣を特殊な炉に入れる。

そして薫さんは次に俺の方を見る。

「あんたは剣を酷使し過ぎだよ。こんなに硬い剣なのに刃先がボロボロだ。どんな使い方をしたらこうなるんだい？」

「はは、すみません……」

頑丈なのをいいことに結構無茶な使い方をしてしまっている。

剣を傷める剣士は半人前。もっと気をつけなきゃな。

「まあでもこれくらいだったらすぐ直るよ。それまであれで腕試しでもしているといい」

そう言って薫さんは店内の一角を指す。

そこには大きな竜の鱗が地面に固定されていた。その近くには武器がいくつか立てかけられている。

「あれは……？」

「腕試し用の鱗さ。あれを近くに置いてある武器で真っ二つに切ることができたら景品をあげるよ」

「へえ、面白そうですね」

置いてある鱗は青く透き通っている。まるでサファイアのようだ。

あの輝き方を見るに『サファイアドラゴン』の鱗だな。かなり硬い鱗のドラゴンだ。

「景品だって！　私たちもやりましょうよ凜ちゃん！」

「あ、ちょっと待ってください」

星乃は楽しそうに凜の手を取り鱗の前に行く。

どれどれ、俺も行ってみるとするか。

「これは中々立派な鱗ですね」

俺は固定されたサファイアドラゴンの鱗を近くで見ながらそう言う。

軽く拳で叩くとコン、と高い音が鳴る。ふむ、結構硬そうだ。

「立派なのはいいけど加工に向かなくて持て余しているんだ。砕くことができればそのままナイフとかにできるんだけどね」

薫さんは俺の剣を研ぎながら言う。

喋りながらだけど見事な手さばきだ。俺の渡した素材も使いながら、剣を修復し、強化してくれている。

「じゃあまずは星乃がやってみるか？」

俺は一番やりたそうにしている星乃に振る。

「はい、やりたいです！　……あ、私思ったんですけど、この様子を配信するのはどうですか？

きっとみんな楽しんでくれると思うんです！」

「確かにそれは面白いかもな。俺にはなかった発想だ」

俺は星乃の提案に舌を巻く。

配信者として先輩なだけあって、星乃は企画力があるな。

「でも凛は映って大丈夫か？　嫌なら遠慮なく断ってくれ」

「問題ありません。むしろ堂島大臣にはもっとメディアに出て討伐一課の宣伝をしてくれと言われてますので」

「そっか。ありがとな。今度またお礼するよ」

そう言うと凛はこくこくと首を縦に振る。

「薫さんも大丈夫ですか？」

「もちろん構わないよ。どんどこの店を宣伝しておくれ。最近は大手の武器製造会社のせいで客足が遠のいてるんだ」

「分かりました。配信が終わったら店の住所載せておきますね」

そうすれば配信中に凸（とつ）してくる視聴者もでないだろう。

無事全員から了承を得た俺は、ポケットに入れっぱなしにしていたドローンを取り出す。

電池は……まだあるな。大容量バッテリーが積まれていて助かった。

「よし、それじゃあ配信開始、と」

スマホを操作して、ドローンを起動する。まだこの瞬間は緊張するな。

ＳＮＳでも突発配信開始と宣伝して数秒ほど経つと、人がぽつりぽつりと入ってくる。

チャンネル登録者数が百万人を超えた今、人が来ないことはないと思うけど、それでも人がちゃんと来てくれるとホッとする。

〈え？　配信するの？

〈わこつ
〈配信助かる
〈シャチケンきた!!

〈田中ァ！　待ってたぞワレェ!!

〈突発配信うれしい！

〈仕事休みます
〈飯食ってる場合じゃねえ！

さっそくコメントが盛り上がる。

俺は「ごんん」と喉を整えて社会人モードに切り替えると、ドローンに向かって話し始める。

「今日は来てくださりありがとうございます。タイトルにある通り、今日はこちらのお店でサファイアドラゴンの鱗を斬るチャレンジをしたいと思います。ちなみに今日お伺いしてますこのお店は私の行きつけの鍛冶店です。配信が終わりましたらこのお店の場所を載せますので、来ていただけると助かります」

〈おけ

〈おｋ
〈ｋ
〈把握
〈絶対行こ
〈お前ら金落とせよ！
〈シャチケンの武器作ってるとこなら信用度ＳＳＳＳだわな
〈ダンジョンに行くより聖地巡礼楽だな
「それと今日は知り合いの二人も一緒です」
そう言ってドローンの後ろに控えていた二人を前に促す。
するとまずは星乃がドローンの前に躍り出る。
「こんにちは！　ゆいちゃんねるの星乃唯です！　今日はゲストとしてお邪魔してます！　よろしくお願いいたします！」
〈ゆいちゃん来た！
〈シャチケンと続いているようでなにより
〈相変わらずかわいすぎる
〈あの大きな胸を好き放題できる田中が羨ましすぎるぜ……
〈まだ絶対手を出してないから安心しろｗ
〈早く手を出せや田中ァ！

〈俺にも手を出せ田中ァ！

〈相変わらずここの視聴者は変なキレ方するな

星乃が出ると一層コメントの流れが速くなるな。人気があるようで俺も嬉しい。

そして次は凛がドローンの前に出る。

「みなさま初めまして。私は魔物対策省、魔物討伐局討伐一課所属、絢川凛と申します。以後よろしくお願いいたします」

〈誰この子!?　めっちゃかわいいじゃん！

〈この前の政府の配信で映ってた子だ。また見れて嬉しい！

〈かわいい系のゆいちゃんと、クール系の凛ちゃんは隙がない布陣だ……

〈ハーレム形成してて草。羨ましすぎる

〈ゆいちゃんと仲良さそうだな。かわいい

〈いつのまにゆいちゃんと仲良くなってたんだろう。推せる

〈二人の間の空気を吸いたい

〈キモすぎて草。でも少し分かる

〈凛ちゃんはシャチケンとどういう関係なんだろ？

〈政府の配信では先生とか呼んでたような……

星乃に負けず、凛も凄い人気だ。なんだか俺も嬉しくなるな。

そう思っていると、凛はドローンの横に立体映像(ホログラム)で映し出されているコメントを読み、質問に答

え始める。
「私は討伐局に入りたての頃、誠先生にお世話になりました。先生には本当に様々なことを教えていただきました。しばらくお会いしていませんでしたが、先生を敬愛する気持ちは変わっておりません。なので付き合いは星乃さんより長いです」
〈シャチケン、そんなこともしてたんだ
〈田中に向ける視線の湿度が高すぎる
〈これやっぱ攻略済みだろ
〈かわいすぎて胸痛くなってきた
〈動悸定期
〈クール系美少女の激重感情はいい。万病に効く
〈しれっとゆいちゃんにマウント取ってて草
〈これもう宣戦布告だろ
〈正　妻　戦　争　開　幕
〈責任取って全員貰えよ田中ァ！
荒れるコメント欄。
俺は慌てて凛にツッコミを入れる。
「はは、付き合いの長さなんて気にしなくてもいいんじゃないか？」
「そんな……あんなに激しく体を重ねた日々は遊びだったんですか……？」

「いや、それは決闘を挑まれてただけだろ!?　勘違いされるような言い方はやめなさい！」

〈通報しました

〈さすがに犯罪でしょ

〈田中ァ！　責任取れよ！

〈面白くなってきました

〈ゆいちゃん劣勢か？

〈慌てるシャチケンおもしろw

〈サファイアドラゴンの鱗「………」

〈鱗くんすっかり忘れられてて草

俺は必死に弁明し、なんとか誤解を解く。

これならダンジョンの配信の方がずっと楽だな……。

「よし。じゃあまずは星乃からやってみるか」

気を取り直して俺は星乃にそう振る。

星乃は俺の呼びかけに気合たっぷりに「はい！」と答えると、用意された武器の中からもっとも大きな剣を手に取る。

彼女の普段使っている剣と大きさも形も近い。あれならいつもの力が出せるだろう。

〈あんな大きな剣を軽々と持てるのすげえ

〈かわいい顔してパワーファイターだからね

〈蛙の子は蛙。戦闘民族の弟子は戦闘民族
〈鱗くん大丈夫？
〈鱗くん逃げてぇ！
〈サファイアドラゴンの鱗は硬いって有名だけど、どうなるかね

コメントも星乃が鱗を斬れるかどうかで盛り上がっている。配信したのは正解だったな。

星乃は剣を上段に構えると、鱗の前で精神統一する。

しばらく目を閉じていた彼女は、目を開くと「いきます」と小さく呟く。

「えーーーいっ！」

足に溜めた力を腕に送り、思い切り腕を振るう。

星乃は俺が前に教えたことをかなり高いレベルでこなしていた。どうやら別れてからも特訓を続けていたみたいだ。

物凄い勢いで振り下ろされた剣は、鱗に当たりガァン‼　と大きな音を鳴らす。星乃の腕力は凄まじく、建物がぐらぐらと揺れてしまう。

〈おわっ⁉
〈音が凄い！
〈鼓膜壊れたわ
〈力やばくて草
〈力の二号は健在か……

〈鱗くーーん!!

〈鱗死んだわ

〈鱗の人気に嫉妬する

天井からパラパラと落ちてくる埃を払い除けて、俺は鱗を確認する。

星乃が力の限り斬りつけたその鱗は……傷一つ付かず、その場に立っていた。

「あ、あれ？」

手応えがあったのか、星乃は不思議そうに首を傾げる。

残念ながらチャレンジ失敗だな。

〈鱗くん硬すぎて草

〈ええ……あれで駄目なの……？

〈鱗「効かねえ、竜だから」

〈まあサファイアドラゴンはSランクモンスターだからな。まだ分が悪いよ

〈鱗くんイケメン過ぎる。コミュ入りします

コメントが盛り上がる中「次は私が」と凜が前に出てくる。

その手には用意されていた短剣が二本握られている。

一方星乃は「だめでしたあ」とふにゃふにゃした顔でこちらにやってくる。

「惜しかったな。いい線いってたぞ」

「うう……ありがとうございます……」

励ますと少しだけ元気を取り戻すけど、それでもやはり悔しそうだ。

後でまた色々教えてやるとしよう。

と、そんなことを思っていると、凛の準備が完了する。

「ふう……いきます」

二振りの短剣を十字に構えた凛は、剣を交差させながら二本同時に振るう。

速く、鋭い一撃だ。二本の短剣は鱗の同じ箇所に同時に命中し、キィン！　と甲高い音と火花を散らしながらその表面を小さく欠けさせる。

うん、狙いが定まったいい攻撃だ。凛も腕を上げたな。

〈はっっっや
〈マジで剣見えなかったわｗ
〈凛ちゃんもちゃんと強いんだな
〈戦闘民族は引かれ合うんだなって
〈討伐一課って戦闘エリート集団だぞ？　強くて当たり前だ
〈鱗くん……
〈鱗「ほらな、効かねえ」
〈効いてて草
〈でも切断まではいかなかったな
〈なに、まだシャチケンが控えてる。鱗くんの命運もそこまでだろ

「……不甲斐ないところをお見せしてしまいました」

凛は目を伏せ、無念そうな顔をしながら戻ってくる。

「そんなことないさ。凛もかなりいい線いってたぞ。強くなったな、俺は嬉しいぞ」

「先生……」

俺は凛をそう慰めた後、鱗の前に行く。

「二人とも以前より格段に強くなってる、そこは本当だ。落ち込むことはない。そもそもサファイアドラゴンは鱗がある背中側じゃなくて、鱗のない腹部を攻撃するのが定石だ。これを斬れないからってサファイアドラゴンに勝てないわけじゃない」

Sランクのモンスターでも完全無欠なモンスターはいない。たとえ正面から勝てなくても、弱点をつけばあっさり勝てたりする。まあもちろん正面から勝てる力があるに越したことはないが。

「二人に足りないのは『狙い』だ。これだけ硬いものを斬るとなると、闇雲に攻撃しても効果は薄い。鱗の弱い箇所を見抜くんだ。同じ部位でも、衝撃に弱い箇所と強い箇所があるのは分かるな?」

「はい、なんとなくは……」

「そうですね。まだ完全には見きれませんが」

二人は頷く。過去の経験からなんとなくは理解しているみたいだ。

〈分からんくて草
〈なんで分かるねん

〈すまん。戦闘民族語はさっぱりなんだ
〈鱗「こいつらなに言ってんだ……？」
〈そうだったとしてもどうやって見分けるんだよｗ

　コメントに困惑するものが多く流れる。

　まあこれは感覚的なものだから難しいか。でもこの先Ｓランクのモンスターと戦うなら覚えておきたい技術だ。

「難しいかもしれないけど、それを見極められるようになるんだ。最初のうちは手で触ってみるといい。物には目に見えない細かい線……『目』がある。それに沿って刃を入れれば、どんな物でも簡単に斬ることができる」

　俺は手で触りながら鱗の『目』を読み取る。

　全てのものには木に木目があるように、『目』があるんだ。そこに狙いをつけて……俺は手刀を放つ。

「こ、ここ」

　放たれた俺の手刀が青く輝く鱗に命中すると、そのまま鱗をスパッと両断する。

　ゴトッ、と床に転がる鱗を見て、星乃と凜は目を大きく開けて驚く。

〈はああああ!?
〈武器使ってなくて草
〈凄い通り越してキモいわ

〈【悲報】シャチケンの手刀、剣より強い
〈鱗くんスパスパで草
〈鱗くーーーーん!!
〈鱗「わりぃ、おれ死んだ」
〈鱗くん……いい奴だったよ
〈これには二人もドン引きでしょ
〈いや、あの顔は惚れ直してる顔だゾ
〈戦闘民族は強い奴に惹かれるからね
〈鱗「俺も惚れた」
〈成仏してもろて

盛り上がるかと思って素手でやってみたら、想像以上に盛り上がった。

狙い通りにいくと嬉しいな。

「薫さん。鱗斬れたから景品貰えますか？」

鱗を無事に斬ることができた俺は、俺の剣を研ぎながらこっちの様子を見ている薫さんに話しかける。いったいなにが貰えるんだろうと、俺はワクワクする。しかし、

「なに言ってるんだい。武器を使って斬ったら景品をあげるって言ったろう？　素手はダメだよ」

「ええ!?　そんなのありですか？」

予想してなかった薫さんの言葉に俺は驚く。

コメントも〝草〟だの〝確かに〟だの笑う言葉で溢れる。堂島さんの時といい、大人はずるい。

そ、そんなあ、と落ち込んでいると、薫さんがぷっ、と笑いながら口を開く。

「冗談だよ冗談。本気にしないでよ。お詫びに人数分その鱗でナイフを作るから、もう少し細かく砕いてくれるかい？」

「二人の分もいいんですか？　ありがとうございます！」

俺は嬉々としてサファイアドラゴンの鱗を拳で砕き始める。

加工の難しいこの鱗だけど、砕いて持ち手をつければ鋭利なナイフになる。メインの武器にするには小さいけど、非常時の武器としては取り回しもいい。二人とも喜んでくれるはずだ。

〈ああ、鱗くんがバラバラに……
〈拳で砕いてて草
〈あれ普通に腕力で砕いてるよな？　目を見るとはなんだったのか
〈楽に壊せるってだけで普通に腕力でも砕けるんでしょ。いやなんで砕けるんだよ
〈鱗「また会おうな……お前ら……」
〈鱗くん……いい奴だったよ……硬いところが玉に瑕(たまにきず)だったけど……
〈今回も神回だったな。外れがなくて助かる
〈今日の配信はそろそろ終わりかね
鱗を細かめに砕いた俺は、それを薫さんの近くに置く。
さて、後は薫さんの作業が終わるのを待つだけだ。やることもなくなったしそろそろ配信を切っ

てもいいかもな。雑談配信をしてもいいけど、あまり話を広げられる気もしないし。

と、そんなことを思っていると、突然凛のスマホからビーッ！　と大きな音が鳴る。

「――――っ！」

凛は急いでスマホを取り出すと、画面に目を走らせる。

そして険しい顔をしたかと思うと、突然バッと着ていた服を脱ぐ。

〈見え

〈みえ

〈見え

〈見っ

〈REC

〈見えっ

体を乗り出す視聴者たち。

しかしそんな彼らの期待とは裏腹に、彼女は肌を晒すことなく服の下からは討伐一課の隊服が現れる。

いったいあの服の下のどこにこれを隠していたんだ。早着替えの魔導具でも使ったのか？

「先生。申し訳ありませんが、私はここで失礼させていただきます」

「どうした？　呼び出しか？」

「はい。今日はもう戻ってこれないと思いますので、後はお二人で楽しんでください」

そう言いながら凜は店の入口の方へ歩く。

平静を装ってはいるが、どこか焦っているようにも見える。

「なにがあった？　緊急事態なら手伝うぞ？」

「いえ。先生のお手を煩わせるほどではありません。では」

凜は扉を開けると、一瞬でその場から姿を消す。

昔から凜は覚醒者の中でもトップクラスの速度を持っていた。今は更に磨きがかかっているようだ。

凜は一流の戦士だ。なにがあっても後れを取ることはないと思うけど……なんだか嫌な予感がする。心配だ。

近頃は治安も悪いし、本当に放っておいて大丈夫か？

〈凜ちゃんどうしたんだろう？

〈なに？　事件？

〈そういえばスカイタワー跡地の近くでなにか騒ぎがあったみたいだよ
〈え？　現場近くね？

〈まだニュースにはなってないけど、ＳＮＳで言ってる人いるね
〈こわ。凜ちゃん大丈夫？

コメントを信じるならスカイタワー跡地の近くでなにか起きたみたいだ。

だから現場近くにいた凜に招集がかかったんだろう。

本当なら後を追いたいけど……星乃を置いていくのも悪い。呼び出しておいてそんな酷いこともできない。

どうしたものかと悩んでいると、俺は突然トッ、と背中を押される。

「……へ？」

振り返ると、そこには星乃の姿があった。

どこか不安げな笑みを浮かべながら、彼女は言う。

「もし私のことを気にしているんでしたら……大丈夫です。行ってください」

「だけど……」

俺が反論しようとすると、星乃はふるふると首を横に振ってそれを制する。

「田中さんは私にとってヒーローなんです。だからそれを邪魔はできません。凜ちゃんをどうかよろしくお願いいたします」

そう言って星乃はぺこりと頭を下げる。

……ここまでされちゃ、行かないわけにはいかないな。

「田中っ！　これも持っていきな！」

突如俺の方に回転しながら飛んでくるなにか。

それをキャッチすると、俺の剣だった。もちろん投げたのは薫さんだ。

「お姫様にガラスの靴が必要なように、王子様には剣（それ）が必要だろう？　ばっちり手入れしたから存分に使いな」

薫さんはにぃ、と男前な笑みを浮かべながら言う。

半分ほど抜いて刀身を確認すると、刃は研ぎ澄まされていた。これならなんでも斬れそうだ。

俺は薫さんに「ありがとうございます」と頭を下げると、店を出る。

当然だけどもう凛の姿はどこにもない。さて、早く見つけなくちゃな。

＊

かっぱ橋武器商店街の屋根の上を高速で駆ける影があった。

その人物の速度は速く、街を歩く人はその姿を捉えることもできなかった。

「……さっきのは第一級緊急招集（レッドアラート）。まさか近くでそれほどのことが起きているなんて」

その高速で動く人物、絢川凛は険しい顔をしながらスマホで現状を確認する。

「複数名の覚醒者による破壊行為……ですか。しかも迷宮解放教団『Q』による犯行の可能性が高いと。これは放っておいたら大変な事態になりそうですね」

迷宮解放教団『Q』は多くの信者を囲っている宗教団体だ。

危険な思想とその思想を実現しうる資金力と行動力を持つその団体は、数年前に大きな事件を起こし、それが決め手となり政府によって一般的には解体された。

しかしまだ水面下で活動しており、時たまこういったテロ行為を起こす厄介な集団なのだ。

「迷宮の解放……ですか。ネジの外れた人の考えることは分かりませんね」

迷宮解放教団の名前の通り、彼らは迷宮……つまりダンジョンを解放することを至上の目標にしている。

つまりダンジョンを管理している政府とは真っ向から対立することになる。

ダンジョンを神聖視している彼ら教団は、ダンジョンを人の手から解き放つためであれば、テロ行為も厭わない。その行動によって命を落とした者もたくさんいる。

「場所はスカイタワー跡地……ダンジョンもないあそこでなにをしているのでしょうか」

凛は呟きながら現場に駆けつける。

数時間前に待ち合わせに使ったその場所は、見るも無惨な姿になっていた。

建物は損壊し、火の手があがり、人々は泣き叫びながら逃げ惑っていた。

そんな地獄絵図を作り出している犯人は、怪しい黒い装束に身を包んだ男たちだった。

彼らは黒子のように顔を布で覆い隠していた。その代わりその布には『Q』の文字が大きく書かれている。その文字は彼らが迷宮解放教団『Q』のメンバーであるなによりの証。

敵を確認した凛は、討伐一課の本部に通話を繋ぎ、短く報告する。

「討伐一課所属、絢川凛です。犯行現場にて迷宮解放教団『Q』のメンバーを確認しました。これより鎮圧行動に入ります」

そう言った凛は屋根から跳び、二本の短剣を腰から引き抜く。

目指すは一般人を襲おうとする教団員たち。教団には覚醒者が多い、一般人では逃げ切ることすら難しいだろう。

「――――付与（エンチャント）・雷（ラーム）」

体内の魔素を操作し、凜は雷を生み出し自らの短剣に纏（まと）わせる。

雷（ラーム）の付与（エンチャント）は雷によって威力を上げるだけでなく、自らの体を電気によって活性化させ、身体能力を向上させることもできる。

特にスピードの上昇量は他の属性の追随を許さないほど。もとの凜のスピードも合わさり、彼女の速度は覚醒者でも捉えられない域に達する。

「模倣剣、瞬（またたき）――――」

地面に着地した彼女は、地面が陥没するほどの力で地面を蹴り、急加速する。

その技はかつて師が見せてくれたものを再解釈し、彼女なりにアレンジを加えたものだった。

「双雷刃（そうらいじん）！」

地を這う二筋の雷が教団員たちに襲いかかる。

「ん？」と気づいた時にはもう遅い。高速で接近してくる彼女に、彼らは反応することすらできず倒されていく。

「があああっ!?」

瞬く間に三人の敵を斬る凜。

斬撃による傷は深くはないが、斬った瞬間に雷を流しており、そのせいで教団のメンバーは気を失い倒れる。

安全を確認した凜は、逃げおくれた市民に呼びかける。

「ここは危険です！　急いでこの場を離れてください！」

凜の言葉に従い逃げていく一般市民。

彼らを見送る凜のもとに、大きな棍棒を持った教団員が襲いかかる。

「迷宮ヲ解放セヨ！」

教団の信条であるその言葉を叫びながら、男は棍棒を振り下ろす。

凜はその攻撃をまるでバレエの動きのように華麗に跳びながら躱（かわ）すと、その男の側頭部に掌底を叩き込む。

「電撃掌（ブリッツ）！」

魔法の雷が男の頭部に叩き込まれる。

その衝撃は凄まじく、男は物凄い勢いで吹き飛び壁に激突。そのまま意識を手放す。

すたっと地面に着地した凜は、残りの教団員に目を向ける。

「器物損壊罪、傷害罪、覚醒者特別法違反、その他多くの罪により、あなた方を拘束します」

冷たく告げる凜。

すると教団員の中でもまとめ役のような人物が顔を隠す布の裏で口を開く。

「その隊服……討伐一課か。政府の犬が偉そうに。我らは貴様らの尻拭いをしてやっているんだぞ？」

「なにを馬鹿なことを……」

そのあまりにも失礼な物言いに、凜は顔をしかめる。

「よいか？　ダンジョンは人智の及ばぬ力を持っている。そのお力はまさに神の所行！　人間が管理していいものではないのだよ」

「……人が管理しなければいたずらに犠牲者が増えるだけです。それを見過ごせというのですか」

「ああ、その通りだ。必要な犠牲というやつだよ」

そのあまりにも勝手な主張に凜はぎり、と奥歯を噛みしめる。

かつて魔物災害により家族を失った彼女にとって、彼らの言葉はとても許せるものではなかった。

「我らは糾弾する！　愚かにも迷宮を管理しようとする者たちを！
我らは救済する！　迷宮を受け入れ人を真に救い、次の段階（ステージ）へと進める！
そして我らはＱｕｅｓｔｉｏｎ（問う）！　本当に今の世界が正しいのかを！
それが我ら迷宮解放教団『Ｑ』の信条だ。貴様ら政府の犬には分からないだろうがな」

「……ええ、分かりたくもありませんよ」

凜は話は終わりだとばかりに駆け出そうとする。

しかしその足はあるものを見たことで止まる。

「貴様……っ！」

凜の顔が怒りに染まる。

その視線の先には、教団員に捕まった小さな女の子の姿があった。

歳は五歳くらいだろうか。よほど怖いのだろう、目には涙が溜まっている。

「崇高な任務を達成するための尊い犠牲というやつだ。さ、その危険な武器を捨てたまえ」

「く……っ」

凜は苦しそうな表情を浮かべながら武器を手放す。

カラン、という高い音を立てながら、頼みの綱は地面に転がる。

「さ、危険分子も無力化したことだ。我らの目標を達成しようじゃあないか。測定は終わっているか？」

「はいリーダー。やはりここの迷宮適合数値は他より高いです。成功の可能性は高いかと」

怪しげな機械でなにかを測定していた部下の言葉に「そうか」と言った教団員のリーダーは、懐から小さな丸い玉を出す。

禍々しい色をしたそれは、一見すると植物の種のように見える。あれはなんだと首を傾げる凜を他所に、男はその種子のようなものをスカイタワーがかつて建っていた場所に埋める。

「さあ、歴史が変わるぞ」

種を植えた数秒後、突然彼らのいる一帯にゴゴゴ、と地震が起きる。

まるで地下で巨大ななにかが動いているかのような衝撃の後、種を植えた場所からあるものが生えてくる。

それを見た凜は驚愕し額に汗を浮かべる。

「ばか、な……！」

凜が目にしたのは、ダンジョンの入口だった。

なんと彼らはダンジョンを新しく作り出してしまったのだ。

人為的にダンジョンを作り出すなど、ありえない話だ。今までそのような事例を凛は聞いたことがなかった。

しかしそれは目の前で起きてしまった。

「くく、素晴らしい。我らの世界にまた新しい迷宮が生まれた。この調子でどんどん迷宮を生み出していけば、必ず人類は救われる！」

高笑いする教団員たち。

凛はどうしたらいいか必死に頭を働かせる。しかしいくら考えても妙案は浮かんでこなかった。

そして彼女が悩んでいるその間にも、更に状況は悪化していく。

『ルル……』

のしっ、のしっ、という足音を鳴らしながら、ダンジョンから大きな影が地上に姿を現す。

二十メートルはある大きな体に、立派な翼と尻尾。

そのモンスターはいわゆる飛竜と呼ばれるモンスターに酷似する形状をしているが、とある一点がワイバーンと大きく違っていた。

それは体の『色』。そのワイバーンの体は青く透き通っており、まるでゼリーのような見た目をしていた。

そのモンスターの姿を見た凛は、驚愕の表情を浮かべながらとある名前を口にする。

「ワイバーンスライム……！」

そのモンスターはワイバーンの特性を持ったスライムだった。

ランクはA。スライムなのでワイバーンのように火を吹くことはできないが、飛行能力と戦闘能力ともにワイバーンに近いものを持っている強力なモンスターだ。

ワイバーンスライムは体が切られても核さえ傷つかなければすぐに再生してしまうため、本物のワイバーンより強いと言う探索者もいる。

しかし凜が驚いているのはそのモンスターが強力だからではない。それよりもモンスターが地上に出てきてしまったことの方が大事なのだ。

モンスターがダンジョンから外に出ることによって起きる『魔物災害』はめったに起こるものではない。しかし一度起きてしまえば甚大な被害を引き起こしてしまう。

都心でそれが起きてしまえば更に事態は深刻になる。かつての皇居大魔災のように数万人の被害者を生み出してしまうだろう。凜は急いでワイバーンスライムを討伐しようとするが、

「動くな！　人質がどうなってもいいのか？」

教団員が見せつけるように女の子を前に出す。

やむを得ず止まる凜。そんな彼女に他の教団員たちが銃を向ける。

彼らの持っている銃と弾丸はダンジョンで取れる鉱物からできている。その威力は普通の銃を遥かに凌駕し、覚醒者にも効果を発揮する。

「く……っ」

悔しそうに歯噛みする凜。

そうしている間にワイバーンスライムは飛び立とうとその翼を広げる。その光景を見ながら教団

員は大きな声で笑う。

「ふふ……はーっはっはっは！　素晴らしい！　ただの迷宮ではなく、魔物災害を引き起こせる迷宮だったとは！　これぞ迷宮(かみ)のお導き……さあ！　今こそ愚かな民衆を焼き払い、迷宮(かみ)のお力を示してください！」

ワイバーンスライムは大きな翼を羽ばたかせ、その大きな体を宙に浮かせる。

Aランクのモンスターが街中で暴れれば街など一瞬にして瓦礫の山と化す。幼少期凜はその光景を目の当たりにし、絶望の底に叩き落とされた。

「だめ……」

凜の口から声が漏れる。脳裏によぎるのは幼き日の記憶。かつて彼女の住む街と家族と友人を消し去った、最悪の災害。

二度とあのような事件を起こさないように、二度と同じ思いをする人が現れないように彼女は討伐一課に入り、強くなった。

だが……あの時の惨劇が再び目の前で起ころうとしていた。

「ふははははっ！　迷宮(かみ)よ、まずは手始めに東京を火の海に変えてください！」

翼を羽ばたかせ、宙を舞うワイバーンスライム。

そして空中で大きく翼を動かし、前進するかに見えたその瞬間……その巨体は唐突に真っ二つに斬り裂かれた。

「……へ？」

突然の出来事に教団員たちは間の抜けた声を出す。

凜も同様になにが起きたか理解できず口を大きく開けて驚く。

『グ、ア……』

体を両断されたワイバーンスライムはそう呻きながら落下する。

そして地面に激突すると、その体が溶けて消えていく。どうやら体内の核ごと斬り裂かれたようだ。巨大なワイバーンスライムの体内にある小さな核、そこを狙って斬るのは非常に難しい。

いったい誰が。その場にいた者たちがそう思っていると上空より一人の人物が降ってくる。

「……よいしょっと！」

そう言って着地したのは、ビジネススーツに身を包んだ男性だった。

彼は土埃を払うと「ふう」と一息つく。

「あー、びっくりした。急にモンスターが出てくるんだもんな。あれって倒していいやつだよな？　怒られたりしたら嫌だな……って、ん？　凜じゃないか、ここにいたのか」

「せ、先生……!?」

空から降ってきた人物を見て、凜は驚く。

そう、先程ワイバーンスライムを斬り裂いた人物は田中であった。

田中は探していた凜を見つけ嬉しそうな表情を浮かべるが……すぐに周りの状況を見て真剣な表情に切り替わる。

「……なるほど。だいたい理解した」

冷たい声で言い放つ田中。

いくら鈍感な彼であっても、教え子がひどい目にあっていたのは理解できた。

「遅れて悪かったな凛。よく今まで持ちこたえたな」

そう言った田中は、教団員たちに目を向ける。

その表情は、冷たく恐ろしいものだった。

「……よくも俺のかわいい教え子に銃を向けたな」

冷たい殺気が周囲に充満する。

その殺気は凄まじく、教団員たちはまるで喉に刃を押し当てられている錯覚に陥る。

「かかってこい。全員生まれてきたことを後悔させてやるよ」

冷たい怒りを言葉に滲ませ、田中はそう言い放つ。

その様子はドローンがしっかりカメラに収めていた。

〈やっば。ガチでテロじゃん
〈あれって迷宮解放教団でしょ？　マジでこんなことすんのかよ
〈一線越えてるな……

〈元からヤバい定期。お前らネタにしてるけど本当にヤバい組織だからな？

〈てかなんかダンジョンできてない？　スカイタワー跡地にダンジョンなんて無かっただろ？

〈新しく生まれたから教団が来たとか？

〈でもなんでダンジョンができたのを予測できたんだ？

〈あのダンジョンを教団が作った、とかｗ
〈さすがにそれはないだろｗ
〈それがマジだったら世界がヤバい
〈なんにせよ田中が間に合って良かった、視聴者の情報のおかげだな
　ステルスモードのドローンが世界中にその様子を配信する。

　凄惨な現場を配信することに田中は少し躊躇ったが、配信すれば政府に現場の状況を届けることができる。

　仮に自分がしくじったとしても、天月や堂島が現場を知ってくれれば対処してくれる。そう思ったのだ。

「……」

　田中は黙ったまま教団員たちを見据える。

　殺気が充満し、辺り一面に肌を突き刺すような冷たい空気が流れる。

　そんな中、教団員のリーダーは努めて平静を装い、軽い口調で田中に話しかける。

「君は……どなただろうか？　どうやらそこの犬の知り合いのようだが」

　リーダーは細心の注意を払っていた。ワイバーンスライムを一撃で倒せるということは、最低でもＡランク探索者以上の力を持っていることになる。

　自分たちが負けるとは思っていないが、計画を成就させるため、彼は慎重に行動していた。

　その問いに田中が答えずにいると、彼の部下の教団員がリーダーに進言する。

「リーダー。あいつは最近話題のDチューバーです。名前は確か田中とかいいます」

「Dチューバー？　迷宮の内部をいたずらに晒す愚か者じゃないか。なんでそんな奴がここに？」

ここしばらくは計画のことに集中していたリーダーは田中のことを知らなかった。

「それが奴はあの堂島と組んでいるらしいのです。しかも帰還者の一人だとか」

「ほう……それは素晴らしい。我らの聖地から帰還したとは」

帰還者と聞き、リーダーは田中に興味を持つ。

皇居直下ダンジョンは彼ら教団からしても特別なダンジョン、聖地とも呼べる場所だった。しかし名前が明かされている帰還者はほぼ全員が政府の味方であった。

だがここで帰還者が自分たちの仲間になれば、教団の士気も上がる。リーダーはそう考えた。

「田中とやら！　どうだ、我らとともに来るというのは!?　さすればその女は見逃してやろう！帰還者であれば幹部待遇だぞ！」

自信満々にそう呼びかけるリーダーだったが、田中はその言葉に更に怒りを募らせる。

「ふざけるな。どんな条件を積まれてもお前らの仲間になどなるものか」

「……そうか、残念だよ」

リーダーはそう言うと、後ろに隠し持っていた機械で部下に指令を出す。

すると田中の背後の瓦礫に隠れていた教団員が、鋭い短剣を片手に動き出す。暗殺部隊の一員である彼は、音もなく飛び上がると田中の後頭部めがけて短剣を振り下ろす。

相手はワイバーンスライムを一撃で倒せる実力者。しかし背後から頭部を斬られれば生きていられまい。リーダーは顔を隠す布の裏で笑みを浮かべる。

〈田中！　後ろ、後ろーー！

〈なんか来てるぞ！

〈気づいてくれ！

〈田中ァ！　後ろォ！

視聴者たちはコメントでそう呼びかけるが、田中はコメント画面を切っているため気づかない。

「残念だよ」

勝利を確信するリーダー。

しかし田中は背後から忍び寄る男の存在に気がついていた。どんなに足音を隠しても衣擦れの音や呼吸音を完全に消すことはできない。田中の研ぎ澄まされた聴覚はそれを捉えていたのだ。

彼は敵が接近してくることを分かった上で、回避しなかったのだ。

（終わりだ！）

勝利を確信しながら、教団員は短剣を突き出す。

風を切りながら襲い来る凶刃。その短剣は田中の後頭部に振り下ろされ……音を立てて砕けた。

「……へ？」

間の抜けた声を出す教団員。

彼が手にしていた短剣は、それほど上等なものではないが、それでもダンジョンで取れた鉱物から作られたもの。地上の岩や鉄など容易に切り裂いてしまう。

そんな短剣が人の体で砕けるなど、とても信じられなかった。

（馬鹿な……ありえない！）

手に残る、まるで巨大な巌に刃を立てたかのような感覚に戸惑う教団員。

すると田中は後ろを振り返り、右手の指を立てて『貫手』の形を作ると、目にも留まらぬ速さでそれを教団員の腹に打ち込んだ。

「が……っ!?」

まるで本物の槍を突き立てられたかのような感覚。

その衝撃に内臓が捻じれ、背骨が悲鳴を上げる。痛みの許容量を大幅に超えた教団員はあっさりと意識を手放し、その場に崩れる。

〈つっっよ

〈田中しか勝たん

〈短剣くんバラバラで草

〈なんで短剣の方が砕けるんですか（呆れ）

〈シャチケンカチカチで草

〈ツヨツヨの実を食べた全身強強人間

〈サファイアドラゴンの鱗を拳で砕いてたから、それより強い武器じゃないと無理でしょ

〈確かに

〈教団の奴ら今の見てて慌ててて草

「なんだ、あいつは……!?」

教団員たちのリーダーは、田中の動きを見て戦慄する。

彼ら教団員も、自らの野望実現のため肉体を鍛えている。独自に隠し持っているダンジョンに長時間潜ったり、怪しげな薬に手を出したりなど、自分の肉体を極限までいじめ抜いているという自負があった。

しかし田中の強さはそんな彼らを大きく上回っていた。

いったいどれだけの苦難を乗り越えればたどり着ける境地なのか。リーダーは絶句する。

しかしここで負けを認める訳にはいかなかった。せめて自分たちは逃げ切らなくてはいけない、まだ崇高な目的は果たしきれていないのだから。

「う、動くな！　こっちにはガキがいるんだぞ！」

リーダーがそう言うと、部下の教団員が女の子の人質を田中に見せつける。

教団員は左手で女の子の体を押さえ込み、右手に持った銃をこめかみに押し当てている。それを見た田中は眉をひそめる。

「人質か。道理で凜が後れを取るはずだ」

しかし田中は人質の出現に取り乱すことなく、ゆっくりと腰に差した剣に手をかけた。

するとそれを見た教団員が大きな声を上げる。

「な、なにしてやがる！　状況が分かってねえのか！」

銃を更に女の子に押し付ける教団員。

女の子は怯え、目に大粒の涙を浮かべる。

しかしそれでも田中は落ち着いていた。取り乱せば付け込まれることを彼はよく理解していた。

「お前こそ状況を理解しているのか？　そこは俺の間合だ。つまり俺とお前の状況は五分」

田中と教団員の距離は二十メートルは離れている。とてもじゃないが剣が届く範囲ではない。

しかし教団員は田中の言葉がとても嘘には聞こえなかった。まるで首筋に剣を押し当てられているような感覚すら覚えた。

「試してみるか？　お前が引き金を引くのと、俺の剣が届くのと、どちらが速いか」

低く構え、居合の構えを取る田中。

それを見た教団員の銃を持つ手が震える。

「と、届くわけがない……」

両者の距離は十分に離れている。おまけにこちらは銃で向こうは剣。

どちらの攻撃が先に当たるかは明白だった。

しかし……教団員はまるで自分が追い込まれているように感じた。

「は、ハッタリだっ!!」

「なら試してみるといい」

迷いなく言い放つ田中。そんな彼とは対照的に教団員は極度の緊張状態にあった。これではどちらが人質を取られているか分からない。

彼らのリーダーが「落ち着け！」と叱咤するが、その声は届かない。

教団員は田中を見ながら銃の引き金に指をかける。

「や、やってやらあ！」

銃を握る手に力がこもる。

田中はその瞬間を見逃さなかった。

「我流剣術、瞬(またたき)」

ふっ、と田中の姿が消える。

我流剣術、瞬(またたき)。その技は、瞬(まばた)きをする一瞬の間に接近し、相手を斬り捨てる光速の居合術。

田中はわざと相手を挑発し緊張させることで、相手の瞬(まばた)きの回数を増やした。そして体に力が入った瞬間と瞬(まばた)きの瞬間が重なった今、攻撃に移った。

鍛え抜かれた脚力を惜しみなく使い、田中は二十メートルの距離を一瞬にして詰める。

そして相手が目を開くよりも早く、腰から剣を抜く。

剣閃が走り、教団員の持つ銃が両断される。

異変に気がついた教団員は反射的に引き金を引くが、既にその銃に銃としての能力は残っていない。ガチ、という金属音がむなしく鳴るだけでなにも起こらない。

「な……っ」

「その子を離してもらおうか」

田中は居合を放ったことで振り上げていた剣を手の中で回転させ、刃の反対側、峰(みね)で思い切り教団員の左肩を打ち据える。

刃がついていないとはいえ、田中の剛力で振るわれればそれは十分な凶器となりうる。
田中の剣は教団員の僧帽筋を断ち、鎖骨をへし折り、胸骨を粉砕しながら左胸まで達する。そのせいで教団員の左肩は大きく陥没する形になった。

〈シャチケン速すぎっ!!

〈バグ技みてえな動きだったな

〈ざまあみやがれカルト野郎が!

〈俺の知ってる峰打ちじゃない

〈峰打ち（致命傷）

〈安心しろ、峰打ちだ

〈全然安心できなくて草

「あ……が」

苦悶の声を漏らす教団員。

左肩を粉砕されたことにより、当然人質を抱えていた左手は使用不能になり、教団員は人質を手放す。

田中は素早く女の子を教団員から引き離すと、意識が朦朧（もうろう）としている教団員を蹴り飛ばし、安全を確保する。

「もう大丈夫だ、頑張ったな」

「は、はい……」

女の子に目線を合わせながらそう言うと、女の子は目に涙を浮かべながら田中の胸の中に飛び込む。今まで抑えていた恐怖が溢れ出したようだ。

女の子を抱えながら背中をさすりなだめる田中。

教団員たちはそんな田中に一斉に銃を向ける。

「こ、殺せっ！　こいつを撃ち殺せ！」

教団員のリーダーがそう叫ぶと、一斉に教団員たちは田中めがけて発砲する。

七名の教団員たちの放った弾丸は数十発に及ぶ。田中はその弾丸が自分に届くまでの間に対処法を考える。

剣で全ての弾丸を叩き切る。

――可能だが跳弾が女の子に当たる可能性がある。却下。

女の子を抱えたまま回避する。

――女の子が移動速度に耐えきれない可能性がある。却下。

頭に浮かんだいくつかの案を却下した田中は、女の子を傷つけずこの場を切り抜ける方法を思いつく。

田中は両手を開き、前に出す。

そして飛んできた数十発の弾丸を全て素手でキャ、ッ、チ、して見せた。

「ば、馬鹿な!?」

教団員のリーダーは驚愕しながら弾が切れるまで引き金を引く。

しかし田中は手を高速で動かし、遂に全ての弾丸を受け止めきってしまう。
〈弾丸止めてて草
〈教団の連中呆然としててウケるw
〈CG映画みたいな動きで草生える
〈これなら女の子も傷つかないけど、実行するか?
〈シャチケン最強! シャチケン最強!
〈この女の子が十年後ハーレム入りするんですね、分かります
〈もうクラスの男子にときめかないだろ。脳が壊れる
〈視聴者も脳壊れてるしお揃いだな
弾丸の雨が止むと、田中は手の平にジャラジャラと乗る弾丸を教団員たちに見せつけた後、手に残った複数の銃弾を一斉に指ではじき、教団員たちに当てて倒してしまう。
〈手で弾丸撃ってて草
〈田中ショットガン
〈もう銃いらないじゃん
〈近代兵器の敗北
〈銃くんもシャチケンに負けるなら本望でしょ
教団員たちのほとんどは田中ショットガンにより倒れるが、彼らのリーダーだけは当たりどころが良かったのかまだ立っていた。

もうほとんど勝利している状態ではあるが、女の子を戦場に置いたままにもできない。どうしたものかと思っていると、田中のもとに凛が駆け寄ってくる。

「先生」

「凛か。この子を安全なところまでお願いできるか？」

「はい、かしこまりました」

田中は自分に抱きついている女の子を優しくはがすと、その子に目線を合わせながら言う。

「よく頑張ったな、偉いぞ。あのお姉ちゃんと避難しててくれるか？」

田中がそう言うと女の子はこくりと頷き、凛のもとに行く。

戦場から去っていく二人を見送った田中は、まだ戦意の残っているリーダーのもとに近づく。

「め、迷宮のことをなにも分かっていない背信者が……いずれ貴様らは天罰を受けるぞ……！」

「ダンジョンのことならお前らより分かっているさ。あれはお前らの思うような崇高なものじゃない」

「なんだって……？　迷宮を愚弄するか！」

崇拝するものを否定され、リーダーは怒る。

しかし田中もダンジョンについては詳しい。考えなしに言ったことではなかった。

「ダンジョンは確かに悪い側面だけじゃなく、資源という形で人を豊かにしてくれる。だけどダンジョンの本質は『悪意』だ。決して人を救う『神』なんかじゃない」

それが長年ダンジョンに潜り続けた田中が出した、ダンジョンに対する結論だった。

貴重な資源が取れるのも、探索者を内部におびき寄せるため。ダンジョンは甘い蜜で餌をおびき寄せる食虫植物のような存在だと田中は思っていた。

「そんなわけは……ナイ……ッ！　迷宮は、我らの救世主ナノダ……！」

田中の言葉はダンジョンを崇拝するリーダーにとって受け入れられるものではなかった。もし自分たちの信じているものが間違っていたら、自分たちはただの犯罪者になってしまう、そんなこと認めるわけにはいかない。

リーダーは背中に隠していた短剣をこっそりと握ると、突然田中に襲いかかる。

「迷宮ヲ解放セヨッ!!」

田中の首元めがけ短剣が振り下ろされる。

しかし田中はその短剣を片手で軽くさばくと、右の拳で思い切りリーダーの顔面を殴りつける。めき、という音とともに、鼻の骨が砕け顔面が陥没する。そのまま田中が拳を振り抜くと、リーダーは吹き飛び地面を数度バウンドした後、そのまま倒れる。

そんな彼を見ながら田中は最後に呟く。

「お前は話にならない奴だったよ……二つの意味でな」

*

無事に怪しい奴らを倒した俺は「ふう」と一息つく。

気配を探ってみたけど、他に隠れている奴はいなさそうだ。ひとまず安全は確保できたと思っていいだろう。

さて、これからどうしたものかと思っていると、人質だった女の子を無事に安全なところに送ってきた凜が戻ってくる。

「先生っ！」

「おわっ!?」

凜は勢いそのままに俺の胸に飛び込んでくる。

かなりのスピードだったので吹き飛びそうになるけど、足に力を入れて受け止める。普通の人なら胸骨が粉々になるぞ。

「先生……ありがとうございます……っ」

俺の胸に顔を埋めながら、凜は体を震わせる。

人質を取られて銃を向けられてたんだ。その恐怖は計り知れない。抑えていた感情が溢れ出しているんだろう。

「よく頑張ったな。さすが俺の自慢の教え子だ」

俺は凜が落ち着くまで、彼女の頭をなで続けた。

この様子も配信されてるのでめちゃくちゃ恥ずかしいけど、今は凜に寄り添う方が大事だ。

〈アツアツやね

〈またたらしこんでて草

〈田中ァ！　責任取れよ！
〈ほんま羨ましいわ。その位置代わってほしい
〈ホントだよ。あたしもシャチケンに抱かれたいわ！
〈そうよそうよ！
〈そっちかい
〈視聴者の乙女化が止まらん

好き勝手言ってるコメントを無視していると、駆け足でこちらに向かってくる人が五人ほど現れる。

あの服は凛の着ているものによく似ている。ということは討伐一課の人たちか？

彼らが近づいてくることに気がついた凛は、俺からバッと離れて平静を装う。

さすがに抱きついているところを同僚に見られるのは恥ずかしいみたいだ。まあ全国配信されちゃってるんだけど……それは黙っておこう。

やって来た五名の中で、リーダー格らしき男が俺の前に出てくる。

精悍な顔つきの若い男だ。うーん、どこかで見たような。

「お久しぶりです田中さま。私は討伐一課の東堂司（とうどうつかさ）です。以前田中さまには稽古をつけていただきました」

「あー……そうでしたか。それはどうも、お久しぶりです東堂さん」

俺は東堂と名乗った男と握手する。

稽古をつけた隊員は多いので、あまり一人ひとり覚えていない。凛はしょっちゅう絡んできたし、才能もあったからさすがに覚えていたけど。

確かこの東堂って人も凛ほどじゃないけど、強かったはずだ。立派に成長して討伐一課で働いているみたいだ。

「配信してくださっていたおかげで、現場の状況は理解しています。絢川と人質の少女を助けてくださったこと、心より感謝いたします。このお礼は後ほどしっかりとさせていただきます」

「それは嬉しいですが……それより今はあれの対処を考えた方が良さそうです」

俺はそう言ってスカイタワー跡地に出現しているダンジョンの入口に目を向ける。

今日の午前中にここに来た時はあんなものなかったはず。あれが出現したことであの怪しい奴らが来たのか？　それにしては行動が速すぎるけど、と思っていると凛が俺と東堂さんに耳打ちしてくる。

「実は……」

なんと凛の話によると、あのダンジョンはさっきの怪しい奴らが作ったものらしい。ダンジョンは自然にできるもので、人が作るなんて話は聞いたことがない。

簡単には信じられない話だけど、凛が嘘をつくわけもない。本当の話なんだろう。

俺たちは一旦これが人造のダンジョンであることは会話に出さないことにする。もしこの事実が配信で広まってしまったら、多くの人がパニックに陥るからだ。

いずれ知られることにはなるかもしれないが、それが今である必要はない。

「新しいダンジョンが見つかった時は迷宮管理局が保全・調査・管理する手はずになっています。まずは入口を封鎖し、それから……」

そう説明していた東堂さんの表情が突然険しくなる。

彼の視線を追うと、なんとダンジョンから小さなスライムがぴょこぴょこと跳ねながら地上に出てきたのだ。

それは特に特別な能力を持たない普通のスライム。ランクはEで数あるモンスターの中でも最弱と言っていい存在だ。だけど問題はそこじゃない。

〈え、あのスライム外に出てきてない？

〈あの一体だけじゃなかったのかよ！

〈どんどんモンスターが外に出てくるの⁉

〈そんなわけ……ってマジ？

〈え、なんで⁉　嘘だろ⁉

〈ふざけんなよ！　俺隣の区に住んでんだけど‼

〈いや！　怖い！

〈魔物災害だ！　東京から出ないと！

〈最悪だ！

コメントもあっという間に阿鼻叫喚になる。

俺は高速で剣を振るって衝撃波を飛ばしスライムを倒すけど、もう混乱は収まらない。

「よりによって『特異型ダンジョン』か……」

俺は事態の悪さに悪態をつく。

あのワイバーンスライムが特殊で外に出てくるタイプだったら良かったんだが、そうではなかった。このダンジョンはあの皇居直下ダンジョンと同じく特異型ダンジョンだったんだ。

今出てきたのは弱いモンスターだったけど、このまま放っておけばどんどん強いモンスターが外に出てくることになるだろう。ワイバーンスライムよりずっと強いやつもいることだろう。

そんなダンジョンがこんな都心に出現してしまうなんて……嫌でも皇居直下ダンジョンが生まれた時のことを思い出してしまう。

「い、いや……」

そう小さく声を漏らしたのは凛だった。

彼女の端整な顔は青くなっており、その目には深い絶望と恐怖の色が浮かんでいる。

凛は小さい頃に魔物災害で両親を失っている。その時のことを思い出してしまっているんだろう。

……このままこのダンジョンを放っておくことはできないな。

「東堂さん。このダンジョンの破壊を進言します。許可はいただけますでしょうか？」

「え、ええ!?　確かにこのダンジョンは危険ですが……私にその許可を出す権限はありません。申し訳ありません……」

東堂さんは申し訳なさそうに目を伏せる。

ダンジョンは貴重な資源。許可なく破壊することは法律で固く禁じられている。どんな理由があろうとも、それを破れば俺は犯罪者になってしまう。

「それに特異型ダンジョンは今まで破壊できた例がございません。あまりにも危険すぎます」

東堂さんの言う通り、特異型ダンジョンは無力化や入口の封鎖などには成功しているが、破壊までは至っていない。それほどまでに特異型ダンジョンの攻略は難しいのだ。

しかし……こんな状態の凜を見て、ジッとしていることはできない。幸いこのダンジョンは生まれたばかり、まだそれほど深くないはず。攻略難度は他の特異型より低いだろう。今こそ皇居直下ダンジョンのリベンジをする時だ。

だがいくら決心しても破壊する許可の方はどうしようもない。捕まることを覚悟で潜ってもいいけど、それはそれで凜が責任を感じてしまうだろう。

どうすればいいんだと悩む俺。

辺りを見回し、なにか役に立ちそうなものはないかと考えた俺は……配信しているドローンを見つけて、あるアイディアを思いつく。

「あの人だったら……」

俺はスマホを操作し、ドローンを近くまで寄せる。

そしてドローンのカメラに向かって話しかける。

「堂島さん。この配信、見ていますよね？　見ていたらコメントください」

〈え？

〈急にどうした田中ァ！

〈逃げる準備してるけど配信も気になる

〈大臣見てるの？

〈いえーい！　堂島大臣見てるぅ!?

〈どうしたんだ急に

《魔物対策省公式》〈おう。よう分かったな。ばっちり見とるぞ

〈なんで今大臣なんだろ？

〈ファッ!?

〈ガチで見てて草

〈ええ!?

〈変な声出た

〈公式アカウントで見るなやｗ

〈また堂島大臣とシャチケンのコラボが見られるなんて

流れるコメントの中に魔物対策省のアカウントを見つけた俺は、笑みを浮かべる。

この人なら絶対見てくれていると思った。

そしてちゃんと俺のしてほしいことを理解し、動いてくれているはずだ。

「これからこのダンジョンを破壊しに行きます。許可をください」

〈誰にもの言っとるんじゃ。責任は全部取るからさっさと行ってこい

堂島さんはまるで用意していたかのように、素早く返事をしてくれた。

無事堂島さんからダンジョンを壊す許可をもらった俺は、コメント欄から目を離す。

新しく生まれたダンジョンを調査もしない内に壊すとなったら、反対してくる議員や団体も多いだろう。そういう人たちは決まってダンジョンに潜ったこともモンスターと戦ったこともない人たちだ。

もしその恐ろしさを肌で知っている人だったら、特異型ダンジョンの破壊に反対なんかしない。少しでも対応を誤れば皇居直下ダンジョンの二の舞いになるからだ。あんなことは二度と起こしてはいけない。

そんな人たちを相手にしてるんだから堂島さんも大変だ。今回の件も軽く引き受けてくれたけど、反対する人を黙らせるのは大変だろう。今度羊羹でも差し入れてあげよう。

「田中さま。ダンジョンに入られるのですね」

神妙な面持ちでそう尋ねてきたのは若い討伐一課の男性、東堂さんだった。その後ろには彼の部下も数名控えている。

「私たちも助力させていただきます。ダンジョンには我々も何度も潜っていますので」

「いや……今回は私が一人で行きます。あなた方はダンジョンの監視と民間人の救助に当たってください」

既に警察や救急隊が来始めているけど、倒壊している建物もあるから逃げ遅れた人の救助には時間がかかるだろう。討伐一課の人たちはみな覚醒者だから手伝えば百人力だ。

「しかし部外者である田中さまに全てをお任せするのは……」

東堂さんは食い下がる。

彼も政府の人間として引き下がれないところがあるんだろう。

しかし俺としては付いてきてくれない方が助かる。彼らも腕は確かだろうけど、ダンジョンに潜った経験は俺と比べれば多くはないだろう。

普通のダンジョンだったら付いてきてくれても大丈夫だけど、これから潜るのは特異型ダンジョン。

おまけに今このダンジョンは作りたてホヤホヤで、中の構造がどうなっているか分からない。俺の予想だと絶賛建築中で、どんどん下に広がっていってるはずだ。慣れてない人が対応できるとも思えない。

どうしたものかと考えていると、今まで黙っていたある人物が声を上げる。

「私が先生と入ります。それならいいですよね？」

そう言ったのは凜だった。

凜も討伐一課の一員だから、彼女が入れば一応彼らの面子(メンツ)も保たれるか。

それにしても凜が自らそう申し出るのには驚いた。特異型ダンジョンにはトラウマがあるはずなのに……強い子だ。

「凜が一緒なら俺も気兼ねなく戦える。そうしてくれると助かる」

そう言うと凜は嬉しそうに微笑む。俺を心強いと思ってくれているなら嬉しいな。

俺たちのやり取りを見た東堂さんは少し考えた後「分かりました」とそれを了承する。

「事態は急を要しますし、ダンジョンのプロフェッショナルである田中さまの決定に従います。どうか、よろしくお願いいたします」

そう言って頭を深く下げた東堂さんは、部下とともに人命救助に向かった。

残った俺と凜は顔を見合わせ、頷いた後ダンジョンの入口前に立つ。

〈新しくできたダンジョンに潜るのなんて見るの初めてだわ

〈そもそもそんな映像出回らないしな

〈めっちゃ貴重な映像だよな

〈ドキドキしてきたわｗ

〈俺も俺もｗ

〈すごい一体感を感じる。今までにないなにか熱い一体感を

〈特異型ダンジョンは怖いけど……俺は逃げないよ。シャチケンならやってくれるからね

〈騒ぎが大きくなり過ぎてないのは確実にシャチケンならではのおかげだよな

〈俺も安心感あるわ

〈逆に田中が負けたらもうみんな絶望するなｗ

〈ていうかこれ破壊できたら世界初だよな？　期待してるぞシャチケン！

〈頑張れよ田中ァ！　お前が希望だ！

〈息子も応援してます

特異型ダンジョンに入るとあって、コメントも大盛りあがりだ。

俺を応援してくれる声も結構流れている。こういうのを見るとグッと来てしまうな。期待に応えるためにも頑張らないとな。

そう思っていると、隣に立つ凜がくす、と笑う。

「どうした？」

「いえ、またこうやって先生とダンジョンに潜れると思うと嬉しくて。すみません、今こんなこと考えたら不謹慎なんですけど」

頬を薄く赤らめながら凜は言う。

今日一日彼女といて感じたけど、凜が俺に向ける気持ちはもしかしたら弟子と先生や、妹と兄の間に生まれる気持ちとは少し違う、もう一歩進んだものなのかもしれない。

そう気づけるようになったのは、社畜から解放されて人の心を少しずつ取り戻しているからだろう。

まだ確証が持てているわけじゃないけど、そう思ってくれているならちゃんと向き合わないといけないな。この一件が終わったら誰かに相談してみるのもいいかもしれない。

「さて、久々の休日出勤といくか。凜、行けるか？」

「はい。先生の足を引っ張らぬよう、全力で臨ませていただきます」

そう頼もしく言う凜。心強い限りだ。

入る前に一応コメントに目を落としてみると、魔物対策省の公式アカウントから**〈おう、乳繰り合ってないではよ入れ〉**と茶化すコメントがあって、それで盛り上がっていた。

俺は次に堂島さんに会ったら文句を言ってやると思いながら、ダンジョンに足を踏み入れるのだった。

⁂

ダンジョンはいつも唐突に現れる。

予兆のようなものはなく、突然地響きとともに地面を割いて地下から出現するのだ。

生まれたダンジョンはすぐに政府の手によって保全・調査・管理され、探索者が入れるようになるのは早くても三ヶ月後になる。

なので生まれたばかりのダンジョンに入ることは普通できず、俺も当然入ったことはない。

「こんな風になってるんだな……」

俺の第一印象は『歪(いびつ)』だった。

ダンジョン内部はうねっていて、凹凸が激しかった。普通のダンジョンはもっと整った見た目をしている。

「凄いですね……このような光景は私も初めて見ます」

「ん？　凜も初めてなのか？」

政府に所属している凜は、てっきりこういう光景は見慣れているものだと思っていたけど、違うみたいだ。

「誕生直後のダンジョンは内部が変化し続けているので、中に入ることは禁止されています。調査を開始するのは誕生から一週間ほど経ってからです。その頃にはほぼ安定していますので」

「なるほど」

俺の目の前には地下深くまで続く大きな『穴』が空いている。

その穴は絶えず形が変わり続けている。おそらく最適な形を模索しているんだろう。こうやって徐々に見慣れたダンジョンの形になっていくんだ。

穴がぐにょぐにょと形を変える様子はまるで『生き物』みたいで気持ちが悪い。

もしかしたらダンジョンは巨大な生き物なのかもしれない。俺はダンジョンを食虫植物と例えたけど、その考えはあながち間違っていないのかもな。

「危険だけど特異型ダンジョンを放っておくわけにはいかない。最短距離で行くぞ」

「はい。お供いたします」

俺と凛は頷き合うと、ぴょんと大穴に身を投げる。

俺たちの体は急加速し、ダンジョンの最奥に落下していく。

〈ぎゃあああっ！

〈また落下してて草

〈落下ノルマ回収

〈今日は酔い止め用意してねえよ！

〈初見か？　肩の力抜けようぷっ

〈凛ちゃんも落下にためらいなくて草なんだ
〈それくらいできんとシャチケンの弟子は務まらんでしょ
〈てか穴深すぎ、どこまで落ちるんだおろろろ

このダンジョンの穴は深く、俺たちはしばらく落下し続けた。

もしこのダンジョンが完成していたら、攻略するのはかなり大変だっただろうな。構築途中だからこそこうやって下まで一気に降りれるけど、完成したら穴は塞がって少しずつ降りることになっていただろう。

「……ん？」

しばらく落下していると、穴の壁面にもぞもぞと動くなにかを発見する。

それはうにょんと形を変えると、突然こちらめがけてなにかを飛ばしてくる。

「敵襲！　六時の方向！」

「は、はい！」

俺と凛は、空中で体勢を立て直し、飛んでくるそれを回避する。

そして互いの足の裏を合わせて蹴り、空中を移動。壁面に手をつけて俺は一旦静止する。凛も壁面に刃を突き立てて止まる。

「どうやら俺たちに奥に行ってほしくないみたいだな」

壁面に空いている細かい穴から、いくつものスライムが姿を現す。

さっき攻撃してきたのはこいつらだ。普通のスライムはあんなことできないから、スライムの上

位種『ハイスライム』だろう。こいつらは自分の体を切り離して銃弾のように発射することができる。

〈おろろ、気持ち悪い

〈一体だけだったらかわいいけど、穴からたくさん出てくるとキモ過ぎる

〈ひいっ。集合体恐怖症なんだけど俺

〈でもスライムだったら簡単に倒せね？ｗ

〈スライム甘く見てると死ぬぞ？　こいつら無駄に種類豊富だし、油断してると簡単に死ねる

〈見た目じゃ種類の判別つきにくいんだよな。アシッドスライムなんかは骨まで溶かす酸を撃つし、油断できねえ

〈骨を溶かすって……怖すぎる

多種多様なスライムたちがでてきて、俺たちに襲いかかってくる。

無視して強行突破してもいいけど、後ろから狙われるのも面倒だ。俺は剣を抜き、近づいてきたものから順に斬り伏せていく。

〈スライムくんたちスパスパで草

〈さすがに敵じゃないか

〈毒持ってるスライムもいるけど、シャチケンはどうせ耐性あるしな

〈相手が悪すぎる……

〈それってモンスター側に使う言葉なんだ

〈まあ画面に映ってる中で一番のモンスターは田中だから……

突っ込んできたスライムをあらかた片付けると、突然頭上から「きゃあ!?」という声が聞こえてくる。

上を見ると、なんと凜が巨大な半透明の『触手』に捕まっていた。

その触手は壁面の複数の穴から生えている。どうやら奥で繋がっているみたいだ。

「テンタクルスライムか。厄介なのがいるな」

テンタクルスライムは、名前の通り触手を生やしたスライムだ。触手はかなり太く、数も多い。

その触手はいくつ切ってもダメージを与えられず、本体の核を壊さないと倒すことはできない。

本体はいつも地面の中や穴の中に隠れていて、外には触手しか出さないので倒すのは中々難しいモンスターだ。

ランクはスライム種にしてはかなり高いA。出会ったら迂回して進むのが推奨されている。

「この、離しなさい……!」

凜は抵抗するが、触手がぬめぬめしているせいで上手く抜け出せないみたいだ。

幸いテンタクルスライムの力はそれほど強くないので苦しくはなさそうだ。だが暴れるほどに粘液がまとわりつくので、それは嫌そうだ。

〈エッッッッ

〈あまりにもエッッ過ぎる

〈REC

〈ありがとうございますありがとうございます

〈性癖の扉がこじ開けられました

〈かわいそうなのに抜ける

〈お前らいい加減にしろよ……ふう……

〈変態紳士しかいねえ

変態どものコメントで盛り上がってしまっている。

あんな姿を晒すのは可哀想だし、俺も嫌な気持ちになる。早く助けるとしよう。

俺は壁を駆け上がり、凛のもとに近づく。

触手を持つスライム、テンタクルスライムの表面は普通のスライムと違いぬるぬるしている。この粘液は別に有害じゃないけど、斬る時には邪魔になる。

斬れ味の悪い剣だと、表面を滑ってしまい斬ることができないのだ。まあ俺の持っている剣は薫さんに研いでもらいたてだからそんなことにはならないけど。

「凛、今行くぞ！」

「先生……！　いえ、お手間はかけさせません……！」

俺を確認した凛は、全身に力を込め始める。

すると彼女の体がバチバチと電気を帯び始める。体内の魔素を電気に変換しているんだ。

「放出(ディスチャージ)……雷(ラーム)!!」

凛の全身から激しい雷が迸(ほとばし)る。

彼女をつかんでいたテンタクルスライムの触手はそれをモロに食らい、苦しそうに悶える。スライム種は全体的に雷攻撃に弱い傾向にある。

あれはかなり食らっただろう。

『――――!!』

触手の何本かが焼け落ちたテンタクルスライムは、その触手を穴の中に引っ込める。すると捕まっていた凜は空中に放り出される形になる。

俺はすぐさま壁を蹴り、解放された凜を空中でキャッチする。お姫様抱っこの形になってしまったので少し恥ずかしいが、我慢だ。

「いい攻撃だったぞ」

「ありがとうございます……先生」

凜は少しだけ疲れた様子だったけど、傷もなく元気だった。これなら問題なく戦闘を続けられるだろう。

問題があるとすれば……服にねばねばした粘液がついていることくらいだろう。行動するのに支障はそれほどないと思うけど、目のやり場に非常に困る。

「先生？　どうかされましたか？」

「い、いや。なんでもない」

至近距離で顔を覗き込みながら尋ねてくる凜に、俺は思わず顔を背ける。

駄目だ。教え子に邪な気持ちを持ったら先生失格だ。四字熟語を考えて精神を落ち着かせなければば。心頭滅却色即是空焼肉定食……

〈シャチケンが照れてる場面は珍しいなw

〈押せばいけるでこれは！

〈それより田中が邪魔で凛ちゃんがよく見えないんだが!?

〈見えっ

〈見えん

〈田中が粘液まみれになる展開はまだですか？

〈誰得だよ

〈は？　俺得なんだが？（マジギレ）

〈私も見たい

〈ワイも

〈ワイトもそう思います

〈やっぱり変態しかいないじゃないか（呆れ）

精神を落ち着かせた俺は、ひとまず肩や頬についている粘液を素手で落とす。

普通に触ったら俺にもついてしまうので、高速で手を振って、その風圧で粘液を落とす。凛には当たらないよう、細心の注意を払いながら落としていく。

「ありがとうございます先生。あの、申し訳ないのですが……こちらもやっていただいてよろしいでしょうか？」

　そう言って凜は自らの胸を寄せてあげる。
　子どもの頃より大きく育ったそこには、当然粘液が溜まってしまっている。
〈凜ちゃんガン攻めしてて草
〈落ちたな（確信）
〈策士過ぎる
〈ヒロインレース独走しとるやん！
〈ゆいちゃんの霊圧が……消えた……！
〈攻めの絢川
〈かかりが凄い
〈こいつら危険なダンジョンでなにしてんだよ……ふう……
〈しっかり抜いてて草
　凜の思わぬ提案に俺は固まる。
　これは……非常によくない。理性の糸がぶちぶちと音を立てながらちぎれていくのを感じる。
　これは四字熟語を考えても落ち着かない。俺は拳を作って、右の側頭部を思い切りガツン！　とぶん殴る。
〈ひえっ
〈ひっ
〈は？

〈突然自分を殴って草
〈鉄と鉄がぶつかったみたいな音したんだが
〈まあ頭も拳も鉄より硬いだろうからな
〈古い家電直すみたいに精神統一すな

……よし、煩悩が消えた。

俺は素早く手を振って凜の胸についた粘液を落とす。ミッションクリアだ。

「これで大丈夫だな？」

「……はい。ありがとうございます」

〈凜ちゃんすねててかわいい
〈力技で煩悩消したな
〈でもこれは時間の問題ですよ
〈なんで特異型ダンジョンの中でヒロインレースしてるんですかね（歓喜）

なんとか最大の危機を乗り越えた俺は、壁に目を向ける。

まだテンタクルスライムの本体は生きているはずだ。俺たちが落下し始めたらまた襲ってくる可能性がある。しっかり倒しておいた方がいいだろう。

抱っこしていた凜を下ろした俺は、手の甲で壁をこんこんと叩く。

うーん、こっちか？

「先生、なにをされてるんですか？」

「ああ、スライムを探してるんだ。こうやって叩くと、その反響で中がどうなっているのか分かるんだ」

そう説明すると凛も俺の真似をするけど、あまりピンと来ていない様子だった。

人によって得意不得意があるのかもしれない。

〈ソナーみたいなことを自分でやってるよこの人

〈田中の深刻な人間離れ

〈なにができないんだこいつ

〈凛ちゃん困惑してて草

俺はコメントが盛り上がっている間に何度か壁を叩いて、テンタクルスライムの本体を見つけ出す。

そしてその部分の近くに行って、思い切り壁を平手で叩く。

「よっ、と」

衝撃波が壁を伝わり、テンタクルスライムの本体を直撃する。

触手は何度切られても大丈夫なテンタクルスライムだけど、本体は脆(もろ)い。今の一撃で核はボロボロになった。

なんとか危険な穴の中から逃げ出そうとしたのか、穴からテンタクルスライムの本体が出てくるけど、その体はぐずぐずになっており、穴から出ると同時に崩れて死んでしまう。

「よし。うまくいったな」

〈瞬殺で草
〈知らなかったのか？　田中からは逃げられない
〈モンスターに同情するわ
〈怖すぎるｗ
〈これで下に行けるようになったな
〈特異型ダンジョン出た時は怖かったけど、この配信見てたらなんだか安心してきた
〈思ったよりパニックが広がってないのも、この配信があるからだろうな
〈確かに
〈同接もまた一億超えてるし、海外の人もたくさん見てるな
〈まだ百十九億人が見てないんだろ？　これからもっと伸びるよシャチケンは
〈Ｄチューブは自動翻訳機能もあるし、海外の人も見やすいよな
〈彼は本当に素晴らしい（アメイジング）だね！　米国にも配備してほしいよ！（英語）
〈悪いな。この社畜日本用なんだ
〈外国に寝取られたらさすがに立ち直れないわ

　気づけば視聴者の数は一億を超えていた。

　ここまで増えたのはあの間違えて配信してしまった時以来か。

　見てくれる人が増えるのは嬉しいけど、今は喜んでいる暇はない。早くこのダンジョンを壊さないとな。

「結構時間を食ってしまったな。急ぐか」

「はい。行きましょう」

俺と凜は頷き合って、再び深い奈落の底に落下していく。

たまに壁面をもぞもぞと動くスライムは見かけるが、攻撃してくる様子はない。まだこのダンジョンは生まれたばかりだから、高速で落下する俺たちに反応できるような強いスライムが少ないんだろう。

しかし油断は禁物だ。

特異型ダンジョンにはたいていヤバいモンスターがいる。

ダンジョンを破壊して脱出するまでは気を抜かない方が良いだろうな。

「……」

落下するに従って凜の表情は硬くなっていく。

単純に緊張しているのもあるだろうけど、理由はそれだけじゃないだろう。

凜は特異型ダンジョンのせいで家族を失っている。

皇居直下ダンジョンから溢れ出たモンスターたちにより、住んでいた街を破壊され、一緒に住んでいた家族を目の前で殺されている。

彼女自身もその毒牙にかかりかけたが、間一髪で駆けつけることができた天月のおかげで命を取り留めたんだ。

凜はそんな天月の背を追って討伐一課に入った。二度と自分のような魔災孤児を生み出さないいために。

　だから今回のダンジョンにかける思いも普段とは違うはずだ。

　気負ってないといいが……まあそう簡単に割り切れるものでもない。ちゃんと俺がフォローしないとな。

　などと考えながら落下していると、急に周囲の魔素濃度がぐんと上がる。

　深さ的には中層くらいのはずだけど、この魔素の濃度は深層クラスだ。まだそれほどダンジョンが深くまで作られてないから、この程度の浅さでこんなに濃度が高いんだろう。

　凛を見ると少し辛そうな表情をしている。深層まで行くことは少ないから慣れてないんだろう。長くいると魔素中毒を起こしてしまうかもしれない。

「大丈夫か？」

「……はい。問題ありません」

　そう答えるが問題は全然ありそうだ。やれやれ、強情な奴だ。

「……と、最下層が見えてきたな。着地の準備をするぞ」

「はい、かしこまりました」

　俺の呼びかけに凛はそう答え、壁面に二本の短剣を突きたて減速する。

　俺も片手を壁の中にズボッと突っ込み、壁をガガガガガ、と縦に削りながら減速する。

「よっと」

　無事減速した俺たちは、長い落下を終えて地面に着地する。

そこは半円球状(ドーム)の広い空間だった。大型のドラゴンがすっぽり入れるほどの広さだ。全体的にほんのり暗くて、そして息苦しいほど魔素濃度が高い。

中層で活動しているような探索者では、数分も持たないだろうな。

〈すげえ、ダンジョンの最深部とか初めて見たわ

〈しかも生まれたてのダンジョンだからな。政府もほとんど見たことないだろ

〈学術的価値めっちゃ高そう

〈でもなんもねえな

〈意外とあっさり帰れそう?

〈なんだもう終わりか。クソして寝るか

〈ダンジョンの最下層にはボスがいるって聞いたけど、いなさそうだね

〈そもそも最下層なんてめったに行くものじゃねえからな。最下層に行かせないための嘘じゃね?

〈確かに。最下層行かれたらダンジョン壊される可能性あるし、政府としては行かせたくないよね

〈でもダンジョンとしては壊されたくないだろうし、なにかしら対策すると思うけどなあ

コメントが盛り上がる中、俺と凜は周囲を警戒しながら歩を進める。

生き物の気配はないな。スライムたちもここまではやってこないみたいだ。

「先生、あれ……」

「ああ。見つけたな」

少し歩いた俺たちは、空間の中心部にふよふよと浮くある物体を見つける。

それはビー玉ほどの大きさの球体だった。色は黒、妖しく光りながらかすかに上下に動いている。見た目こそかなり小さいけど、それから感じるエネルギーはかなり高い。まるでダンジョンそのものと対峙しているようにすら感じる。

「あれがダンジョンコアで間違いないでしょうか？」

「そうだろうな。想像よりずっと小さいけど間違いないだろう」

ダンジョンの心臓、それが『ダンジョンコア』だ。

その形は千差万別で、今回のように小さいものもあれば、かなり巨大なものも存在する。中にはモンスターや人間の形をしているものもあるらしい。

ダンジョンコアは全てのダンジョンの最深部にあるとされ、それを壊すとダンジョンは崩壊し完全に消えてなくなる。

巨大なダンジョンを物理的に壊すのは不可能に近いので、ダンジョンを壊すにはコアを破壊するしか方法はない。

「モンスターがいない今が好機。コアの破壊行動に入ります……！」

凜は二本の短剣を構え、駆け出す。

一人で行かせるのは危ない。俺も後に続こうとした瞬間、ダンジョンコアに異変が起こる。

ごぽ。という不快な水音とともに、コアから黒い液体が滴り落ちる。

その液体は一瞬にしてコアを包み込むと、そのまま体積を増やし、あっという間に五メートルほどの大きさにまで膨れ上がる。

それを見た凜は驚き、急ブレーキをかけて停止する。

〈なんだこれ⁉　スライム⁉

〈デカすぎんだろ……

〈やっぱり危険じゃないか

〈なにこれ⁉　ブラックスライムか？

〈いやブラックスライムはここまで大きくならないぞ

〈俺モンスターオタクだけどこんなの知らんぞ⁉

〈体もなんか重油みたいでべとべとしててキモい

〈映像だけでも異質感があるな

俺もこんなモンスターを見るのは初めてだった。

一見スライムの上位種にも見えるけど……明らかに違う。それの内包しているエネルギーは今まで見たモンスターの中でもトップクラス。タイラントドラゴンよりもこいつは強いだろう。

それを見た凜は、討伐一課が持っているデバイスをそのモンスターに向ける。

あれは確か魔素濃度とかを測定できる機械だ。モンスターの魔素を測定して、そのモンスターの情報をデータベースから持ってくることもできると聞いたことがある。

便利だから今度堂島さんに貰えるか聞いてみたい。

「……っ！　このモンスターはブラックスライムではありません！」

無事データを読み取れたのか、デバイスを見ながら凜が叫ぶ。

その顔には深い絶望が見て取れる。どうやらかなりマズい相手みたいだ。

「このモンスターの名前は『ショゴス』。ランクEX（測定不能）の災害級モンスターです。討伐記録はなし、……遭遇したら即撤退が義務付けられています……！」

EXランクモンスター、ショゴス。

その名は俺も聞いたことがある。確か今まで二例だけ出現報告がある、とても珍しいモンスターだ。

一回目はアメリカ西海岸。

突然ダンジョンの中から地上に姿を現したそれは、建物や動植物、そして人を飲み込みながら瞬く間に巨大化し、二十階建てのビルほどの大きさに成長した。

当然アメリカ政府は現代兵器やSランク探索者の力を用いて、ショゴスの討伐作戦を開始した。

しかし結果は惨敗。

討伐にあたったSランク探索者十五名の内、八名が死亡。五名が重傷を負ったという。

現代兵器は足止めにすらならず、条約で使用が禁止されている魔素爆弾ですらショゴスにダメージを与えることはできなかった。

アメリカの攻撃を全て退けたショゴスは、一週間で三つの都市を壊滅させ、数百万人の犠牲者を出した。

そして気の向くままに破壊の限りを尽くしたそれは……満足したかのようにダンジョンの中に帰っていった。

アメリカ政府はすぐさまダンジョンの入口を閉鎖。今に至るまでそのダンジョンの入口は固く閉ざされているという。

二回目の出現はインド南部。

またしてもダンジョンから地上に出てきた黒い怪物は、南に直進しながら複数の町を飲み込んでいった。

そのショゴスはインド政府がいくら攻撃しても意に介さず、ひたすらまっすぐ進んだ。

そして海に行き着いたショゴスは、ゆっくりとインド洋の中に姿を消していったと言われている。

この二例とも、人間はショゴスを倒すどころかロクにダメージを与えることすらできていない。

つまり情報がほとんどないってことだ。分かっていることはその体は触れたものを溶かすということ。あらゆる攻撃に耐性を持っているということ。

そして……非常に好戦的だということ。

『Tekeli-li（テケリリ）』

不快な声がしたかと思うと、ショゴスの体に三つの目玉が出現し俺たちをジッと見つめる。

大きさは人の頭部くらいだろうか。まだ敵意は感じないが、嫌な感じだ。まるで心の中まで見透かされているような……そんな感じがする。

「ショゴスは精神汚染効果もあったはずだ。気を強く持つんだ」

「はい……了解です」

凛は険しい目をしながら答える。

俺はこれくらいなら平気だけど、凛は結構つらいみたいだ。

〈ショゴスってマジ!?　ＳＡＮチェックします

〈こいつあのアメリカで大暴れした化物だよな!?　なんでそんなのがいるんだよ!!

〈え、マジでヤバいぞこれ。これが地上に出たらマジで東京壊滅する

〈映像見たことあるけど、爆弾いくら打ち込んでも怯（ひる）みもしてなかったぞ。Ｓランク探索者でも全く歯が立たなかったし

〈なんでそんなのがいるんだよ……

〈さすがにシャチケンでもこれは倒せないだろ。早く逃げてくれ

〈てか精神汚染効果があるとか言ってるけど俺たち大丈夫なの？

〈正気度値削れりゅううう

〈Ｄチューブには精神保護フィルターかかってるから大丈夫。音と映像に微妙に加工がかかってるんだよ

〈はえー、そうだったんや。まあ見た目キモくて普通に気持ち悪くはなるけど

〈てかなんでクトゥルフ神話の生き物がいるんだよ。こいつ創作の存在だよな？

〈そんなこと言ったらドラゴンも創作定期

〈最近の子どもはダンジョンのドラゴンが創作のドラゴンの元ネタだって思うらしいなｗ

〈草

少し心配だったけど、視聴者の精神も無事みたいだ。

それにしても視聴者の言っていることは、俺も気になる。

なんでダンジョンに出てくるモンスターたちは、俺たちが元々知っているものたちなんだろうか？　ドラゴンやオーク、ゴブリンなど、それらは創作物で死ぬほどこすられてきた存在たちだ。

ダンジョンが生まれてすぐはみな疑問に思っていたはずだけど、十年もするとみんなそれを当たり前の事実として受け入れてしまっている。どこかで一度、真剣に考えるべきかもしれないな。

『Tekeli-li（テケリリ）』

と考え事をしていると、ショゴスが体から触手を生やし、こちらに勢いよく伸ばしてくる。

俺と凛は素早くそれを回避して、距離を取る。

「ダンジョンコアは奴の体内……いや、あの感じだとダンジョンコアが奴の本体なのかもしれないな。つまりこいつを倒さないとダンジョンは壊せないってわけだ」

「なるほど。ではやはり戦うしかありませんね……！」

凛は覚悟を決めた表情をすると、手に魔素を溜める。

「発射（ストライク）・雷（ラーム）!!」

バチバチバチッ！　という轟音とともに凛の手から巨大な稲妻が放たれる。

その雷はまっすぐにショゴスに向かい、爆音とともに激突する。

その威力にダンジョンがかすかに揺れる。

たいした威力だ。会わない内に魔法もかなり上達したな。

〈凛ちゃんすごい！

〈やったか!?

〈やったか?

〈やったか!?

〈勝ったか。クソして寝る
〈やったか!?

〈フラグ立てるな
　凛の放った魔法は見事なものだった。

　だが……ショゴスは全くの無傷であった。黒く光沢を帯びたその体は、雷を一切通さずにはじいてしまったのだ。

「馬鹿な……スライム種であれば電気は効くはずなのに……！」

『Teke----li!』

　困惑する凛のもとに触手が襲いかかる。

　触手は速いが動きは単調だ。凛はその攻撃を回避して、手にした短剣で斬りつける。

　しかしなんとショゴスの体に触れた短剣は一瞬にして溶けてしまう。ダンジョン産の武器すらも溶かしてしまうほど強い『酸』なんて聞いたことがない。

　ランクＥＸ（測定不能）は伊達じゃないな。

「そんな……っ！」

『Tekeli-li』

ショゴスはどんどん大きくなって、じわじわと俺たちの方にやってくる。

すでに入ってきた穴はあいつの体が塞いでしまっている。逃げることはできない。

このまま壁に追い込んで溶かすつもりなんだろう。

「ここまで、ですか……」

絶望に表情を曇らせる凛。

魔法も武器も効かないとなれば、絶望するのも無理はない。

そんな凛の気持ちを察したのか、ショゴスは触手を凛に向け、勢いよく突き出す。

「しま……っ！」

俯いていた凛は反応が一瞬遅れる。

このままじゃ当たる。そう思った俺は地面を蹴り、凛とショゴスの間に割って入る。

「せ、先生！　危険です！」

凛がそう叫ぶが、俺は気にせず向かってくるショゴスの触手と相対する。

先端が鋭く尖ったその触手を、俺は素手で摑んだ。

「ほっ、と」

無事キャッチできた俺は、それをしっかりと握りしめる。

強い酸のせいで皮膚がヒリヒリするけど、まあ我慢できるレベルだ。

「……先生？　大丈夫なのですか？」

「少しヒリヒリするけどこれくらいなら大丈夫だ」

〈【朗報】シャチケンの皮膚、剣より硬い

〈なんで普通にキャッチしてるんですかね（畏怖）

〈さっき剣溶けてたよね？

〈【快挙】ショゴスくん、シャチケンをヒリヒリさせる

〈たいしたやつだよ

〈なんでこれでショゴスくん褒める流れになるんですかね……

〈ショゴスくんの目、焦ってない？　かわいいね

ショゴスの触手は手の中でぶるぶると暴れる。

俺はそれを自分の体に寄せる。

「さて、倒す前に色々と知っておくか」

「へ？」

首を傾げる凜をよそに、俺は摑んだ触手をぐっと引き寄せ……ぱくりとかじって食べた。

「うん……美味くはないな」

ばきばき、ごりごり、と口の中で咀嚼し、ごくりと飲み込む。

味は腐ったオイルみたいだ。苦くて油っぽくてとても美味くはない。ただドロリとした喉越しだけはそんなに嫌いじゃないな。

〈く、食ったあああ!?

〈さすがに草
〈なに食っとんねん!!
〈呑気に食レポしてるのさすがに草
〈ショゴスって食えるんですねえ（錯乱）
〈そんなものぺっしなさい！
〈パクパクですわ!!
〈いや、確かにダンジョンのもの食ってるとは過去配信で言ってたけど……
「そ、そんなもの食べて大丈夫なのですか……？」
『Teke（テケ）……？』
〈凛ちゃんめっちゃ困惑してて草
〈ショゴスくんも『大丈夫なの？』って顔してて大草原
〈萌えキャラ化しとるやんけ！
〈ショゴスくんもドン引いてますよ
〈まさか自分が食べられるとは思ってなかっただろうなｗ

気づけば凛とショゴスが俺のことを心配そうに見ている。

コメント欄も爆速で流れているし、食べたことでかなり驚かれているみたいだ。

モンスターを食べることは俺にとっては特別なことじゃないんだけど、まあ他の人から見たらショッキングな光景か。

「心配しないで大丈夫だ。ちょっと胃がヒリヒリするけど、これくらいなら消化できるレベルだ」

「先生が大丈夫ならよいのですが……。それよりなんでこのような物を食べたのですか？」

「モンスターを食べる利点は三つある。一つは体内の魔素量を増やせること。モンスターを食うことでその中にある魔素を体に取り込むことができる。魔素量が増えれば体は強くなる。当然魔素許容量を超えると中毒を起こすから、食べる量やモンスターの種類には気をつけないといけないけどな」

食うものに困ってモンスターを食った俺だけど、初めて食べた時は凄かった。

体が拒否反応を示して深層の中で三日間苦しみのたうち回ったものだ。須田に死ぬほど怒られたっけ。

でもそのおかげで胃が鍛えられて、次からは軽い腹痛で済むようになった。今では普通の食事を取るように食べることができる。

「そして二つ目。食べることで相手のことを知ることができる。これはコツがいるけどな。俺の見立てだとこのショゴスはあらゆる『属性』に耐性がある。火に水に雷、爆発なんかは全く効かない。おまけに殴打耐性もあるから、効くのは斬撃だけ。だけど体に強い酸があるから普通に斬っても先に刃物が駄目になってしまう。これは厄介な相手だよ」

「凄い……そのようなことまで分かるのですね！」

〈なんで食べただけでそこまで分かるんだよ！

〈シャチケンのことを常識で測っても無駄だから……

〈舌触りとかで分かるんでしょ（適当）

〈ステータスオープン！（食事）

〈それにしてもショゴスくんの耐性凄いね。そりゃアメリカ軍も倒せないはずだよ

〈爆発耐性があったら現代兵器はほぼ効かんからなぁ

〈自分の能力話されてショゴスくん得意げにしててかわいい

〈恐ろしいモンスターのはずなのに……

「そして三つ目。食べることでそのモンスターの持つ『毒』に耐性を持つことができる。もちろん食べた時はその毒に侵されるけど、それを乗り越えれば耐性を手に入れることができる。俺は毒を持ったモンスターはあらかた食べたから、もう毒に悩まされることはほぼない。解毒薬を持ち歩く手間も省ける」

「なるほど……毒はダンジョン探索の中でもかなり厄介な存在。それの耐性を得られるのは魅力的ですね」

「ああ。それに耐性が付くのは普通の毒だけじゃない。こいつの持つ『酸』にも耐性がつく」

俺はゆっくりとショゴスに近づく。

「つまりもうこいつの攻撃は俺には通じない」

『Teke（テケ）……!?』

ショゴスは近づく俺に向かって触手を伸ばし、体に巻き付けてくる。

俺の着ている全局面対応汎用戦闘ビジネススーツ『Kavach（カヴァーチャ）』は、ダンジョン産の素材でできて

おり、俺の得た耐性をスーツ自身にも反映する能力がある。
つまりショゴスの酸に耐性を得た今、このスーツもショゴスの酸では溶けなくなっている。
いくら時間が経っても服すら溶けないので、ショゴスは俺を見ながら首を傾げるようにその大きな体を曲げる。
『Teke(テケ)……?』
〈ショゴスくん困惑してて草
〈なんで食べるだけで酸に耐性つくんですかね……
〈考えるな、感じろ
〈ショゴスくん困ってるねえw　まあ溶かすくらいしか攻撃方法なさそうだしw
〈でも田中も攻撃手段なくね？　全部食うわけにもいかないし
〈シャチケンなら食えるっしょ
〈その光景はさすがに視聴者もトラウマになりそう
ショゴスは触手で俺を強く握ってくるけど、それくらいじゃ俺は潰されない。
すると凜が心配そうに俺のもとに駆け寄ってくる。
「先生、大丈夫ですか!?　ど、どうすれば……」
「大丈夫だ凜。こいつの倒し方はもうアタリがついている」
俺は右手の指を伸ばし、手刀を放つ。
すると俺を拘束していた触手がスパッと斬れて、俺は解放される。

「剣で斬れないなら、耐性の付いた素手で斬ればいい」

俺はたくさん襲いかかってくる触手を手刀でスパスパと斬りながらショゴスに向かっていく。途中切れ端を食べるくらいの余裕もある。

うん、この味にもだいぶ慣れてきたな。大根おろしでさっぱりいただきたい。

〈ショゴスくんスパスパで草
〈とうとうショゴスくんの目に恐怖が浮かんできたｗ
〈俺もたぶん鏡見たら同じ目をしてると思う
〈アメリカの軍事力＾＾＾＾シャチケンの手刀ｗｗ
〈剣で切れないなら手で切ればいいじゃない
〈なんて物騒なマリー・アントワネットなんだ……
〈こいつ食べながら戦ってますよ!?
〈なんか美味そうに見えてくるから不思議だ
〈一瞬で口の中溶けるぞｗ

『Tekeli-li（テケリリ）!!』

ショゴスに近づくと、突然ショゴスは体に巨大な口を生み出し、俺に噛み付いてくる。

口の中には歪な形をした巨大な牙がずらりと並んでいる。まだ攻撃手段を残していたみたいだ。

俺は腰に差した剣を引き抜き、その口めがけて振るう。

「我流剣術、裂空（れっくう）」

ザン！　という音とともにショゴスの巨大な口が両断される。
その反撃に驚いたのか、ショゴスは俺から距離を取ろうと後ずさる。
〈結局剣で斬ってるやん！
〈耐性をつけるとはなんだったのか
〈剣使ってて草
〈ショゴスくん、意外と攻略法あるんやね（混乱）
我流剣術『裂空』は、剣を高速で振るうことで刃に風の衣を纏わせる技だ。
その結果、剣を振るう度に風の刃が相手を斬り裂く。これなら刀身がショゴスの酸に当たることはない。
「もうお前のことはだいたい分かった。そろそろ終わりにしよう」
『Tekeli-li!!（テケリリ）』
ショゴスは俺に斬られた体を修復すると、物凄い勢いで俺に突進してくる。
酸も触手による攻撃も効かないと見て、押し潰す作戦にシフトしたみたいだ。脳があるかも分からない生き物なのに知恵が回るな。
〈まだ諦めないとショゴスくん頑張るじゃん
〈いい根性してるよ
〈ショゴスくんならいいとこいけるよ。期待してる
〈ショゴスを応援する流れなの草

〈こいつガチの天災級モンスターなんだけどね……w
〈もう萌えキャラ化してるしゃーない
〈どっちもがんばえー

俺は剣を構え、まっすぐにショゴスを見る。

さっき斬った傷はもう綺麗に治っている。やっぱり普通に斬ってもダメージは与えられないみたいだ。こいつの体内にある核……ダンジョンコアを破壊しないことには倒すことは不可能だろう。

とはいえこいつの体はスライムみたいに半透明ではなく、真っ黒だ。外からどこに核があるか全く分からない。

全部食べ尽くすという手もあるけど、今はそこまで腹が減っているわけでもないし、別の手にしよう。

「我流剣術、烈空（れっくう）」

剣を振るうと真空波が生まれ、ショゴスの体が縦に真っ二つに斬り裂かれる。

俺は二つに分かれたショゴスの体をよく観察する。

すると俺から見て右半分の体がうにょうにょと動き、左半分とくっつこうとする。間違いない、ショゴスの核は右側の半身にある。

「烈空」

今度はショゴスを横に斬り裂く。

すると今度は下の半身が動き始める。

「烈空、烈空、烈空」

なので今度はそちらを半分に。そして更に半分、半分、と俺はどんどんショゴスの体を小さくしていく。

〈ショゴスくんスパスパで草

〈ショゴスくん、小さくなっちゃった……

〈西海岸の怪物がこんな簡単に……俺は夢でも見ているのか？（英語）

〈海外ニキ元気出して

〈ニキの国のショゴスもシャチケンがやってくれるでしょ

〈田中を海外に貸し出したくないなあ

〈堂島さんがいるとはいえ、シャチケンがいなくなるのは怖いよね

〈一国に一台シャチケン配備すべきだな

〈それはさすがに世紀末すぎるだろ

〈多けりゃ多いで怖いな

何度も何度も斬られたショゴスは、最終的に野球ボールほどの大きさにまで小さくなる。

その状態でもう一度斬ると、その断面から最初に見たダンジョンコアが外に出てくる。

〈出た！

〈コア「やあ」

〈コアくん、やっと会えたね……

〈ショゴスくんの大切なとこ、見えちゃったねえ
〈いっけえシャチケン！
〈いけるで田中ァ！
〈嘘だろ!?　本当にショゴスを倒してしまうのかい!?（英語）
〈おお、東洋の神秘だ……（ヒンディー語）
〈インド人まで見てて草
〈まあショゴス被害大きいからね……
〈てかもうコメント多すぎて追えん
〈どこがどこの言語か分からんなｗ
〈いあ！　いあ！　くとぅるふふたぐん！（不可解な言語）

俺はビー玉ほどの大きさの核（コア）を凝視する。

脆い箇所……目（め）が見えない。どうやらこのコアはかなりの硬度を持っているようだ。

おまけにコアは完全な球体、『真球』に近い。

球体は衝撃に強い、普通の攻撃ではコアに傷をつけることすら不可能だろう。

だが完全な真球なんてものはこの世には存在しない。必ずどこかに綻びはある。

「……見つけた」

目を凝らし、コアの一点にほんの僅かな凹みを見つける。

大きさは一ミクロン程度だが、剣先を引っかけるには十分だ。

俺は右手で剣を強く持ち、その切先をコアに向ける。

するとショゴスは身の危険を感じたのか、コアに目玉を出現させ、俺を見る。そしてコアから触手を二本出して俺を攻撃してくる。

『Teke!!』

しかしその攻撃が俺に命中するよりも迅く、俺の刃がコアにたどり着く。

「橘流剣術、彼岸一輪挿し」

正確にコアの僅かな凹みを突いた俺の刃は、パリン！　と音を立ててショゴスのコアを一撃で粉砕する。

それと同時にショゴスの肉体はボロボロと崩れ、溶けていってしまう。

『Tekeli.li……』

ショゴスは消えるその瞬間まで俺のことをジッと見ていた。

その目に敵意はない。むしろ友好的な視線だと感じた。

「お前は強かったよ。だけどかわいい弟子の手前、負けるわけにもいかないんでな」

『……teke』

最後に満足そうな声を出しながらショゴスは消える。

こうして俺の休日出勤は無事終業を迎えるのだった。

〈やった！　シャチケンが勝った！
〈シャチケン最強！　シャチケン最強！
〈ショゴスくん……惜しい奴をなくしたよ
〈ショゴスくんの次の活躍にご期待ください
〈いや、マジでやばいぞこれ。アメリカとかショゴスをダンジョンに封じ込めるのに大金つぎ込んでいるわけで……個人で倒せる奴が出てきたら国が動く
〈ショゴスの被害を受けた者です。救われた気分になりました、ありがとうございます（英語）
〈ほんと田中いて良かったわ。ショゴス出てきてたら東京壊滅してただろ
〈田中ァ！　ありがとなァ！
〈人類が特異型ダンジョンに勝った記念日だなこりゃ。歴史が変わるぞ
〈俺近所だからマジで焦ったわ。まあシャチケンいるから大丈夫だろってなったけどｗ
〈堂島大臣にも感謝だなｗ　また国会やら記者会見やらで色々言われるだろうけど、俺は応援してます！
〈あの人支持率クッソ高いし大丈夫でしょｗ　誰も他にあそこの大臣できる人いないしｗ

無事ショゴスに勝利した俺は「ふう」と一息つく。

初めて戦ったから少し緊張したけど、まあ上出来だろう。コメントの反応も上々だ。

「……ん？」

突然足元が揺れ、ダンジョンの全体がゴゴゴゴ、と音を立てる。

どうやらさっき壊したのがダンジョンコアで合っていたみたいだな。

コアが壊れればダンジョンは壊れ、ダンジョンが生まれる前の状態に戻る。まだ原理は分かってないけど、ダンジョンがなくなっても地盤沈下が起きたりはしない。

本当にどういう仕組みになっているのやら。

「うわ、ショゴスの欠片(かけら)が服に付いてる」

気づけばスーツのお腹の部分に黒いネバネバしたものがついていた。

他のネバネバはショゴスを倒した時に溶けたんだけど、なぜかこれだけ残っている。

俺はそれを手で払おうとしたけど……強くくっついているせいで中々取れない。

早く脱出しなきゃいけないし、ひとまず放っておくか。洗濯機で洗えば落ちるだろ。

「てけり、り」

「んあ？」

ふとショゴスっぽい声が聞こえて辺りを見回すが、動くものは見つからない。

幻聴か？　ショゴスには精神汚染効果があるからそれの影響を受けてしまったのかもしれない。

戻ったら検査を受けた方がいいかもな。

「ま、今は脱出するのが先だ。このまま中にいたらぺちゃんこだからな」

脱出するまでがダンジョンアタックだ。

俺は後ろで観戦していた凜のもとに駆け寄る。

「早く脱出しよう、行けるか？」

「……あ、はい！　もちろんです！」

凜は俺を見てしばらくぽーっとした後、いつもの調子に戻る。

まあＥＸランクのモンスターと対峙したんだ。緊張して当然か。

〈凜ちゃんまた惚れ直しちゃったねえ

〈顔真っ赤でかわヨ

〈おじさんが胸ドキドキしちゃうよ

〈動悸定期

〈なんで彼は押し倒さないんだい!?　彼女はそれを待っている！（英語）

〈海外ニキの方が察しいいの草

〈鈍感って英語に直したらなにになるんだ？　俺が@つけて個別コメ送るわ

〈insensitiveらしい

〈ヒーイズベリーベリーインセンシティブ、オーケー？

〈草

〈有能か無能か判断に困るな

〈なんでカタカナやねん

〈ああなんてことだ（Oh Jesus）。全て理解したよ（Now I understand）

〈通じてて草

〈てか翻訳機能あるから日本語で送れw

ダンジョンが激しく揺れる中、俺と凜は落ちてきた穴の方に駆ける。
するとその途中で凜が「く……っ」と苦しげに呻く。
見れば凜は右足を庇うように走っている。どうやらショゴスとの戦闘でダメージを負っていたみたいだ。

「凜、その足……」

右足の裾の部分が溶けて、下の皮膚が赤くなってしまっている。
ショゴスの飛び散った粘液が掠ってしまったみたいだな。俺の皮膚は人より少しだけ丈夫だから大丈夫だけど、普通の人なら大怪我になってしまう。
我慢してるけど相当痛いだろう。

「こ、こんな怪我、大丈夫です。先生のお手を煩わせるわけには……」

「いやいや。そう言われても『じゃあ大丈夫か』とはならないだろ。成長したところを見せたいと思ってくれるのは嬉しいけど……」

俺は凜に近づくと、彼女の隙をついて「ほっ」と彼女を抱き抱える。
その形はいわゆる「お姫様抱っこ」というやつだ。凜は驚いて「きゃ!?」とかわいらしい声を上げる。

「もっと遠慮なく頼ってほしい。先生っていうのは教え子にいつまでも頼られたい生き物なんだから」

「先生……」

凜は俺の言うことを理解してくれたのか、抵抗するのをやめてぎゅっと摑んでくる。

よし、これで脱出する準備は整ったな。

〈また攻略してますよ奥さん
〈凜ちゃん嬉しそうでかわいすぎる
〈ここに結婚式場を建てよう
〈[￥30000] ご祝儀代です
〈幸せなキスをして終了しろ
〈わいもシャチケンの教え子になりたい人生だった
〈[￥50000] 本日のスペチャタイミングはここですか？
〈[￥56000] 俺の預金残高が火を吹くぜ！
〈みんな気前いいね。俺も本当に結婚したら出すわw
〈[$30000] なんだい？　お金を出せばいいのかい？（英語）
〈海外ニキ!?
〈三万ドルは草
〈石油王かな？
〈これはスペチャお礼挙式不可避

「おわっ、なんかスペチャが凄いことになってる」

立体映像で映しているコメント欄に赤い文字が乱れ飛ぶ。

あっという間に俺の社畜年収を超える金額が積み上がり、喜びの前に怖いが立つ。いや、ありがたいんだけどこんなに貰っていいのかね。

「えっと、視聴者のみなさんありがとうございます。どこかでお礼配信でもし……って挙式？　ご祝儀？　なんのことですか……」

意味の分からないコメントに呆れていると、頭上の穴から大量のスライムがボトボトボト！　と落ちてくる。

どうやら振動によって落ちてきてしまったみたいだ。

スライムたちは俺を見ると、ぽよぽよ跳ねながら体を震わせ、威嚇してくる。

どうやら敵とみなされているみたいだ。

「……っと。少しコメントに気を取られ過ぎたな。急いで脱出する。しっかり摑まっててくれ」

「は、はい。お願いいたします」

凛は俺の体にぎゅーっとしがみついてくる。

やわらかい感触といい匂いで理性が弾け飛びそうになるが、鋼の精神力でこらえる。

「よし。それじゃあとっとと退勤か」

俺は襲いかかってくるスライムたちを蹴っ飛ばしながらダンジョンから脱出し始める。

「ほっ、ほっ」

俺はひたすらに壁を登る。

揺れは段々強くなっていくけど、まあこの分なら脱出する余裕はあるだろう。

〈普通に壁を歩いてるの草
〈なんかもうこれくらいじゃ驚かなくなってきた自分がいる……
〈もう他の配信じゃ満足できなくなってきたわw
〈最低でもショゴスを食べるくらいはしてもらわないと
〈真似する奴出るからやめーや
〈ショゴス倒せる奴がそもそもいないんだよなあ……
〈田中のやったことリスト
・皇居直下ダンジョンを攻略し、帰還する
・異常事態（イレギュラー）が起きたダンジョンで複数の探索者を助けて異常事態（イレギュラー）も鎮める
・特異型ダンジョンを破壊してショゴスが外に出るのを防ぐ
　……もしかしてシャチケンって英雄じゃね？w
〈こうやって羅列されるとヤバすぎて草
〈国民栄誉賞不可避
〈こんな奴を社畜としてこき使っていた奴がいるらしい
〈はは、そんなわけ……ほんまや
〈須田（すだ）はマジで何者だったんだ

壁を早足で駆け上っていると、壁の穴からスライムたちがにょろにょろと出てくる。

ダンジョンが崩れだしたからパニックを起こしているのか、それともダンジョンを壊した俺に怒っているのかは分からないが、邪魔になるのは確かだ。

しかし足は壁を摑んでるし、腕は凜をお姫様抱っこしているので、文字通り手も足も出ない。

どうしたものかと思っていると、凜が身を捩りながら右手をスライムの方に向ける。

「ここは私が。先生は気にせず進んでください」

「分かった。任せたぞ」

凜は俺の言葉にこくりと頷くと、右手に魔素を溜めて「発射(ストライク)、雷(ラーム)！」と口にして、魔法を発動する。

縦穴の中を埋め尽くすように発射されたその雷は、スライムたちを一瞬で蒸発させてしまう。

「さすがだな。助かったよ凜」

「いえ、先生のご活躍に比べたらまだまだです」

謙遜する凜。

しかし魔法というのは便利だな。

「俺も魔法が使えるようになったらもっと色々な戦術が使えるんだけどなあ」

〈まだ強くなる気なのか（戦慄）

〈シャチケンが魔法まで使えるようになったら終わりだよ……

〈物理最強キャラがバフと範囲攻撃使えるようになるってこと？　バグじゃん

〈既にバグキャラだからな……

〈さすがに弱体修正(ナーフ)されるレベル
〈神「ちょっとミスったわ」

〈既にミスってますよ
　なんかコメントが盛り上がっているけど、今は確認せずに壁を登る。

　時折瓦礫が降ってきたりするので、それに飛び乗ってジャンプしたりもする。アスレチックみたいで少し楽しいな。

　そんなことを考えていると、とうとう縦穴の終わりが見えてくる。

　これを登り切ったら出口はすぐそこだ。

「……先生。私が先生と初めて会った時のことを覚えていますか？」

「ん？」

　突然凛が話を切り出してくる。

　いったいどうしたんだろうか。

「ああ、覚えてるぞ。初めて会った時は俺に殺意むき出しで驚いたもんだ」

「……本当にすみません。深く反省しています」

　今の凛を見たら信じられないけど、最初会った時の凛は荒れていた。

　突然教官として雇われた俺が気に食わなかったのか、しょっちゅう喧嘩を売ってきて、その度俺は撃退した。

　そんなことを繰り返している内になぜか懐かれたけど、あの時は大変だったな。トイレにいる時まで襲われた時はさすがに説教したものだ。

「私があの時先生を敵視していたのには理由があるんです。私はあの時姉さん……天月課長を先生に取られてしまうのが、怖かったんです」

「……なるほど。そうだったのか」

凜は魔物に襲われているところを天月に助けられ、保護された。

それ以降は今も天月のもとで生活している。二人は姉妹のように仲がいい。

「姉さんが先生に好意を寄せていることはすぐに分かりました。二人が側にいたらくっついてしまうかもしれない、そうしたら私は捨てられるかもしれない。そう馬鹿なことを考えた私は、先生を追い出すために何度も戦いを挑んだのです。また家族を失ったら今度こそ私は自分が壊れてしまう……そう思っていましたから」

まさか凜がそんなことを思っていたなんて知らなかった。

やけに殺気を感じると思ったけど、それは家族を失わないためだったんだな。

冷静に考えれば天月がそんなことで彼女を捨てるなんてことはないと分かるけど、家族を失ったばかりで凜には余裕がなかったんだろう。今でこそ大人びた凜だけど、当時はまだまだ子どもだったからな。

……ていうか子どもの凜でも天月の俺に向けた好意に気づいていたのか。俺はどれだけ鈍感なんだ。

ん？　そういえば今ってまだ配信しているけど、こんな突っ込んだ話していいのか？　特に天月のこと全国配信されてない？

〈【朗報】天月課長、やっぱりヒロインだった

〈昔から好意寄せられてるとか幼馴染みポジじゃん

〈二人は近所に住んでたって記事見たけど、本当みたいだな

〈ヒロインレース三人目じゃん。盛り上がってきたな

〈正　妻　戦　争　開　幕

〈俺はゆいちゃんに賭けるね

〈いやシャチケンなら全員娶(めと)ってくれるよ

〈四人目のヒロイン、ショゴスたんを忘れるなよ

〈鱗くんもいるぞ！

〈ヒロインのバリエーションが豊か過ぎる

……もう手遅れだったみたいだ。

スマホに触れたらミュートにもできるけど、今は両手が塞がっている。それに今更配信を止めてももう意味はないだろう。

「私は自分勝手な理由で先生と何度も戦いました。しかし先生はそんな私に付き合い続けてくれました。身勝手な振る舞いをすべて受け止め、叱り、そして毎回許してくれました。それを繰り返している内に、いつしか先生に対する怒りは消えました。それどころか……先生との別れを惜しむようになっていました」

「凜……」

と、彼女の話を聞いている内に縦穴を登り切る。

後は目の前に見える出口から外に出るだけで今日の業務（おしごと）は終了だ。

「あの時先生が私と向き合ってくださらなければ、私はまだ子どものままでした。先生、本当にありがとうございます。私はあの時から……ずっと貴方を慕っております」

俺の目をまっすぐ見ながらそう言った凜は、ゆっくりと体を起こしたと思うと、俺の首に腕を回して唇を重ねてくる。

突然のことにびっくりした俺は体をのけぞらせようとするけど、首にがっちりと腕を回されているせいで逃げることはできなかった。

〈凜ちゃん!?

〈やったあああああ!!

〈大胆なキスは女の子の特権

〈ヒロインレース首位に躍り出たわね

〈●REC

〈羨ましいぃ!

〈そこ代わって凜ちゃん!

〈そっちかい!

〈相変わらず視聴者ぶれてないの草

〈ゆいちゃんめっちゃ焦ってそう
〈天月課長も焦燥感やばそう
〈今日の配信見どころありすぎてめまいする
「……ぷは」

長い時間キスをした凛はそう言って唇を離すと、ぴょんと俺から飛び降りる。

そして背中を向けたまま、俺に話しかけてくる。

「……今日はありがとうございました。久しぶりに先生とご一緒できて楽しかったです」

口調こそ冷静だけど、後ろから見える彼女の耳は真っ赤になっている。

やっぱり恥ずかしかったみたいだ。

「またお会いできる日を楽しみにしてます」

「あ、おい凛！」

逃げるように走り去る凛。

それを追ってダンジョンから出ると……そこには大量の人がいた。

「来たぞ！　シャチケンだ！」

「取材お願いします！」

「写真だけでも撮らせてください！」

「街を救ってくれてありがとう！」

「配信見てました！」

取材陣やら街の人やらがダンジョンの入口近くに大量に集まっていた。

政府の人がなんとか止めてるけど、いつ決壊してもおかしくないほど人が押し寄せている。

「あはは、どうも」

なんとか笑顔を作って挨拶すると、ドッと人の勢いと歓声が増す。

こりゃ凄い。騒ぎになる前に退散した方がよさそうだ。

俺はその前に辺りを見回すけど、凛の姿はどこにもない。どうやらもうこの場からは去ってしまったみたいだ。

……それにしてもまさか凛まで俺に好意を寄せてくれていたなんて。

「勇気を出して言ってくれたんだ。俺もちゃんとそれに応えなきゃな」

「てけり」

「ん？　また幻聴か？」

辺りを見るけど、もちろんショゴスの姿はない。

すると出てきたダンジョンの入口がガラガラと音を立てて崩れる。ダンジョンが崩れればそこで生まれたモンスターも死ぬ。

ショゴスが生き残っていることはないだろう……たぶん。

スマホを確認すると、星乃から先に帰りましたとメッセージが届いていた。

ならここに留（とど）まる理由ももうない。政府への面倒な報告も後日でいいだろう。そう決めた俺は人混みから逃げるように飛び跳ねながら帰宅するのだった。

エピローグ

SEND

スカイタワー跡地での騒ぎから一週間の時が経った。

あの件は結構な騒ぎになって、連日テレビやネットニュースで取り上げられた。

迷宮解放教団のテロ行為と、突然現れた特異型ダンジョン。

ニュースでは特異型ダンジョンが出現することをかぎつけた迷宮解放教団が、ダンジョンを独占しようとテロ行為に及んだと報じられているが、事実はそうじゃない。

あのダンジョンは奴らが生み出したんだ。

しかしそのことが知られたら大変な騒ぎになる。政府はその事実をひとまず隠しており、今もまだバレていない。

海外でもこの事件は話題になっているみたいだ。

ダンジョンに出現したモンスター『ショゴス』は海外では有名みたいで、あれが出たことと倒されたことは大々的に報じられたみたいだ。

そしてこの二つの事件が話題になればなるほど……その中心にいた俺にも注目が集まる。

ショゴスを倒したことで外国人のファンが爆増して、俺のチャンネル登録者数はうなぎのぼりになった。

つい昨日その数は一千万人を超え、今も増え続けている。

ちなみに外国人には『SYACHIKEN』や『ショゴスレイヤー』と呼ばれている。足立の話によると海外でファンクラブができたり、俺がネットミームにもなっているという。

話が大きくなりすぎて正直ついていけない。

と、まあ最近はそんな感じだ。

ダンジョンにはあれ以来潜っていないので、部屋でゴロゴロすることが多い。

引きこもり気味な俺だが今日はある人に呼び出されて、浅草にあるとある料理店に来ていた。

古めかしい木造のそのお店は、かなり由緒正しいすき焼きのお店らしい。こんなお店に来たのは初めてかもしれないな。

「おう、来たか田中」

年を召した女性の店員さんに案内されて座敷の個室に入ると、俺を呼び出した人物が出迎える。

高そうなスーツが張り裂けそうな胸筋。声も腕も首も太いその人物は、俺もよく知る人だ。

「お疲れ様です、堂島さん。今日は呼んでいただきありがとうございます」

「がっはっは！　堅苦しい挨拶はいいからはよ座れ！　梅ちゃん、とりあえず生を頼めるか？　いつものやつでな」

堂島さんは「梅ちゃん」と呼んだ店員さんにお酒を頼む。

雰囲気から察するに常連みたいだな。

俺は座布団の上に座り、堂島さんと向かい合う。

今日は堂島さんに食事に誘われてここまで来たのだ。聞きたいこともあるし、飯を奢ってもらえるなら来ない理由はない。どうせ暇してるしな。

などと考えていると、もうビールが運ばれてくる。光に照らされ黄金色に輝いているその液体は見ているだけで喉が鳴ってしまう。

「それじゃあ田中の新しい門出を祝って乾杯するとしよう。乾杯ッ！」

俺はジョッキを割らないように細心の注意を払いながら、堂島さんとジョッキをぶつける。

そして一気にジョッキの中身を口の中に流し込み、渇いた喉を潤す。

ああ、美味しい……この瞬間の為に生きて……ん？

「ごく、ごく……ぷは。堂島さん、このビール、なんか普通のと違くないですか？　凄く美味しいし、なによりアルコ、ーい、ルい、を、感い、じます、」

俺たち覚醒者はアルコールへの耐性が高く、普通の酒で酔うのは難しい。

だけどこのビールからはアルコールを感じた。普通の酒ではありえないことだ。

「気づいたか。ここの特製ビールはダンジョンで取れる『神水酒(ソーマ)』が混ぜられている。そのおかげでワシらでも酔えるというわけじゃ。その分値段もするが、今日はお主の新しい門出を祝う日。酒も飯も気にせず頼め。ワシのポケットマネーだから遠慮せんでええぞ！」

「……ありがとうございます、堂島さん。ではこの最高級すき焼きセットを80人前お願いします」

店員さんにそう頼むと、堂島さんの動きが固まる。

ん？　頼みすぎたか？　このメニュー、値段が書いてないからどれくらい頼んでいいか分からないんだよな。

「頼みすぎましたか？」

「い、いや、そんな事ないぞ！　ワシも同じだけ貰うとしよう！　じゃから遠慮せんでええぞ、どんどん食えい！」

若干空回り気味な気もするけど、ここは気づかないふりをして乗っかるとしよう。

堂島さんの面子(メンツ)を潰すわけにもいかないからな。

無事注文を終え、店員さんが個室から出ていくと、堂島さんは真面目な表情になって俺のことを見る。今日どんなことを話すのかは聞いていない。少しだけ緊張する。

「まずは田中、感謝するぞ。お主の働きがなければ、都市は壊滅的な被害を被(こうむ)っていたじゃろう。カルト組織に人造ダンジョン……そしてＥＸランクのモンスター『ショゴス』。これら全てに対応できる人物など、世界中を探してもそうはおらん。この国を代表して礼を言わせてもらう」

そう言って堂島さんは俺に深く頭を下げる。

それを見た俺は慌ててそれを止める。

「やめてくださいよ堂島さん。俺は当然のことをしたまでです。それにあれは堂島さんがすぐに許可を出してくれたからです。俺の方こそ助かりました」

「責任を取ることは上に立つものの責務、当然のことじゃ。嘆かわしいことにそれすらできん者(もん)も最近は多いがのう」

ニュースで知ったけど、ダンジョンを破壊する許可を勝手に出したことで、堂島さんは国会で色々言われたようだ。

中にいたのがＥＸランクのモンスターだったからまだ追及は弱かったけど、これがもっと格の低いモンスターだったらまだネチネチ言われていただろう。

声だけは大きい議員の相手をするのは大変だっただろう。だけど堂島さんはそのことを俺にわざわざ言ったりはしてこない。相変わらず男気のある人だ。

「お待たせしました。すき焼きをお持ちしました」

話をしていたら店員さんがお肉を持ってきて、テーブルの中央に置かれた鉄鍋ですき焼きを作ってくれる。

サシが入ったお肉はキラキラと輝いている。見ただけで高級なお肉だということが分かる。一皿で社畜時代の月給くらいいくんじゃないか？　あの時だったら逆立ちしても食べられないだろうな。

「いただきます」

手を合わせ、火の入った肉を溶いた卵にくぐらせて口に運ぶ。

一口嚙むごとに口の中に甘い脂と強烈な旨味が広がり、幸せな気持ちになる。しばらくそれを堪能した俺は、一気にビールで流し込む……はあ、至高だ。

美味しすぎて脳がぽーっとする。

「どうやら気に入ってくれたようじゃの。連れてきた甲斐があるわい」

堂島さんは嬉しそうに笑いながら肉をガツガツと食べる。

この人も胃が衰えないな。

「よし、じゃあもう一皿……ん？」

次の肉を取ろうとした瞬間、俺はスーツの胸ポケットがもぞもぞ動いていることに気がつく。

あ、そういえばこれのことを話すのを忘れていた。ちゃんと堂島さんには話しておかないとな。

俺は胸ポケットの中に手を突っ込むと、その中にいるものを掴み、テーブルの上に置く。

「堂島さん、これを見てください」

「ん？　いったいどうし……って、なあっ⁉」

それを見た堂島さんは驚き、目を見開く。

こんなに驚いたこの人を見るのは久しぶりだな。

「お、おい田中⁉　そいつはもしや……」

テーブルの上でもぞもぞ動く物体を指差す堂島さん。

親指程度の大きさのそれは、芋虫みたいな形をしていて、全身が黒い。そして頭部と思われる場所にはくりくりした目玉が一つついていて、俺のことをジッと見つめている。

指を近づけてみると「てけ、てけ♡」と甘えるように俺の指に体を擦り付けてくる。

「はい。こいつはダンジョンで倒したショゴス……の幼体みたいです。コアは破壊したはずなのに、なぜか生きてて、俺にくっついてきてしまいました」

「くっついてきてしまいました……って、ありえんじゃろ⁉　はあ……お主は本当に驚かせてくれるのう」

枝豆

堂島さんは困ったように、そしてどこか嬉しそうにそう言う。

「通常ダンジョンで生まれたモンスターは決して人間には懐かないはずなんじゃがのう。おそらくこれは世界で初めての事例(ケース)じゃろう。また世界が驚くぞ」

堂島さんはそう言って楽しそうに笑う。

俺もこれは相当珍しいことだと分かっているので、他の人にはまだ言ってない。足立や星乃(ほしの)、凜(りん)もまだ知らないことだ。今だって店員さんがお肉のおかわりを取りに行ったタイミングでやっている。

「海外ではモンスターを使役する研究をしているところもあるらしいが、どこも失敗しておる。まさかそれの初の成功例を見ることになるとはのう」

「こいつ、どうしたらいいと思いますか？　今日はそれを堂島さんに聞きたかったんです」

「ふむ……見たところこやつに強い力は感じない。精神汚染効果もなさそうじゃのう。『駆除』するのは簡単じゃろう」

堂島さんはショゴスを観察しながらそう言うと、「じゃが」と付け加える。

「それじゃ〝つまらん〟のう。これはモンスターのことを知る絶好の好機。保身に走るのはワシの性に合わん。任せろ、駆除しようとする他の議員やマスコミはワシが黙らせよう」

「ありがとうございます。いつもご迷惑をおかけします」

「がはは、気にせんでええわ。若者に迷惑をかけられるのが老人の仕事じゃからのう」

一週間前、俺は家でスーツのポケットに忍び込んでいるショゴスに気がついた。

それから家で一緒に暮らしているのだが、一週間もすればペットへ向けるような情も湧いてくる。処分しなくて済んでホッとした。

「それにしてもあのダンジョンはやはり色々特別じゃったみたいじゃのう。あやつらめ、ダンジョンを作る種などどこで手に入れたのやら」

「それはまだ分かってないんですね」

「うむ。奴らは重要なことはなんも知らん末端の構成員じゃった。使い捨てというわけじゃな」

街で暴れた迷宮解放教団の構成員は全員捕まった。

今も彼らは厳重に拘束され取り調べを受けているようだが、その成果は芳しくないようだ。

「ダンジョンを生み出してしまえば、後はモンスターが街を破壊する。つまり奴らはダンジョンを生み出すだけで仕事は完了する。本来なら作戦は大成功のはずだったというわけじゃな。運の悪いことに田中が近くにいたせいで失敗したが」

確かにあれが街へ出てたら壊滅的な被害を出していただろう。

外に出る前に倒すことができて本当によかった。一歩間違えたら皇居大魔災の再来になっていただろう。

と、そんなことを考えていると扉が開き店員さんが戻ってくる。

「どうかされましたか？」

俺は慌ててテーブルの上でくねくね体を動かしているショゴスを両手で覆い、隠す。

「い、いえ。なにも……はは」

汗を流しながらしどろもどろになる俺。

すると堂島さんがすかさず助け船を出してくれる。

「梅ちゃん、肉はこっちで焼くから下がっても大丈夫じゃ。二人で話したいこともあるからの」

「はい……かしこまりました」

店員さんは不思議そうな顔をしながら個室から出ていく。

ふう……危なかった。

「それのことは隠しておくとロクなことにならなそうじゃのう。配信とかで早めに周知させておいた方がよいじゃろう。それのファンが増えれば、世論も味方してくれる。ワシも庇いやすくなるからのう」

「分かりました。次の配信で視聴者に紹介しようと思います」

俺は言いながら肉に火を通し、口に運ぶ。

ああ……美味しい。こんなところそうはこれないから食いだめしておこう。

そう思っていると、ショゴスが俺のことをじーっと不満げに見てくる。

そして芋虫のような短い手足でおもむろに自分のお尻の部分を持つと、なんとその部分をぶちりと千切って俺に差し出してくる。

「りり！　りり！」

「……田中。こやつはなにをしとるんじゃ？」

一連の行動を見た堂島さんは不思議そうに首を傾げる。

俺は既にこの行動を何回も見たことがあるから理解してるけど、初めてみたらわけが分からないよな。

「あー、えっと、こいつ食べ物に嫉妬してるんですよ」

「ん？　もちっと分かりやすく言ってくれるか？」

「なんか俺が美味しそうに食べていると、それが気に食わないみたいで、こうやって自分を食べろと身を削って差し出してくるんですよ。こいつなりの愛情表現らしいです」

俺はそう言ってショゴスの差し出してきた身をつまみ上げると、ぱくりと食べる。

相変わらず美味しくはない。だけどなんか段々人の食えるレベルには近づいてきている気がする。

俺が慣れたのか、ショゴスが味を変えてるのか、はたまた両方か。

俺が食べたのを見たショゴスは、嬉しそうに「りり♡」と高い声を出す。

「……なんというか、変わった愛情表現じゃのう」

堂島さんは引き気味にそう言う。

もしかしたら普通に対応して食べてる俺がおかしいのかもしれない。モンスターを食べすぎて感覚が麻痺しているのかもな。

「愛情表現といえば……結局お主は誰を選ぶんじゃ？　天月(あまつき)か？　それとも絢川(あやかわ)か？」

突然の堂島さんの言葉に俺は飲んでいたビールを「ぶっ!?」と吹き出す。

なにを言ってるんだこのジジイは……。

「ちゃんと配信は最後まで見たから知っとるぞ。懐かしいのう、ワシも昔は甘酸っぱい恋をしたものじゃ。早くどっちかとくっつかんもんかと思っとったが、ここに来て前進するとはのう。で、どっちとくっつくんじゃ？」

「……分かりませんよ。俺が誰かと、その、恋仲になるなんて考えもしませんでしたから」

社畜として心を潰された俺は、とても誰かと付き合うなんて考えることができなかった。

最近は多くの人に認められてようやく自分の幸せを考える心の余裕ができてきたけど、それでもまだ恋愛を考えられるほど回復していない。

「ふむ。まあ急ぐことではないが……一つだけ言っておく。ワシは天月も絢川も自分の娘のように思っとる。もしどちらか一人でも泣かせるような真似をしたら、ただじゃ済まさんぞ？」

「……それ、詰んでないですか？」

俺にとって二人は特別で大切な存在だ。泣かせるような真似は俺だってしたくない。

「がっはっは！　まあ深く考えるな！　それにどっちか選べないなら、どっちも幸せにすればいい！　ワシはそこらの老害と違って価値観が古くないからのう！」

「まあ……ちゃんと考えておきますよ」

「ああ、それでいい。ほれ、新しい酒を飲もう。日本酒でええか？　梅ちゃん！　酒じゃあ！」

大声で店員さんを呼ぶ堂島さん。

今日の楽しい飲み会は夜が更けるまで続いたのだった。

*

「うう……頭がガンガンする……」

堂島さんと飲んだ次の日、俺は頭をさすりながら外を歩いていた。

こんな風に酔いが残るのなんていつぶりだろうか。神水酒(ソーマ)なんて滅多に飲まないから加減を忘れてしまっていた。

「だけどいつまでも二日酔いしてられないな。今日も俺の配信を待っていてくれる人たちがいるんだから」

目の前にぽっかりと空く、大きな穴を見ながら俺は呟く。

謎の建造物、ダンジョン。

金、名誉、人気、様々な物を求めて、今日も多くの探索者たちがその穴の奥を目指す。

俺もその一人だ。

「まさか自分が仕事に乗り気になるとはな。少し前の俺が聞いたら驚くだろうな」

かつて就職こそ人生の墓場だと思っていたが、今はそうは思わない。ブラック労働が人生の墓場ではあると思うけどな。

俺はスマホを取り出し、ドローンを起動する。配信サイトと同期して動画を配信するのも慣れたものだ。もう配信ミスすることもないだろう。

一回咳払いして、喉を整える。

さあ、配信(しごと)の時間だ。

「みなさんこんにちは、田中誠です。今日も配信に来ていただきありがとうございます。ダンジョン配信を始めさせていただきます」

▷ 書き下ろし配信 … 「ダンジョンの水全部抜いてみた」

SEND

「みなさんこんにちは、田中誠です。今日は急な配信にもかかわらず視聴していただきありがとうございます」

ドローンに向かってそう挨拶すると、コメントがぽつぽつと流れ始める。突発配信なのに来てくれる人がいて、ありがたい限りだ。

〈今日配信あったのかよ！

〈ちょうどシャチケン切らしてたから助かる

〈突発配信嬉しい！

〈なにやるんだろ

〈えっ　今日も見ていいのか!?

〈ああ……しっかり見ろ

〈うめ、うめ

反応は上々だ。

足立のアドバイス通り急な配信もサプライズ感があって喜ばれるみたいだ。これからもたまにそうしてみるとしよう。
「今日はゲストとして、彼女にも来てもらっています。どうぞ」
「み、みなさんこんにちは！　Dチューバーの星乃唯（ほしのゆい）です！　ふ、不束者（ふつつかもの）ですがよろしくお願いしますっ！」
そう言って星乃は勢いよく頭を下げる。
俺の配信に出るのは初めてじゃないが、まだ緊張しているみたいだ。
〈今日はゆいちゃんもいるのか！
〈お得やね
〈ゆいちゃんかわいいよはあはあ
〈は!?　シャチケンもかわいいんだが？
〈ガチ恋勢の熱い戦いが始まる
〈同じ穴の狢（むじな）同士仲良くしろｗ
〈シャチケンかわいいよはあはあ
〈日本は今日も平和です
異性がゲストに出ると炎上しやすいと聞くけど、星乃は不思議とそうならず好意的に受け入れられる。まあ俺みたいなもんとこんな若くてかわいい子がくっつくわけないと思われているんだろう。
まあ確かにその通りだから仕方がない。荒れないのは助かるしな。
「今日はここ、上野地底湖ダンジョンにやってきました」

上野地底湖ダンジョンは、名前の通り上野にあるダンジョンだ。それほどモンスターは強くなく、中層までしか確認されていない。

中層に巨大な地底湖が存在することで有名だが、この地底湖はかなり深いことでも有名で底がどうなっているかはまだ判明していない。

〈上野地底湖ダンジョンか、なにするつもりなんだろ

〈ゆいちゃんもいるし変なことはせんやろ

〈地底湖でバカンスしてみたとか

〈地底湖に潜ってみた、とか?

〈まあそのへんか

〈いや田中をあまく見るなよ。こいつネジ飛んでるから

〈それはそう

〈楽しみー

視聴者は色々予想するが、答えは出てこない。

あまり引っ張るのも萎えてしまうだろう。俺は今回の企画を発表する。

「今回の企画は『ダンジョンの水全部抜いてみた』です。ということで、さっそく目の前に広がるこの地底湖を枯らして見ようと思います」

〈はあああああ!?

〈草

〈え、嘘だよな?

〈かつてダンジョンの地底湖を枯らした奴がいるだろうか

〈ぶっ飛びすぎて草

〈さすがシャチケンｗｗｗ

〈ちょ、地底湖くん逃げて!

〈地底湖くん「ほな……」

〈田中犠牲者リストに地底湖くんが加えられる……

〈いやどうやって水抜くねんｗｗさすがにフカシ過ぎやろｗｗｗ

〈シャチケンじゃなければそう思うけどなあ……

ダンジョンの水を抜くと知り、コメント欄は大いに盛り上がっていた。

テレビを見ていた時に思いついた企画だったけど、どうやら正解だったみたいだな。

「田中さん。なにをするかは聞いていましたけど、いったいどうやってこの大きな地底湖の水を抜くんですか?」

星乃が不思議そうな顔をしながら尋ねてくる。

そうだ、まだ星乃にも教えていなかったな。今日思いつきで誘ってみたら来てくれたので、細かいことは説明してないのだ。

「もしかしてダンジョンの底に穴を開けるとか、ですか?」

「それもいいけど、もし下の層に人がいたら危ないからそれはしない。そもそも地底湖の真下に開けた空間があるか分からないしな」

「あ、確かにそうですね」

ここのダンジョンはまだ下層への道が見つかっていない。

だからここより下に人がいる可能性はゼロに近いけど、用心するに越したことはない。それに地面を掘るより楽な方法があるからな。

「うーん、じゃあどうやるんですか？　バケツで汲み上げられる量じゃないですよね……」

「まあ見ててくれ。よいしょ、と」

スーツの裾をあげて、地底湖の中にざぶざぶと入っていく。

水はひんやりとしてて冷たい。俺は膝が浸かる深さまで入ると、腰に差していた剣を抜く。

〈なにしてるんやろ
〈嫌な予感する……

〈シャチケンが剣を抜いた時はだいたいやばいこと起きるからな
〈なんか分からんけどやったれ田中ァ！

俺は剣を両手で持って上段に構え、眼下の地底湖を見る。

そしてギュッと剣を強く握って……地底湖の奥底めがけ、思い切り振り下ろす。

「我流剣術、次元斬」

振り下ろされた刃が『ぞる』という音とともに次元の壁を切り裂く。

すると水中に空間の裂け目が生まれ、その中に水がドバドバと吸い込まれていく。よし、上手くいったな。

〈えええええっ!?

〈なんちゅう方法思いついとんねん!

〈水ドバドバで草

〈急に水ぶち込まれる次元の裂け目くんの身にもなってくださいよ!

〈あー、地下水どんどん減ってく笑

次元の裂け目の中に流れ込んでいく地下水。

水位はみるみる内に下がっていき、地底湖に棲んでいた魚が地面に上がっていく。

「お、ダンジョンマグロが上がってる。これ美味いんだよなあ、拾っておくか」

俺は剣を突き刺し、ピチピチと跳ねているダンジョンマグロを仕留める。すると綺麗な赤身がどっさりと残り、ダンジョンマグロが消える。

「赤身も美味いけど、トロが欲しかったなあ」

「た、田中さん。その魚って食べられるんですか……?」

「ああ、味は普通のマグロに負けず劣らず美味いぞ。弱いモンスターだから魔素も少ないし、星乃でも普通に食べられると思うぞ」

「ご、ごくり。マグロなんてしばらく食べてないです……」

星乃は目を輝かせながら赤身を見る。

他にも魚はたくさん転がっている。後でたらふく食べさせてあげるとしよう。若い奴に腹いっぱい食べさせることでしか得られない栄養素もあるのだ。

〈普通に美味そうで草

〈ダンジョンマグロなんているんや……

〈ていうかなんで地底湖にマグロ棲んでんだよ！　海水じゃねえだろ！

〈こ、これはマグロじゃなくてダンジョンマグロだから

〈ダンジョンに常識を求めちゃいけない（戒め）

〈ていうか魚めっちゃピチピチしてるな。こんなに棲んでいたのか

打ち上げられた魚には、俺も普段あまり見ないものもいた。

ダンジョンアロワナにイニシエサンマ。ん？　あのキラキラ光ってるのはクリスタルサーモンじゃないか。あれは珍しいぞ。

「こいつの脂はキラキラ光っていて舌の上でさらりと溶ける。絶品だぞ」

「うう、美味しそうです……じゅるり」

星乃は涎を垂らしながらクリスタルサーモンを眺める。

きっと食べた時いいリアクションを見せてくれるだろう。楽しみだ。

〈あかん、腹減ってきた

〈ダンジョンってこんな生き物もいるのかよ！　知らなかったわ！

〈凶暴なモンスターにばかり目が行きがちだからな

〈そもそもダンジョンの生物を食物目線で見ていた人がシャチケンしかいなかったからな

〈マジで需要あるよ。いくら金だしても食べたいもん俺

〈グルメな富豪はたくさんいるからな

〈まあでも覚醒者にならないとここらへんのモンスターでも腹壊すんだろうな……

〈覚醒者になれて良かったわｗｗｗいつか食べよｗｗｗｗ

〈キィー！　羨ましい！

〈食ったら覚醒者になれたりしないかなあ

見た目も綺麗なクリスタルサーモンは、視聴者の心も摑んだみたいだ。食べてみたいというコメントがたくさん流れている。

どうだろう、魔素を限界まで抜いたら普通の人も食べられるようにならないかな……と思っていると、地底湖が最初の半分くらいの水位まで下がっていることに気がつく。

「魚だけじゃなくて宝箱や鉱石もあるな。こりゃ集めるのも大変だ」

「ほ、本当に凄いですね。この鉱石とか結構レアなやつじゃありませんでしたっけ」

星乃は青く光る鉱石を手に取って目を輝かせる。

あれは確かアクアクォーツ。水の力が秘められたレア鉱石だ。

売ることができたら結構な値がつくだろう。

「凄い綺麗……これ持って帰っちゃおうかなあ」

「いいんじゃないか？　アクセサリーとかにしても似合うと思うぞ」

「そ、そうですか？　えへへ」

と、そんな感じで俺たちは水位の下がった地底湖を散策する。

宝箱なんかも落ちていて、かなり収穫があった。

〈これ、普通にいい探索方法に思えてきたわ

〈確かに。ダンジョン潜るより安全そうだしな……

〈まあでも普通の探索者じゃ地底湖枯らせられないからな

〈ダンジョンくんもこの宝箱をこういう風に取られると思って配置してないよ

〈潜った勇気ある探索者用の宝箱なんだろうな

〈そろそろ地底湖も完全に枯れるな。今回も楽しかったわ

〈……ん？　水底になにかいない？

〈そんなわけ……ほんまや。なにか影がある

コメントの中に俺は気になるものを見つける。

気になった俺は、かなり水位が減った地底湖の奥底を見つめる。すると底に大きな影が見える。その影はどんどんこちらに向かってきて……水の中から飛び出してくる。

『ガアアアアアッ!!』

中から現れたのは大きな蛇のようなモンスターだった。

青い鱗に鋭い牙。エラのようなものもついている。顔は獰猛で怒りに満ちた目で俺たちのことを睨んでいる。どうやら地底湖を枯らしたことで怒らせてしまったみたいだ。

〈ぎゃあああああ!?

〈出たあああ!!

〈なんだこの化物!?

〈地底湖のヌシだ!!

〈こいつ、シーサーペントだ! Sランクのモンスターだぞ!

〈なんでそんなのがここにいるんだよ!

コメントにも出てるが、こいつは水棲モンスターのシーサーペントだ。凶暴な性格の巨大な蛇で、鋭い牙と素早い動きで敵を執拗に追い詰めるモンスターだ。

ランクはS。中層に現れるようなモンスターじゃないはずだけどな。

「……あれのせいか」

水底を見た俺は、それの原因に気がつく。

地底湖の底には下へ続く穴が空いていた。その穴はこのダンジョンの奥、きっと深層まで続いているんだろう。

シーサーペントは普段深層にいて、時折上がってきて食事をしていたんだろうな。しかしその食事場を俺が荒らしてしまったので怒ってるんだ。

「きゃあ!? ど、どどどうしましょう田中さん!!」

「落ち着け星乃、こう考えるんだ。いいメインディッシュができたってな」

「どういうことですか!?」

シーサーペントは俺たちを見比べると、まず星乃めがけて噛み付いてくる。倒せそうな方から仕留めようとしたんだろう。だけどそんなことはさせない。

「ほっ」

俺は地面を蹴ってシーサーペントに接近。そしてその太い首に両腕を回してがっちりと摑む。突然のことにシーサーペントは『ガア!?』と驚いたような声を出す。

「よいしょ……っと！」

そして両腕に力を込めて腰をひねり、地面に向かってシーサーペントの頭部を投げつける。

『ギョア!?』

ダンジョンに響く叫び声。頭部を思い切り地面に叩きつけられたシーサーペントはその長い体をピン！　と伸ばした後、ぐったりと地面に横たわる。

〈シーサーペントくんーー！

〈瞬殺で草

〈Sランクをさらっと倒すな！

〈シーサーペントってめっちゃ厄介なモンスターなんだけどな……

〈相手が悪かったよ（泣）

〈シャチケン最強！　シャチケン最強！

〈トイレ行ってる間に討伐しないでもらっていいですかね

「さ、さすが田中さんです！　シーサーペントを一瞬で倒してしまうなんて……かっこよすぎます！」

星乃は俺を尊敬の眼差しで見つめてくる。

な、なんだか恥ずかしいな。俺はそれを隠すようにシーサーペントに目を移す。

「それよりこいつを解体しよう。これなら身をたくさん食べられるぞ」

「ええ!?　シーサーペントって食べられるんですか!?」

「ああ、美味しいぞ。特に蒲焼きにしたら絶品だ」

〈これも食うのか（畏怖）

〈なんでも食うなシャチケンはw
〈蒲焼きは草。うなぎかな？

〈美味そうに感じるのはこの配信に毒され過ぎか？

〈安心しろ。俺も腹減ってきた
「じゅるり……ああ、もうお腹と背中がくっつきそうです……」

空腹が限界に来ている様子の星乃。

俺はそんな彼女と一緒にシーサーペントを解体し、楽しくダンジョンでの食事を楽しむのだった。

あとがき

初めまして、作者の熊乃(くまの)げん骨(こつ)です。ウェブ版からついて来てくださった方々、またお会いできましたね。こちらでもよろしくお願いいたします。

今あとがきを読んでいらっしゃるということは、ほとんどの方が書籍を最後まで読んでくださったことと思いますが、楽しめていただけましたでしょうか？　最後まで楽しく読んでいただけたのであれば、この上なく嬉しいです！

さて、私自身のことに興味がある方は少ないと思いますのでこの作品を書くにいたった経緯をお話ししようと思います。

本作はいわゆる『ダンジョン配信』と呼ばれるジャンルの一つです。現実世界に生まれたダンジョンを動画サイトで配信し、その様子をリアルタイムで楽しんでもらう。最近生まれた新しいジャンルです。

現実世界のファンタジーと動画配信文化の合体というわけですね。初めて読んだ時は「こんなものが生まれたのか……」と驚きました。

このジャンルは小説投稿サイト、特にカクヨムで大きく流行り、私もその波に乗らせてもらいこうして本を出すに至りました。お声がけくださったSQEXノベル様、ありがとうございます。

さて、そんな流行ったダンジョン配信ですが、男子高校生が主人公のものが大半を占めていました。配信者を目指すというのは若い方が多いでしょうから、こうなるのも当然だと思います。

しかしだからこそ、差別化するために今回は大人、そして社畜を主人公にすることにしました。やるからにはコテコテの社畜、こうして死んだ目でビジネススーツを着てモンスターをバッタバッタと斬り倒す主人公、田中誠（たなかまこと）が生まれました。

ちなみにこの名前は五秒で決まりました、過去最速です。


ダンジョン配信はトップの配信者を目指すのが王道的ストーリーと思いますが、今作ではたまたま配信者になってしまい、しかも最初からトップ層に仲間入りしているので、上を目指すというよりはダンジョンの謎を解明していく方向になると思います。

その途中で出てくる、魅力的なキャラをたくさん用意しておりますので楽しみにしてくださいね。


そしてダンジョン配信で外せないポイントといったらやはり「コメント」ですよね。

このコメントの解像度（リアリティ）が高ければ高いほど面白くなるのは間違いないでしょう。私はなるべく空気感を再現した上で出るネタを最近のものから昔懐かしいものまで幅広く出すようにしましたが、楽しんでいただけたでしょうか？　ウェブでコメントを褒められると「よし」とガッツポーズしてました。

昔から動画を見るのが好きで、動画でなにかが起きる度にこういうコメントが来るだろうなみたいなのを予想して楽しんだりしていたので、それが今回活かせたかなと思います。なにが役に立つか分かりませんね。

また、本作はコミカライズも決まっております。漫画で動くシャチケンたちの活躍も楽しみにお待ちください！

さて、そろそろ終わりが近づいてきましたので謝辞に入らせていただきます。

イラストを担当していただいたタジマ粒子(りゅうし)先生、ありがとうございます。

女性キャラをとても可愛らしく描いてくださったのはもちろん、男性キャラも魅力的に描いてくださりとても嬉しかったです。厳つい堂島(どうじま)さんがすごく好みです。

そしてお声がけくださったＳＱＥＸノベルさんと、担当編集のＳさん、ありがとうございました。おかげさまでいい本に仕上がったと思います。

そして校正さんや営業さん、この本に関わってくださった皆様。そしてここまで読んでくださった読者の皆様に感謝の言葉を述べ、あとがきを締めさせていただきます。

またお会いできる日を楽しみに待っております。

SQEXノベル

社畜剣聖、配信者になる
～ブラックギルド会社員、うっかり会社用回線でS級モンスターを相手に無双するところを全国配信してしまう～　1

著者
熊乃げん骨

イラストレーター
タジマ粒子

2024年1月6日　初版発行

発行人
松浦克義

発行所
株式会社スクウェア・エニックス
〒160－8430
東京都新宿区新宿6－27－30　新宿イーストサイドスクエア
（お問い合わせ）スクウェア・エニックス　サポートセンター
https://sqex.to/PUB

印刷所
中央精版印刷株式会社

担当編集
鈴木優作

装幀
阿閉高尚（atd）

本書は、カクヨムに掲載された「社畜剣聖、配信者になる　～ブラックギルド会社員、うっかり会社用回線でS級モンスターを相手に無双するところを全国配信してしまう～」を加筆修正したものです。

ISBN978-4-7575-9000-7　C0093

Printed in Japan